KB075665

나의 문화유산답사기

일본편 3 교토의 역사

나의 문화유산답사기

일본편 3 · 교토의 역사

역사는 유물을 낳고, 유물은 역사를 증언한다

유홍준 지음

창비

교토 답사의 미적분 풀이

즐기면서 배우는 답사기를 위하여

이 책은 『나의 문화유산답사기』 일본편 제3권으로 '교토(京都)의 역사'를 말해주는 사찰과 신사 답사기로 엮었다. 제4권에서는 교토의 명찰과 정원, 제5권에서는 일본미의 진수를 보여주는 다실과 이궁을 다룬다. 일본 답사기 전체로 볼 때 제1권 규슈, 제2권 아스카·나라에 이어 교토 편을 세 권으로 펴내게 된 것은 일본의 문화유산에서 교토가 갖는 위상이 그만큼 크기 때문이다.

교토는 일본 역사에서 1천 년간 수도(首都)의 지위를 갖고 있었기 때문에 일본문화의 진수가 여기에 다 있고, 일본미의 꽃이 여기에서 활짝 피었다고 해도 과언이 아니다. 유네스코 세계유산에 등재된 사찰이 13곳, 신사가 3곳, 성이 1곳으로 모두 17곳이나 된다. 그것을 보기 위해 해마다 국내외에서 약 4천만 명이 찾아오는 세계적인 역사관광도시이다.

교토 답사기를 세 권으로 펴내면서 유적지를 가능한 한 역사 순서로 배열한 것은 전적으로 독자들이 일본의 역사와 문화를 이해하는 데 도움을 주기 위해서이다. 나를 비롯하여 한국인들은 일본의 역사와 문화를 제대로 배울 기회가 없었다. 그 때문에 청수사는 헤이안시대, 동복사는 가마쿠라시대, 용안사는 무로마치시대 사찰이라고 하는 것만으로는 그 시대적 배경이 잡히지 않을 것이며, 섭관(攝關), 원정(院政), 막부(幕府)가 무언지 모르는 상태에서는 각각의 사찰이 관백(關白), 상황(上皇), 또는 쇼군(將軍)의 발원으로 창건되었다고 말한들 그 사회사적 의미를 이해할 수 없을 것이다.

역사뿐만 아니라 지명·인명도 낯설고 일본어가 익숙하지 않은 독자는 입에 잘 붙지 않아 독서하기 아주 힘들 것이다. 한 번이라도 교토를 여행한 경험이 있는 분이라면 좀 낫겠지만 그렇지 않은 경우는 주변 환경의 이미지가 잘 다가오지 않을 것이다.

사실 일본 답사기는 국내 답사기와 달리 일본의 역사와 문화를 공부한다는 마음으로 읽지 않으면 어려울 수밖에 없다. 그것이 내가 여기서 답사기의 예비지식으로 일본의 역사와 문화에 대해 간략하게나마 설명하는 이유다.

낙중과 낙외의 문화유산

교토 관광안내서를 보면 어느 책이나 다운타운은 낙중(洛中), 그 외곽은 동서남북으로 나누어 낙동(洛東)·낙서(洛西)·낙남(洛南)·낙북(洛北) 지역으로 소개하고 있다. 16세기 말, 도요토미 히데요시가 도시를 개조할 때 어소(御所)를 중심으로 토축을 쌓으면서 그 안쪽을 낙중, 바깥쪽을 낙외(洛外)라고 한 데서 유래한다. 그리고 지금 교토의 행정구역도 기본적으로는 이 틀을 유지하면서 세분한 것이다.

교토의 낙중과 낙외에는 실로 엄청나게 많은 역사유적이 생생히 남아 있다. 내가 교토 답사기에서 언급하는 사찰·신사·궁궐을 지역별로 정리 해보면 다음과 같다.

낙중: 어소(御所), 상국사(相國寺), 동사(東寺), 동·서(東西) 본원사(本願寺), 이조성(二條城), 신천원(神泉苑), 육바라밀사(六波羅密寺), 삼십삼간당 (三十三間堂), 건인사(建仁寺)

낙동: 청수사(清水寺), 야사카 신사(八坂神社), 지은원(知恩院), 남선사(南禪寺), 은각사(銀閣寺), 영관당(永觀堂), 헤이안 신궁(平安神宮)

낙서: 광륭사(廣隆寺), 마쓰오 신사(松尾大社), 천룡사(天龍寺), 금각사(金閣寺), 용안사(龍安寺), 인화사(仁和寺), 고산사(高山寺), 서방사(西芳寺), 가쓰라 이궁(桂離宮)

낙남: 동복사(東福寺), 후시미(伏見) 이나리 신사(稻荷大社), 우지(宇治) 평등원(平等院)

낙북: 가미·시모(上下) 가모 신사(賀茂神社), 대덕사(大德寺), 연력사(延曆寺), 시선당(詩仙堂), 수학원 이궁(修學院離宮)

교토 답사의 '미적분 풀이'

이처럼 교토 문화유산의 대종은 사찰과 신사이다. 길에서 들은 얘기로 "도쿄(東京)에는 마을[町]이 880개, 오사카(大阪)엔 다리가 880개, 교토엔 절이 880개 있다"고 한다. 그러나 그 정도가 아니다. 무라이 야스히코(村井康彦)의 『교토 사적 견학(京都史蹟見學)』에 의하면 교토부(府) 전체에 사찰이 3,030곳, 신사는 1,770곳이 넘어 사사(寺社)가 약 5,000곳이나 된다고 한다. 이 모두를 두루 답사한다는 것은 애당초 불가능할 것이며 그중 빼놓으면 서운하다고 할 명소들만 소개하는 데에도 세 권으로는 벅차다고 할 정도다.

내가 교토의 문화유산을 완전히 파악한 것은 아니지만 이 정도 이야기를 하는 데에도 오랜 시간이 걸렸다. 이제야 대략 그 윤곽을 파악하여 감히 교토 답사기를 쓰고 있는데, 독자들이 나처럼 오랜 시간 헤매지 않고 교토를 보고, 배우고, 즐길 수 있는 답사 일정의 '모범답안' 같은 것을 염두에 두고 교토 답사기 세 권의 차례를 짰다.

교토의 관광안내서들을 보면 낙중과 낙외의 명소를 구역별로 소개하고 있다. 교통의 편리를 생각하고 시간을 절약하자면 길 따라 나오는 유적지를 순서대로 보는 것이 유리하다. 그러나 이런 식으로 공간만 생각하고 역사적 유래라는 시간을 고려하지 않으면 그 사찰이 일본의 문화사에서 어떤 위치에 있고, 핵심적인 미학이 무엇인지 파악되지 않아 교토의 모습이 일목요연하게 그려지지 않는다.

그렇다고 창건 연대순에 따라 이리저리 왔다 갔다 하며 답사할 수도 없는 일이니 이를 여하히 잘 구성하느냐가 교토 답사 일정표의 과제이며, 교토 답사기 차례를 짤 때의 고민이다. 그 해법을 찾는다는 것은 마치 복잡한 수학 문제를 인수분해와 방정식을 동원하여 푸는 것과 같았다. 먼저 교토의 문화유산을 인수분해해보면 사찰과 신사라는 공통인수가 나온다. 기본 줄기는 낙중과 낙외라는 공간이다. 여기까지는 쉽다. 그러나 여기에 역사라는 시간이 개입되면서 문제가 복잡해진다.

이쯤 되면 미적분을 동원하지 않고는 해답이 나오지 않는다. 미분이라는 것은 복잡한 함수를 잘게 나누어 다루기 쉬운 형태로 바꾸어 파악하는 것이고, 적분이란 잘게 나누어서 다 더해버리는 것이다. 그 결과 나의 교토 답사기 차례는 다음과 같이 구성하게 되었고 실제로 이에 준하여 답사 인솔을 해왔다.

교토 역사를 증언하는 기본 코스, 넷

교토 답사는 크게 네 갈래로 나누어볼 수 있다. 첫번째 코스는 교토가 일본의 수도로서 역사의 전면에 부상하기 전의 유적지들을 순례하는 것이다. 여기에서 우리는 오늘의 교토가 어떻게 이루어졌고 그 과정에서 한반도 도래인들이 보여준 역할이 무엇이었는가를 확인할 수 있다.

교토에서 가장 오래된 절인 낙서의 광륭사는 신라계 도래인 하타씨(秦氏)들이 세운 사찰로 한때 일본 국보 제1호로 불린 목조미륵반가사유상이 있어 우리와 인연이 아주 깊다. 그리고 광륭사 서쪽 가쓰라강(桂川)의 도월교(渡月橋) 부근은 하타씨들이 제방을 쌓아 대언천(大堰川)이라 불리기도 하는데 관개 사업을 벌인 유적이 있으며 강 건너에는 이들이 세운 마쓰오 신사가 있다. 이곳은 산자수명(山紫水明)한 풍광으로도 유명하여 교토 답사의 첫 코스로 삼기에 부족함이 없다.

그리고 교토 동쪽 히가시야마(東山) 아래에는 고구려계 도래인들이 살면서 세운 야사카(八坂) 신사와 법관사의 오중탑이 있으며 교토 남쪽으로 내려가면 가미코마(上狛)라는 마을에 고구려인들이 세운 고려사(高麗寺)터가 있고, 후시미(伏見)에는 또 다른 하타씨 일족들이 세운 이나리(稻荷)신사가 있다. 여기까지가 이 책의 제1부 헤이안시대 이전에 해당하는 교토 답사의 서막이다.

두번째 답사 코스는 헤이안시대(8~12세기)의 개막과 함께 창건되어 일본불교의 양대 산맥을 이룬 동사와 연력사이다. 나라시대의 타락한 불교를 혁파한 것은 두 사람의 유학승 최징(最澄)과 공해(空海)였다. 최징은 히에이산 연력사에서 천태종을 개창했고, 공해는 진언종을 펼치면서 동사에 주석했다.

두 절은 비록 낙중과 낙북으로 떨어져 있지만 각기 한나절씩 답사함으로써 일본 불교의 역사적 계보를 파악할 수 있다. 일정이 짧다면 생략할 수도 있지만 그 유래만은 알고 있어야 교토 답사의 뼈대를 세울 수 있다.

세번째 코스는 우지에 있는 평등원(平等院)을 답사하는 것이다. 평등원은 헤이안시대의 실세였던 후지와라씨(藤原氏)의 씨사(氏寺)인데, 연못을 앞에 둔 봉황당 건물은 극락세계를 구현한 것으로 헤이안시대 건축·정원·조각의 진면목을 보여준다. 그리고 우지는 『겐지 이야기(源氏物語)』라는 고대소설의 현장이기도 하여 여기서 우리는 일본의 국풍(國風)문화가 무엇인지 확연히 엿볼 수 있다.

네번째 코스는 백제계 도래인 후손인 사카노우에노 다무라마로(坂上田村麻呂)가 헤이안시대에 세운 히가시야마의 청수사에 올라가는 것이다. 여기서 내려다보는 교토의 경관은 우리나라 부석사처럼 시원한 전망이 장관이어서, 청수사는 교토에 가는 관광객이라면 거의 다 들르는 명소 중의 명소이다.

그리고 청수사에서 걸어 내려오면서는 전통 상가를 느긋이 즐기면서 구경하면 된다. 이 코스는 어차피 한 번은 가보아야 하는 기온(祇園) 거리와 연결되어 여기서 저녁 한때를 즐기는 것이 일정 관리에 유리하다. 여기까지로 제3권의 명찰을 중심으로 한 헤이안시대 유적지 답사를 마치게 된다. 이후 교토 사찰 답사는 제4권, 제5권으로 계속 이어진다.

교토 답사 3박 4일

나의 일본답사기는 우선 독서로 일본의 문화유산을 접해보고자 하는 독자들을 위해 쓰여졌지만 나아가서는 독자들이 일본을 여행할 때 유익한 길라잡이 역할을 하겠다는 목적도 있었다. 그래서 내가 경험한 답사 일정표를 권말에 부록으로 실었다. 내 경험에 의하면 교토를 충분히 답사하려면 3박 4일로 두 차례, 또는 2박 3일로 세 차례를 다녀와야만 한다. 그러나 한 차례 답사로 그 핵심만 보는 방법으로 최근에 다녀왔던 교토 답사 3박 4일 일정표를 참고로 제시했다. 아울러 그동안 학생들을 인솔하여 답사할 때 교토 사찰들의 핵심적 성격을 빨리 숙지하도록 만든 간략한 시대별 일람표와 지도를 독자들도 유익하게 이용할 수 있도록 여기에 그대로 실어둔다.

이번 책을 펴내는 데도 여러분의 도움을 받았다. 은사이신 상허 안병주 선생님(동양사상)과 명지대의 오찬욱(일본문학), 이주현(동양미술사), 최선아(불교미술) 교수님들이 미리 읽고 많은 가르침을 주셨고, 내가 소장으로 있는 명지대 '한국미술사연구소'의 박효정, 김혜정 연구원이 자료 검색과 도판 작업을 도와주었다.

도판 사진은 지난 20년간 틈틈이 내가 직접 찍은 것을 주로 실었지만 촬영이 허락되지 않는 유물들은 각 사찰과 박물관 등 소장처로부터 되도록 좋은 사진을 구입해 실었다. 일본에서는 사진 저작권이 아주 까다롭고 엄격하여 이를 섭외하는 것이 보통 힘든 일이 아닌데 창비 인문팀의 황혜숙 팀장, 윤동희, 최지수 님과 재일동포 이양수 님의 각별한 노력이 있었다. 이 자리를 빌려 깊이 감사드린다.

부디 이 책이 독자들에겐 즐거운 독서가 되고, 여행객들에겐 유익한 답사 안내서가 되기를 바라는 마음이다.

2020년 9월
유홍준

* 교토 사찰의 시대별 일람표

시대(세기)	사찰·신사	위치	참고사항
아스카 나라 (6~8)	가미가모 신사(上賀茂神社) 시모가모 신사(下賀茂神社)	낙북	가모씨 신사
	마쓰오 신사(松尾大社)	낙서	하타씨(秦氏) 신사
	이나리 신사(稻荷大社)	후시미	하타씨 신사
	광륭사(廣隆寺, 고류지)	낙서	진하승과 목조반가사유상
헤이안 (8~12)	동사(東寺, 도지)	낙중	공해(空海), 진언종 본산
	연력사(延曆寺, 엔랴쿠지)	히에이산	최징(最澄), 천태종 본산
	청수사(淸水寺, 기요미즈데라)	낙동	사카노우에(坂上田村麻呂) 발원
	인화사(仁和寺, 닌나지)	낙서	왕실(門跡, 몬세키) 사찰
	평등원(平等院, 뵤도인)	우지	후지와라(藤原) 씨사, 봉황당
	육바라밀사 (六波羅蜜寺, 로쿠하라미쓰지)	낙중	공야(空也), 다이라노 기요모리(平淸盛)
	삼십삼간당 (三十三間堂, 산주산겐도)	낙중	고시라카와(後白河) 상황 발원 천수관음상 1천구
가마쿠라 (12~14)	동복사(東福寺, 도후쿠지)	낙남	신안 해저 유물 물표
	지은원(知恩院, 지온인)	낙동	법연(法然), 정토종 본산
	건인사(建仁寺, 겐닌지)	낙중	영서(榮西), 임제종 본산
	고산사(高山寺, 고잔지)	다카오	명혜(明惠), 차(茶) 첫 재배지
	영관당(永觀堂, 에이칸도)	낙동	뒤를 돌아보는 불상
	상국사(相國寺, 쇼코쿠지)	낙중	슈분(周文)의 수묵화
	남선사(南禪寺, 난젠지)	낙동	선종 사찰 교(京) 5산 중 하나
	대덕사(大德寺, 다이토쿠지)	낙북	센노 리큐(千利休)의 고봉암
무로마치 (14~16)	천룡사(天龍寺, 덴류지)	낙서	지천회유식(池泉回遊式) 정원
	서방사(西芳寺, 사이호지)	낙서	무소 소세키(夢窓疎石) 설계
	금각사(金閣寺, 긴카쿠지)	낙서	아시카가 3대 쇼군, 기타야마(北山) 문화
	용안사(龍安寺, 료안지)	낙서	방장의 마른 산수(枯山水)
	은각사(銀閣寺, 긴카쿠지)	낙동	아시카가 8대 쇼군, 히가시야마(東山) 문화
에도 (17~19)	이조성(二條城, 니조조)	낙중	도쿠가와 쇼군의 교토 거소
	가쓰라 이궁(桂離宮, 가쓰라리큐)	낙서	고보리 엔슈(小堀遠州) 설계
	시선당(詩仙堂, 시센도)	낙북	이시카와 조잔(石山丈山)의 정원
	수학원 이궁 (修學院離宮, 슈가쿠인리큐)	낙북	고미즈노오(後水尾) 천황의 산장

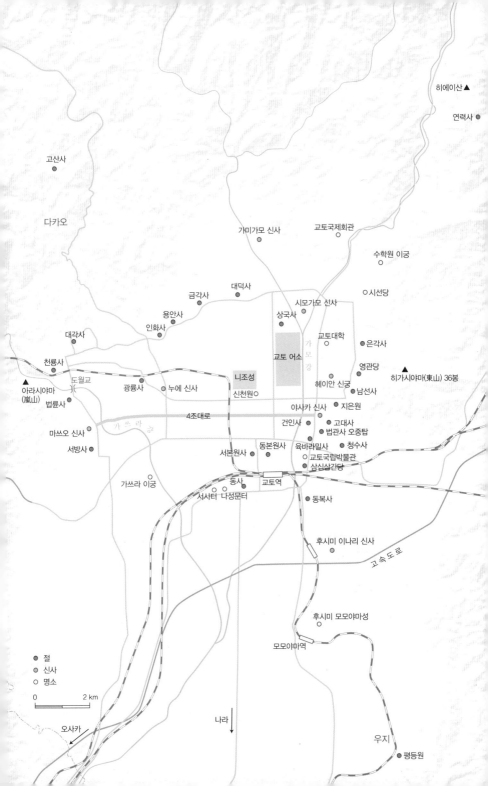

히에이산 ▲

연력사 ●

고산사 ●

다카오

가미가모 신사 ●   교토국제회관 ●

수학원 이궁 ●

대덕사 ●   시모가모 신사 ●   시선당 ○

금각사 ●

용안사 ●   상국사 ●

인화사 ●   교토대학 ●   은각사 ●

대각사 ●   영관당 ●

천룡사 ●   교토 어소   히가시야마(東山) 36봉 ▲

도월교   니조성   헤이안 신궁 ●   남선사 ●

아라시야마   광륭사 ●   누에 신사 ●   신천원 ○

(嵐山)

법륜사 ●   야사카 신사 ●   지은원 ●

4조대로   건인사 ●   고대사 ●

마쓰오 신사 ●   가   법관사 오중탑 ●

서방사 ●   동본원사 ●   육바라밀사 ●   청수사 ●

서본원사 ●   교토국립박물관 ○

가쓰라 이궁   삼십삼간당 ○

동사 ●   교토역

서사터 나성문터 ●   동복사 ●

후시미 이나리 신사 ●

고속도로

후시미 모모야마성 ●

모모야마역

● 절
● 신사
○ 명소

0   2 km

오사카   나라   우지

평등원 ●

나의 문화유산답사기
일본편 3 교토의 역사

차례

일러두기

1. 이 책의 일본어 표기는 국립국어원의 표기법을 따랐다. 권말에는 일본어를 현지음에 최대한 가깝게 적는 창비식 일본어 표기를 병기한 주요 고유명사의 일람표를 실었다.

2. 일본어 인명·지명은 일본어로 읽어주는 것을 원칙으로 하되, 사찰·유물·유적·승려의 이름 등 뜻을 지닌 한자어 고유명사는 독자의 이해를 돕기 위해 한자를 우리말로 읽어주고 괄호 안에 일본어 발음을 병기했다.

제1부
헤이안 이전

일본 국보 1호와 도래인 진하승

광륭사 / 일본 국보 1호 목조미륵반가사유상 /
카를 야스퍼스의 예찬 / 오가와 세이요의 사진 /
우리 국보 83호와의 비교 / 신영보전의 불상들 / 우는 미륵 /
진하승 부부 초상조각 / 위대한 도래인 진하승 / 광륭사의 역사 /
광륭사의 당우들 / 광륭사 중건비

낙서의 고찰, 광륭사

나의 교토 답사기가 맨 먼저 찾아갈 곳은 광륭사(廣隆寺, 고류지)다. 광
륭사는 교토에서 가장 오래된 사찰일 뿐만 아니라 이곳에는 신라에서
보내준 것으로 전하는 일본 국보 제1호 '목조미륵반가사유상(木造彌勒半
跏思惟像)'이 있기 때문이다.

이 불상은 우리나라 국보 제83호 '금동미륵반가사유상'과 너무도 비
슷하여 일본미술사에서는 도래 불상의 상징으로, 한국미술사에서는 사
실상 삼국시대 불상의 하나로 인식하고 있다. 그것이 일본 국보 제1호의
영예를 안고 있으니 한국인으로 교토에 간다면 당연히 한 번은 이 불상
을 보러 광륭사에 다녀올 만하다. 30년 전, 내가 처음 교토를 찾은 것은
오직 이 불상 하나를 보기 위해서였으니 이럴 때 바둑에서 쓰는 말이 만

패불청(萬覇不聽, 상대가 어떤 수를 두어도 듣지 않는 상황)이다.

광륭사는 낙서(洛西)의 한 고찰이다. 외국을 답사할 때 사람들이 가장 답답하게 느끼는 것은 지금 내가 가고 있는 곳이 동서남북 어디인지 머릿속에 잘 그려지지 않는 점이다. 안내서의 설명만으로는 이 절의 로케이션(위치)이 가늠될 리 없다. 그래서 회원들을 이끌고 답사할 때면 내가 쓰는 수법이 있다.

"광륭사는 교토 시내 서북쪽 외곽에 있습니다. 서울로 치면 신촌쯤에 있는 셈입니다. 여기서 서쪽으로 조금만 더 가면 교토 시민들이 가장 많이 찾는 아라시야마(嵐山)의 가쓰라강(桂川)이 나옵니다. 서울로 치면 마포 서강쯤 됩니다.

이 교토의 낙서 지역에는 명찰들이 즐비하여 광륭사 북쪽 산자락에는 금각사(金閣寺, 긴카쿠지), 용안사(龍安寺, 료안지), 인화사(仁和寺, 닌나지)가 있고 서쪽으로 조금만 더 가면 가쓰라 강변에 천룡사(天龍寺, 덴류지)가 있습니다. 이 절들은 한결같이 저마다 연륜있고 특색있는 아름다운 정원을 갖고 있어 서로가 교토에서 제일간다고 주장하는데 광륭사만은 그렇지 못합니다.

물론 광륭사도 옛날에는 장대한 사찰로, 아름다운 정원도 있었답니다. 그러나 메이지유신 때 폐불훼석(廢佛毀釋)의 피해를 크게 입어 사찰 땅이 이리저리 다 수용되어, 서울로 치면 서대문구에 해당하는 우쿄구(右京區)의 구청 청사와 경찰서가 들어섰습니다. 뒤쪽은 일본의 대표적 영화사인 도에이(東映) 영화사의 오픈 세트로 꾸민 영화촌이 차지하고 있습니다. 전철을 타고 우즈마사 고류지역에서 내리면 바로 코앞이 광륭사 정문인 남대문입니다. 관공서와 주택과 영화촌에 포위되어 있는 셈입니다."

20

| **광륭사 진입로** | 광륭사는 낙서의 한 고찰로 옛날에는 장대한 사찰이었고, 아름다운 정원도 있었다. 그러나 메이지 유신 때 폐불훼석의 피해를 크게 입어 사찰 땅이 이리저리 다 수용되고, 관공서와 주택과 영화촌에 포위되어 도심 속의 섬처럼 되었다.

    광륭사는 폐불훼석 이전에도 몇차례의 화재로 소실되는 재앙을 맞았다. 그러나 천만다행으로 그 와중에도 대대로 내려오는 불상, 고문서, 회화만은 온전히 살아남아 오늘날 광륭사의 사세를 지키는 힘이 되고 있다. 광륭사가 소장하고 있는 문화재를 보면 일본 국보가 12점, 우리나라 보물에 해당하는 중요문화재(약칭 중문重文)가 48점이나 된다. 그중 불상만 50여점이다.

    광륭사는 1923년에 영보전(靈寶殿)이라는 현대식 건물을 지어 이 불상들을 따로 보관했다가, 1982년 절 뒤편에 전통 건축양식을 반영해 반듯한 콘크리트 건물로 신(新)영보전을 짓고 창건 이래 조성된 불상들을 상설전시하면서 관람객을 맞이하고 있다. 교토에서 이처럼 아스카·나라·헤이안·가마쿠라시대의 불상조각을 한자리에서 볼 수 있는 곳은 광륭사밖에 없다. 그러니까 광륭사 답사는 건축이나 정원이 아니라 불상

답사이며, 그중 하이라이트가 일본 국보 제1호인 '목조미륵반가상'이다.

일본 국보 제1호, 광륭사 '목조미륵반가상'

우리 국보 제83호 금동미륵반가상에 아주 친숙한 우리들은 광륭사 목조미륵반가상을 보면 저절로 비교하게 된다. 그러나 이 목조미륵반가상은 그 자체가 뛰어난 불상조각으로 예술품으로서의 당당한 존재감이 있다. 국적을 떠나 한 사람의 관람객으로 이 목조미륵반가상을 친견하는 것만으로도 그날의 답사는 대만족일 수 있다. 나의 개인적인 소감을 말하면, 그 벅찬 예술적 감동이란 법륭사(法隆寺, 호류지)의 백제관음상(百濟觀音像)을 보았을 때에 받았던 충격에 비견할 만한 것이다.

광륭사 가장 안쪽에 자리하고 있는 신영보전에 들어서면 십이지신상을 필두로 하여 불, 보살, 천왕, 그리고 초상조각들이 장대하게 진열되어 있는데, 어둑한 실내에 오직 목조미륵반가상에만 옅은 조명을 가해 그것이 마치 이 공간의 주인공인 양 거룩하게 모셔놓아 관람객들의 발길이 자연스럽게 곧장 여기로 오게끔 되어 있다.

이 목조미륵반가상은 등신대 크기로 의자에 편안히 앉아 있는 반가부좌 자세를 하고 있다. 몸을 살짝 앞으로 기울인 채 오른발을 왼쪽 허벅지 위에 올려놓고는 오른쪽 팔꿈치를 무릎에 얹고 손가락으로 가볍게 원을 그리고 있다. 법을 구하기 위해 명상하는 자세인데 섬섬옥수 같은 손가락의 표현이 아주 유려하다.

지그시 감은 눈과 입가에 감도는 미소를 보면 그것은 바야흐로 법열(法悅)을 느끼는 듯 성스럽고 신비스러워 보인다. 아! 어쩌면 저렇게도

| **광륭사 목조미륵반가상** | 목조미륵반가상은 등신대 크기로 의자에 편히 앉아 있는 반가부좌 자세이다. 법을 구하기 위해 명상하는 자세인데 섬섬옥수 같은 손가락의 표현이 아주 유려하다.

| **우리 국보 83호 금동미륵반가상** | 광릉사 목조미륵반가상을 보면 우리에게 너무도 친숙한 국보 83호 금동미륵반가상이 저절로 생각난다. 전체적 인상은 비슷하지만 목덜미 의 표현, 옷주름의 굴곡, 손가락 수인의 자세, 그리고 얼굴의 미소 등에서 미세한 차이가 있다.

평온한 모습일 수 있을까.

　몸에 어떤 장식도 가하지 않은 나신(裸身)이다. 우리의 국보 83호 금 동미륵반가상만 해도 목덜미에 둥근 옷주름을 표현해서 법의(法衣)가

몸에 밀착되어 있음을 암시하지만 이 불상에선 가슴 부분이 가벼운 볼륨감으로 드러나 있고 목에 세 가닥 목주름을 나타냈을 뿐이다. 이를 삼도(三道)라 한다. 본래는 금분을 발랐던 것으로 확인되었지만 현재의 매끈한 나무 질감이 더욱 조형성을 느끼게 한다.

모자도 우리 국보 83호와 똑같은 단아한 삼산관(三山冠)을 쓰고 있어 '보관(寶冠) 미륵'이라는 애칭으로 불리고 있다. 하반신은 법의 자락이 굵은 주름을 지으면서 리드미컬하게 흘러내리고 있어 상반신과 강한 대비를 이룬다. 그러나 곧게 뻗은 왼쪽 다리만은 맨살로 나타내어 상반신의 매끄러운 질감이 연장된다. 참으로 슬기로운 재질감의 표현이다.

광륭사 목조미륵반가상은 이처럼 사실적이면서 동시에 완벽한 형식미를 갖추고 있어 불상이면서도 인간의 모습이 느껴져 여기서 우리는 신과 인간의 절묘한 만남을 경험하게 된다.

카를 야스퍼스의 반가상 예찬

광륭사 목조미륵반가상에 대해서는 무수히 많은 예찬이 있다. 그중 가장 감동적인 글은 독일의 실존주의 철학자 카를 야스퍼스(Karl Jaspers)가 1945년 가을, 2차대전이 끝난 직후 일본에 왔을 때 이 불상을 보고 남긴 찬사이다. 시노하라 세이에이(篠原正瑛)의 『패전의 저편에 있는 것(敗戦の彼岸にあるもの)』(弘文堂 1949)에 실려 있다고 하는데 광륭사 안내서에 재수록된 그 내용을 요약하면 다음과 같다.

"나는 지금까지 철학자로서 인간 존재의 최고로 완성된 모습을 표현한 여러 모델의 조각들을 접해왔습니다. 고대 그리스의 신상, 로마시대의 뛰어난 조각, 기독교적 사랑을 표현한 조각들도 보았습니다.

그러나 이러한 조각들에는 아직 완전히 초극되지 않은 어딘지 지상적인 감정과 인간적인 자취가 남아 있었습니다.

이성과 미의 이데아를 표현한 고대 그리스의 신상도 로마시대 종교적인 조각도 인간 실존의 저 깊은 곳까지 도달한 절대자의 모습을 나타낸 것은 아니었습니다. 그런데 지금 이 미륵반가상에는 그야말로 극도로 완성된 인간 실존의 최고 이념이 남김없이 표현되어 있음을 봅니다.

그것은 지상의 시간과 속박을 넘어서 달관한 인간 실존의 가장 깨끗하고, 가장 원만하고, 가장 영원한 모습의 상징이라고 생각합니다.

나는 오늘날까지 몇십년간 철학자로 살아오면서 이 불상만큼 인간 실존의 진실로 평화로운 모습을 구현한 예술품을 본 적이 없었습니다. 이 불상은 우리들 인간이 가질 수 있는 영원한 평화의 이상을 실로 남김없이 최고도로 표현하고 있습니다."

한동안 광륭사 신영보전에 들어가면 관람객들을 이 불상 앞에 모이게 하고 장내방송으로 이 글을 낭송한 오디오를 틀어주곤 했었다.

목조미륵반가상을 담은 사진과 그림

아름다움은 글로만 표현되는 것이 아니다. 사진으로도 그림으로도 추구된다. 이 목조미륵반가상은 사진발도 잘 받아 광륭사에서 판매하는 안내책자에 아주 좋은 사진으로 실려 있다. 또 크게 인화해서 따로 파는 것

| 오가와 세이요의 목조미륵반가상 | 광륭사 목조미륵반가상을 담은 사진 중 최고 명작이라고 생각하는 사진이다. 불상 사진 전문가가 고도의 테크닉을 구사하면서 칠흑 같은 배경에서 불상의 아름다움과 내면세계를 표현하는 데 성공했다는 평을 받았다.

이 있어 나는 액자로 꾸며 지금도 내 연구실에 걸어놓고 있다.

그러나 내가 이 불상 사진의 최고 명작이라고 생각하는 것은 오가와 세이요(小川晴暘)가 1925년에 찍은 사진이다. 그는 불상 사진 전문가로 고도의 테크닉을 구사하면서 칠흑 같은 배경에서 불상의 아름다움과 내면세계를 표현하는 데 성공했다는 평을 받아왔다.

그가 찍은 목조미륵반가상은 대단히 고아하고 얼굴이 약간 앳되어 보여 우리 국보 83호와 더욱 비슷한 인상을 풍긴다. 그가 이처럼 절묘한 시각을 포착한 것은 기술도 기술이지만 『불교미술(佛敎美術)』이라는 학술지를 발간할 정도로 그 자신이 미술사에 대한 애정과 조예가 깊었기 때문이라고 생각한다.

목조미륵반가상을 많이 그린 사람으로는 재일동포 화가 전화황(全和凰)이 있다. 그는 이 불상을 아담한 크기로 여러 점 그렸는데 불상의 미소와 질감을 갈색 모노톤으로 잘 나타냈다. 작품의 수준을 떠나 1938년 일본으로 건너가 화가로 활동하는 동안 태평양전쟁, 한국전쟁과 조국의 분단이라는 전란의 세월을 겪으면서 희망과 평화의 메시지로 이 불상을 많이 그렸다는 사실 자체가 우리에게 주는 잔잔한 감동이 있다.

목조미륵반가상에 홀린 얘기

그러나 아름다움이 주는 감동이 지나치면 병적인 증상으로 돌변한다. 1960년 어느 날 한 대학생이 이 불상의 아름다움에 홀려 자신도 모르게 달려가 오른손 약지 끝을 약 3센티미터 잘라 호주머니에 넣고 달아났다.

그는 버스정거장에 도착해 제정신이 들자 겁이 나서 거기다 버리고 하숙집에 돌아왔다. 그러고는 죄책감을 이기지 못해 결국 광륭사로 사죄하러 갔다고 한다. 이 사건은 당시 해외토픽으로도 널리 알려졌다고 한다.

이와 비슷한 사건은 1972년 5월, 바티칸에서도 일어났다. 한 헝가리 태생의 정신이상자가 바티칸의 성 베드로 대성당 제단에 모셔진 미켈란젤로의 걸작 피에타상에 올라가 "내가 예수다" "내가 미켈란젤로다"라고 소리치며 망치로 여러 차례 가격해 성모 마리아의 왼팔이 파손되고 코가 세 동강나는 큰 피해를 입었다.

파손된 피에타상은 10개월 만에 복원되어 다시 대성당 예배당에 진열되었지만 그후로는 방탄 강화유리장 안에 있다. 모두 명작에 홀린 사건들이다.

목조미륵반가상의 국적

미술사가들은 이 목조미륵반가상을 우리나라에서 제작한 것인가 일본에서 제작한 것인가를 놓고 지금도 이런저런 고찰을 하고 있다. 그런데 1951년, 교토대학 식물학과의 한 학생이 목조미륵반가상의 재료를 알아보기 위해 관리인에게 부탁하여 이쑤시개의 5분의 1 정도 되는, 나무 부스러기를 얻어 현미경으로 관찰했다. 그 결과 불상의 재질은 일본인들이 아카마쓰(赤松)라고 부르는 소나무임을 알아냈다(小原二郎 「상대(上代) 조각의 재료사적 고찰」, 『불교예술』 13호, 1951).

그것이 일본 소나무인지 우리나라 소나무인지는 알 수 없지만, 당시 아스카(飛鳥)시대 일본의 목조 불상들은 대개 녹나무(樟木, 구스노키)로 만들어졌는데 이 불상만 유일하게 소나무여서 우리나라에서 제작한 불상으로 추정하는 유력한 근거가 되었다.

그런데 이 불상의 허리띠 부분에는 녹나무가 사용되었음이 확인되어 일본에서 제작했다는 주장도 가라앉지 않고, 한편으로는 우리나라에서 제작한 것을 일본에서 보완 또는 수리한 것으로 보는 견해도 있다.

아무튼 이 불상은 양식상 명확히 우리나라 삼국시대 형식이고, 일본 아스카시대 불상으로는 아주 예외적이어서 한반도에서 건너온 도래 양식이라는 주장에는 이론(異論)이 없다. 이는 불상 제작지가 실제 어디이든 당시 양국의 친선적이고 긴밀했던 문화 교류 양상을 말해주는 대표적인 물증인 셈이다.

예술작품을 알아보는 눈

미술사가들은 이처럼 국적과 양식적인 문제에 집착하지만 한국인 일반 관객 입장에서는 이 불상과 우리 국보 83호를 비교해보면서 어느 것이 더 예술적으로 뛰어난가를 저울질해보고 싶은 마음이 일어날 것이다. 이에 대해서는 나와 절친한 역사학자 안병욱(安秉旭) 교수의 견해를 옮기는 것이 좋을 것 같다.

그는 화순 쌍봉사 아랫마을에서 태어나 거기서 어린시절을 보냈다. 30여 년 전 얘기다. 병욱이 아버지 환갑 때 나는 친구로서 축하드리러 그의 시골집에 간 적이 있다. 그때 우리는 걸어서 한 시간 걸리는 쌍봉사에 함께 갔다. 길을 가면서 내가 쌍봉사 철감국사비(哲鑑國師碑)의 돌거북은 우리나라 비석 받침 중 가장 훌륭한 조각이라고 미술사적으로 말하자, 그는 맞장구를 치면서 그 돌거북의 발을 보면 다른 발은 땅바닥에 짝 달라붙어 있는데 오른쪽 앞발만 살짝 들려 있는 것이 절묘하다고 했다. 사실 나는 거기까지는 기억하지 못하고 있었다.

2005년, 국립중앙박물관이 경복궁에서 용산으로 이사할 때 마지막 유물로 국보 78호와 국보 83호 금동미륵반가상, 둘만 넓은 전시장에 남겨둔 적이 있었다. 참으로 인상적인 전시였다. 병욱이는 이 둘을 비교하면서 78호가 83호만 못하다는 것은 오른쪽 발가락을 보면 알 수 있다고 했

| 83호 반가사유상 발(왼쪽)과 78호 반가사유상 발(오른쪽) | 같은 반가상이지만 디테일에서 차이가 많다. 78호는 곰발바닥처럼 발가락에 변화가 없지만 83호는 엄지발가락을 살짝 비튼 가벼운 움직임이 있다.

다. 78호는 곰발바닥처럼 평발인데 83호는 엄지발가락을 살짝 비튼 가벼운 움직임이 있다고 했다.

작년 겨울, 교토 답사기를 쓰기 위해 답사단을 꾸려 다시 한번 교토에 갔을 때 병욱이도 동행했다. 그가 광륭사에 가면 반드시 두 미륵반가상을 비교해 말하면서 그 발가락 때문에 우리 국보 83호가 더 뛰어나다고 말할 것이라고 나는 지레짐작하고 있었다.

그러나 이번에는 발가락이 아니라 손가락 때문에 국보 83호가 뛰어나다는 주장을 폈다. 광륭사 반가상은 그저 상투적인 수인(手印)으로 원을 그리고 있지만 국보 83호는 얼굴에 손을 대고 명상하다가 법열에 들면서 입가에 미소가 감돌고, 발가락은 살짝 움직이고, 손가락은 뺨에서 막 떨어지려는 순간을 나타냈으니 이것이 훨씬 높은 예술성을 지녔다는 것이다. 참으로 유물을 보는 그의 눈이 예리하다고 할 수밖에 없다.

명작의 비밀은 이처럼 디테일에서 두드러지는 경우가 많다. 정신이상자가 망치로 두드린 피에타상으로 말하자면 미켈란젤로 나이 25세 때 작품으로 그의 천재성이 가장 잘 드러난 것으로 유명하다. 피에타는 이 탈리아어로 '슬픔' '비탄'이란 의미인데 '그리스도의 죽음을 애도함'이라 는 작품명으로 통하고 있다.

많은 피에타상 중에서 유독 미켈란젤로의 이 작품이 명작으로 꼽히는 이유 중 하나는 뛰어난 디테일에 있다. 정신사로서의 미술사를 주장했던 막스 드보르자크(Max Dvořák)는 아르놀트 하우저(Arnold Hauser)로부 터 '하나의 미술품에 담긴 예술적 특징을 실수 없이 잡아내는 탁월한 미 술사가'라는 칭송을 받은 바 있는데 그는 이 피에타상에서 성모 마리아 의 왼팔 표현에 주목했다.

대부분의 피에타상은 성모 마리아가 죽은 그리스도를 두 팔로 껴안고 애도하는 모습이다. 그러나 미켈란젤로의 피에타상에선 성모 마리아의 왼팔이 긴장되게 뻗어 있다. 그는 이 들려 있는 왼팔엔 더 이상 슬픔에만 잠겨서는 안 된다는 성모 마리아의 의지가 깃들어 있다고 분석했다. 아, 어떻게 하면 우리도 이런 눈썰미를 가질 수 있을까.

| **미켈란젤로의 피에타상** | 미켈란젤로의 피에타상에선 슬픔을 극복하려는 성모 마리아의 표정에 걸맞게 왼팔이 긴장되게 뻗어 있다.

이따금 사람들은 나에게 미술에 관한 안목을 갖추려 면 어떻게 해야 하느냐고 물어오곤 한다. 막막하기 그지없는 질문인데, 어느 날 바둑 TV를 보다가 힌트를 얻었다. 김만수 8단이 천재형 바둑기사들의 대결을 해설하면서 이렇게 말했다.

"저런 묘수를 발견하려면, 타고나든가 훈련을 잘 받든가 경험이 많아야 합니다."

바로 그것이었다. 재주가 없으면 훈련과 경험을 쌓는 수밖에 없다. 『중용(中庸)』의 저자는 공자(孔子)의 말씀을 이렇게 전하고 있다.

어떤 사람은 나면서부터 알고, 어떤 사람은 배워서 알며, 어떤 사람은 노력해서 안다. (…) 그러나 이루어지면 매한가지다(或生而知之 或學而知之 或困而知之 (…) 及其成功 一也).

이 대목에서 천재가 아닌 우리들이 희망을 갖게 되는 것은 '이루어지면 매한가지다'라는 사실 때문이다.

불성을 찾아가는 보살의 이미지

나의 제자 중에 민규라는 학생이 있다. 지난번 교토 답사 때 조수 겸 데리고 갔는데 그에게 이 불상을 본 소감을 물어보았더니 머뭇거리다가 이렇게 말했다.

"선생님, 미술사학도들의 일차적인 소망은 하나의 유물을 보면서 선생님이나 책의 도움 없이 자신도 무언가 느낄 수 있기를 바라는 것입니다. 그래서 이번 답사에선 미술사적 지식은 잊어버리고 그냥 보이는 대로 보고, 느끼는 대로 간직하기로 마음먹었습니다."
"잘했다. 나도 그랬으니까. 그랬더니 뭐가 보이디?"
"목조미륵반가상 앞에 가보니 한 일본 여학생이 무릎을 꿇고 계속 불상을 바라보고 있더군요. 저도 국립중앙박물관 용산 이전 때 국보 83호 앞에서 세 시간을 바라본 적이 있어요. 가만히 생각해보니 비슷한 이미지의 불상을 한국인, 일본인이 바라보면서 느끼는 예술적 감동은 같은 것이 아닐까 생각하게 되었습니다. 불상이라는 조각을 통하여 일본인과 한국인이 그렇게 동질성을 얻을 수 있는 것이 아닌가 생각되었어요."

"듣고 보니 그러네. 그러나 거기에 하나의 전제가 있다면 둘 다 명작이기 때문이 아닐까? 평범한 불상이었다면 그렇지 않을 수 있었겠지."

"그리고 이 미륵상이 저에겐 왠지 청년상으로 보였어요."

"그거야 미륵은 태자사유상에서 유래했기 때문이겠지. 석가모니로 불리기 이전 싯다르타 태자가 인간의 실존에 대해 고민했던 것에서 유래한 것이지."

"결국 보살이란 부처가 되기 위하여 수도하는 모습이기 때문에 저는 이 반가상에서 완벽한 불성(佛性)보다 오히려 학승(學僧)이 연상되었어요."

"학승 중에서도 맑은 품성의 학승이었겠지."

"네, 가장 모범적인 학승요."

똑같은 불상인데 야스퍼스 같은 철학자는 절대자의 모습으로 보았고, 민규 같은 학생은 학승으로 본 것이다. 또 누구는 어떤 다른 모습으로 보았을지도 모른다. 다만 그 어느 경우든 저마다 간직한 이상적 인간상에 다가가게 하는 것이리라.

왜 일본 국보 제1호가 되었나

광륭사 목조미륵반가상은 일본 국보 제1호로 알려져 있다. 그런데 일본 문화재에는 지정번호가 따로 매겨지지 않고 국보, 중요문화재 같은 등급만 부여한다며 이것이 잘못된 얘기라는 주장도 있다. 결론부터 말하자면 둘 다 틀린 얘기가 아니다.

일본의 국보 제도는 폐불훼석을 거치면서 시작되었다. 사찰과 불상이 파괴되는 광란을 보면서 페놀로사(E. Fenollosa)와 오카쿠라 덴신(岡倉天心) 등이 앞장서서 '고사사(古社寺) 보존법', 즉 오래된 신사와 사찰을 문화재로 등록하는 법을 1897년에 제정한 데에서 유래한다. 그리고 1929년에는 '국보보존법(國寶保存法)', 1933년에는 '중요미술품 등의 보존에 관한 법률'을 제정하여 등록에서 지정으로 바꾸었다. 그러다 1950년에는 이 두 법을 통합하여 '문화재보호법'을 다시 제정하여 문화재 등급을 하나의 법으로 통일하게 되었다.

이에 따라 1951년에 문화재 지정을 위한 첫 회의 때 일괄로 많은 국보를 지정하게 되자 행정편의상 건축·조각·회화·공예 등의 장르마다 일련번호를 붙였는데, 이때 각 유물의 국보지정서(國寶指定書)에서 회화 제1호는 견본착색 보현보살상, 조각 제1호는 광륭사 목조미륵반가상, 건축 제1호는 무엇, 공예 제1호는 또 무엇 등으로 번호를 매겼다. 이것은 행정편의상 붙인 단순 관리번호였다. 1951년 일괄 지정 후 일본 국보에는 지정번호가 부여된 것이 없다.

이 점은 우리나라의 숭례문이 국보 제1호라고 불리는 것과 사정이 비슷하다. 일제는 식민지배와 동시에 일본의 문화재 제도를 우리나라에 그대로 이입하여 관리하기 시작했다. 1916년 '고적 및 유물 보존 규칙(古跡及遺物保存規則)'(조선총독부령 제52호)을 제정하여 문화재 등록을 제도화했고, 1933년에는 일본의 '국보보존법'을 본떠서 '조선 보물 고적 명승 천연기념물 보존령(朝鮮寶物古蹟名勝天然記念物保存令)'을 제정하고 기존의 '등록' 제도를 '지정' 제도로 전환했다. 그리고 회화·조각·공예·건축

| 십이지신상 | 광륭사 신영보전에 들어서면 바로 십이지신상이 일렬로 장대하게 늘어서 있다. 헤이안시대 작품으로 정확하고 사실적인 인체 비례로 힘찬 몸동작을 보여준다. 모두가 국보로 지정된 뛰어난 불상조각들이다.

등을 '보물'로만 지정하고 국보라는 등급은 부여하지 않았다. 나라 잃은 설움이 여기에도 나타나 있었다.

해방 후 한국전쟁이 끝나고 나서 정부는 1955년, 일제하에서 보물로 지정되었던 문화재 419건을 일괄로 국보로 승격시켜 재지정하는 단순 변경이 이루어졌다. 그리고 1962년 1월에 비로소 '문화재보호법(법률 제961호)'이 제정되었다.

이때 한꺼번에 많은 수를 지정하면서 혼동을 피하기 위해 일련번호를 매겼다. 그 순서는 건축·조각·회화·공예 순이었고 같은 장르 안에서는 서울·경기도·강원도 등의 순으로 매겼다. 그래서 서울의 건축물인 숭례문이 국보 제1호, 석굴암이 국보 제24호가 된 것이다. 그 역시 행정편의였지 어떤 상징성이나 등급을 의미하는 것이 아니었다.

따라서 일본 국보 1호 광륭사 목조미륵반가상이나 대한민국 국보 1호

서울 숭례문의 1번은 어떤 상징성이 있는 영광의 번호가 아니라 행운의 1번인 것이다.

'신영보전'의 불상조각들

신영보전 입구에 들어서면 바로 십이지신상이 일렬로 장대하게 늘어서 있어 관람객을 압도한다. 이 조각상들은 헤이안(平安)시대 작품인데 정확하고 사실적인 인체 비례로 힘찬 몸동작을 보여준다. 모두가 국보로 지정된 뛰어난 불상임에 틀림없다.

그러나 조각적으로 감상해볼 때 한결같이 무서운 얼굴로 위엄을 나타내고 있을 뿐이어서 한 분 한 분 오래도록 음미할 생각은 일어나지 않는다. 작품 속에서 인간성을 발견할 수 없기 때문이다. 돌이켜보건대 나라

(奈良) 흥복사(興福寺, 고후쿠지)의 십대제자상이 우리의 심금을 울리는 것은 인간적 표정이 살아 있기 때문이었다.

이 점은 전시장 안쪽에 있는 십일면관음보살상(국보), 불공견삭관음상(국보), 천수천안관음상(중문) 등도 마찬가지다. 이들이 아무리 1천년 전 헤이안시대 조각으로 미술사적 가치가 뛰어나다고 해도 현재적 관점에선 기괴한 조각상으로 다가올 뿐 나에겐 종교적 또는 예술적 감동이 좀처럼 일어나지 않는다.

그러나 일본인들 입장은 다른 것 같다. 밀교의 전통이 강하고 신도(神道)라는 관념적 신상에 익숙한 그들은 우리와 달리 이런 불상들을 한참 바라보며 그 앞에서 오랜 시간을 보낸다. 어떤 차이가 있는 걸까?

나중에 신사를 답사할 때 길게 말할 기회가 있겠지만, 일본 신앙에서는 '원령(怨靈)의 저주'라는 개념이 아주 강하게 작용한다. 일본의 마쓰리(祭)라고 하는 것은 신에게 축복을 비는 것이 아니라 원령에게 저주를 멈추어달라고 비는 개념인 경우가 많다. 이는 한일 두 나라 사람들의 신에 대한 감정 내지 정서가 그렇게 다르다는 것을 말해준다.

그래서 여러 차례 찾아간 광륭사 신영보전이지만 내가 이 전시장을 둘러보는 순서는 항시 똑같았다. 먼저 국보 제1호 목조미륵반가상 앞에서 내가 아는 모든 미술사적 낱낱 사실들을 확인하고 야스퍼스가 말한 그런 종교적 관점에서도 불상을 바라보며 긴 시간을 보낸다.

그다음으로는 바로 곁에 있는 또 하나의 목조반가상에 주목하게 된다. 이 목조미륵반가상 역시 국보로 지정되어 있다. 국보 1호보다는 작지만 현세적 이미지가 아주 강하고 법의 장식도 화려하면서 사실적이다. 특히 이 불상은 상투 모양의 보계(寶髻)가 우뚝하여 '보계 미륵'이라는 애칭도 있고, 입술이 두툼하고 눈두덩도 불거져 있는 것이 마치 우수에 찬 듯하다고 해서 '우는 미륵'이라는 별명도 있다. 국보 1호 '보관 미륵'

| **우는 반가사유상** | 국보 1호에 비해 현세적 이미지가 아주 강하고 법의 장식도 화려하면서 사실적인 당대의 명작이다. 미소를 잃은 표정 때문에 '우는 미륵'이라는 별명으로 불린다.

이 아이디얼리즘이라면 '우는 미륵'은 리얼리즘 조각에 가깝다.

　이 '우는 미륵'은 재질이 녹나무이고 어깨에 걸친 천의 자락에는 쇠가죽으로 장식한 독특한 기법이 구사되어 일본 불상이 토착화되어가는

7세기, 하쿠호(白鳳)시대에 제작된 것으로 보고 있다. 우리나라엔 녹나무로 제작한 불상이 없다.

'우는 미륵'까지 보고 나면 나는 다시 입구로 돌아가서 불상 하나하나를 차근차근 둘러본다. 사실 여기 진열된 50여 불상들은 미술사적 가치가 높은 명작들이 많다.

쇼토쿠 태자상과 진하승 부부 초상

우리들 입장에선 귀신같이 무서운 신상보다는 인자한 신상, 신보다는 인간의 모습에 더 관심이 많고, 거기서 더 큰 감동을 받는다. 그래서 나의 발길은 초상조각에 오래 머물게 된다.

신영보전 안에는 멋진 쇼토쿠(聖德) 태자상이 둘 있다. 나라에서 익히 보아온 바와 같이 태자상에는 네 가지 정형이 있는데(『나의 문화유산답사기』 일본편 2권, 100면 참조) 여기에는 2세 나무불 태자상과 16세 효양상이 전시되어 있다.

16세 효양상은 태자의 영혼을 모신 팔각당 건물인 계궁원(桂宮院)의 본존으로 모셔졌던 것으로 조각적으로 볼 때 기품이 넘치는 명작이다. 족좌에 신을 벗어놓고 의자에 높직이 올라앉아 있는 태자의 자세가 늠름하고 기품있는데 옷자락의 당초무늬와 의자의 꽃무늬가 대단히 화려하면서도 차분한 색채 감각을 보여준다. 나무의 질감이 아주 매끄러워 더욱 야무진 인상을 준다. 2세상 역시 기품과 권위를 강조한 당당한 조각이지만 두 살배기치고는 너무도 성숙하고 당당하여 절로 미소를 짓게 한다.

그리고 또 하나의 초상조각으로 이 절을 창건한 진하승(秦河勝, 하타노 가와카쓰) 부부의 조각상(중문)이 있다. 헤이안시대에 녹나무로 제작한 좌

| **쇼토쿠 태자 효양상** | 태자 16세 때의 조각상으로 기품이 넘치는 명작이다.
옷자락의 당초무늬와 의자의 꽃무늬가 대단히 화려하면서도 차분한 색채 감각
을 보여준다.

상으로 자못 사실적인 분위기가 있어 진하승의 얼굴엔 위엄이 가득하고,
지그시 눈을 감은 부인의 얼굴에서는 후덕함이 읽힌다.

일본 고대와 중세의 뛰어난 초상조각들에 비할 때 이 작품들이 조형
적으로 명작이라 할 수는 없지만 내가 여기서 감동받는 바는 저 위대한
도래인 후손 진하승을 이렇게 만나고 있다는 사실이다. 다른 사찰의 경
우라면 대개 이 절에 주석(駐錫)했던 스님의 초상조각이 있을 법한데 여
기서는 진하승 부부가, 그것도 목조미륵반가상 바로 옆자리를 차지하고
있는 것이다.

| 진하승 부부 | 광륭사를 창건한 진하승 부부 초상으로 진하승의 얼굴엔 위엄이 가득하고, 지그시 눈을 감은 부인의 얼굴에서는 후덕함이 읽힌다. 재료는 녹나무인데, 헤이안시대에 제작된 초상조각으로 생각된다.

위대한 도래인 후손, 진하승

도래인 후손 진하승의 이야기를 처음 듣는 분이라면 아마도 상상을 뛰어넘는 엄청난 사실에 놀랄 것이다. 좀더 객관성을 견지하기 위하여 내가 해설하기보다는 이노우에 미쓰오(井上滿郞)가 쓴 「진하승」이라는 글을 옮겨놓는 것이 좋을 듯하다.

진하승은 쇼토쿠 태자의 브레인이었다. 그의 집안 하타씨(秦氏)는 도래 씨족으로 아스카의 야마토노아야씨(東漢氏)와 함께 일본 고대 역사와 문화의 주춧돌이 되었다. 그의 집안은 일본 전체에 널리 퍼져 살고 있었는데 진하승의 본거지는 교토였고 훗날 그의 후손들이 클

태(太)자를 더해 태진(太秦)이라 쓰고, 우즈마사라고 불리고 있듯이 우즈마사 지역(광륭사 일원)을 본거지로 세력이 뻗어 있었다.

그가 태자와 어떻게 인연을 맺게 되었는지는 확실치 않지만 도래 인으로서 대대로 계승해온 군사나 외교 지식이 쇼토쿠 태자가 참신한 정치를 펼칠 수 있는 배경이 되었다는 것은 의심의 여지가 없다.

소가노 우마코(蘇我馬子)가 태자와 라이벌 관계일 때 태자는 도래 인의 힘을 빌리고자 진하승을 비롯한 하타씨를 등용했다. 진하승에 대해서는, 태자의 측근으로 많은 공적을 쌓았다는 사실 외에는 생몰 년을 비롯해 별로 알려진 것이 없지만 태자가 배불파(排佛派)와 싸울 때 그가 태자를 도와 승리를 이끌어낸 것은 군정인(軍政人)으로서 참여했다는 사료의 기록에서 확인할 수 있다.

태자가 불교를 적극 받아들일 때 진하승이 미륵반가상을 주존으로 모신 광륭사가 바로 그의 씨사였다. 아스카에 문화가 꽃필 때 교토에 서도 이렇게 문화가 싹트고 있었던 것이다. (…) 이후 진하승의 이름 은 역사 사료에서 소식이 끊긴다. 그러나 태자가 죽고 난 뒤에도 그는 교토에서 조용히 살며 오래도록 장수했던 것으로 보인다(門脇禎二 감수 『飛鳥 — 古代への旅』, 平凡社 2005, 28면).

이처럼 진하승은 불모지였던 교토 땅을 문명의 터전으로 일구어낸 아 스카시대 위인 중 한 분이며, 하타씨는 자랑스러운 한반도 도래인이었다.

광륭사의 창건 과정

진하승을 말하자면 자연스럽게 광륭사의 창건 이야기로 들어가게 된 다. 광륭사는 603년에 건립된 교토에서 가장 오래된 절로 나라의 법륭사, 오사카(大阪)의 사천왕사(四天王寺, 시텐노지) 등과 함께 쇼토쿠 태자가 건립한 7대 사찰의 하나이며, 이 절의 이름은 봉강사(蜂岡寺, 하치오카데라), 갈야사(葛野寺, 가도노데라), 진사(秦寺, 하타데라), 태진사(太秦寺, 우즈마사데라) 등 여러 가지로 불려왔는데 일반적으로는 광륭사라 불리고 있다고 한다. 이를 좀더 자세히 알아보면 우선 광륭사의 창건과 관련해서 『일본서기(日本書紀)』603년조에 나오는 다음과 같은 기사부터 확인해야 한다.

11월, 쇼토쿠 태자가 여러 대부(大夫)들에게 말하기를 '나는 존귀한 불상을 갖고 있다. 누가 이 상을 모시고 공경할 것인가'라고 했다. 그때 진하승이 나아가 '신이 받들어 모시겠습니다'라고 하고는 즉시 불상을 받아들고 이를 모시기 위하여 봉강사를 세웠다.

그리고 『일본서기』623년조에는 신라가 일본에 사신을 파견하여 불상 1구와 금탑, 사리를 가져왔다는 기사가 나온다. 불상은 가도노(葛野)의 진사에 두었고 나머지들은 모두 오사카 사천왕사에 봉안했다고 한다.
603년조에 나오는 불상이 아마도 '우는 미륵'이고, 신라 사신이 가져왔다는 불상은 목조미륵반가상이라 짐작된다. 이때 신라의 사신은 바로 전해(622)에 죽은 쇼토쿠 태자를 조문하러 온 것으로 보인다. 가도노는 이 일대 넓은 지역의 이름으로 당시 하타씨의 본거지였기 때문에 '가도노의 진사'라고 한 것이다.
그런데 광륭사의 내력을 기록한 『광륭사 연기(緣起)』라는 문헌을 보면 표현에 약간씩 차이가 있는데 이를 종합적으로 정리하면 다음과 같다(임남수 『광륭사 연구』, 中央公論 美術出版 2003 참조).
603년에 지었다는 봉강사는 지금의 광륭사 자리가 아니라 진하승의

| **광륭사 입구** | 광륭사는 교토에서 가장 오래된 절로 나라의 법륭사, 오사카의 사천왕사 등과 함께 쇼토쿠 태자가 건립한 7대 사찰의 하나이다.

저택 안으로 추정되고, 623년 기사에 나오는 진사는 바로 전해인 622년, 쇼토쿠 태자가 죽자 그를 추모하기 위해 진하승이 지은 지금의 광륭사로 추정된다.

봉강사와 진사는 이처럼 따로 있었으나 794년 천도 때 헤이안쿄(平安京) 내에는 동사(東寺, 도지)와 서사(西寺, 사이지) 외에 절대로 다른 절을 두지 못하게 하자, 성내(城內)에 있던 봉강사를 진사와 합치면서 오늘의 광륭사가 된 것으로 추정된다.

이처럼 7세기 아스카시대에 하타씨의 씨사로 교토에 가장 먼저 세워진 사찰인 광륭사는 헤이안시대 이후 오늘에 이르기까지 일본 역사의 흐름 속에서 몇차례 영광과 재앙을 반복하여 맞게 된다.

헤이안시대에는 797년 칙령에 의해 약사여래상을 주존불로 모시게 되었다. 그러나 818년 화재로 당탑 모두가 소실되었다. 이때 하타씨 출

| 계궁원 | 가마쿠라시대에 들어 쇼토쿠 태자 신앙이 일어나면서 광륭사에는 태자의 영혼을 모시는 계궁원이 지어지고 여기에 아름다운 태자상이 봉안되었다. 신영보전의 16세 효양상이 계궁원에서 옮겨간 것이다.

신의 진도창(秦道昌, 하타노 도쇼)이라는 승려가 등장하여 836년에 대대적으로 중창하면서 광륭사의 중흥조가 되었다. 광륭사는 천황에게 80정(町)에 이르는 땅을 하사받으며 사세를 키웠다. 그러나 1150년에 또 화재로 소진되었다. 그러자 1165년에 정면 5칸 측면 4칸의 제법 큰 규모로 강당을 중건하고 약사여래상을 협시보살과 함께 모셨다.

그러다 가마쿠라(鎌倉)시대에 들어 쇼토쿠 태자 신앙이 일어나면서 광륭사에는 태자의 영혼을 모시는 계궁원이 지어지고 여기에 아름다운 태자상이 봉안되면서 다시 중요한 사찰로 부각되었다. 신영보전에서 본 16세 효양상은 이 계궁원에 모셔져 있던 초상조각이다.

이후에도 광륭사는 1120년, 쇼토쿠 태자 서거 500주기를 준비하며 아름다운 목조 쇼토쿠 태자상을 모셨고, 역대 천황들은 즉위할 때 입는 황토색 도포(黃櫨染御袍)를 쇼토쿠 태자상에 바치는 영광을 이어갔다. 이

| 쇼토쿠 태자상 | 상궁왕원 태자전에 모셔져 있는 쇼토쿠 태자상에는 역대 천황들이 즉위할 때 입은 황토색 도포가 입혀져 있다.

상은 특이하게도 태자 33세상으로 제작되었다. 그것은 태자가 진하승에게 불상을 내려주어 처음 봉강사(광륭사)를 지을 때의 태자 나이가 33세였기 때문이라고 한다. 현재 이 태자상에 입힌 옷은 지금 천황인 아키히토(明仁)가 즉위식 때 입었던 옷이라고 한다. 이 태자상은 오직 매년 11월 21일 하루만 세상에 공개된다고 한다.

이런 영광의 광륭사였건만 폐불훼석의 광풍을 피해가지 못해 오늘날 광륭사는 기역자로 굽은 협소한 공간에 10채 남짓한 당우(堂宇)만이 그 옛날을 지키고 있을 뿐이다.

광륭사의 당우들

관광버스 주차장에서 들어오면 광륭사의 허리를 가로질러 신영보전으로 가게끔 되어 있기 때문에 이 절의 가람배치가 잘 들어오지 않는다. 그러나 전철을 타고 우즈마사역에서 큰길로 나오면 광륭사 남대문이 거룩하게 맞이한다. 1702년에 세워진 이 남대문은 아주 번듯하게 잘생겼다.

일반적으로 일본 고찰들의 대문(삼문)은 아주 장대하고 늠름하다. 나라의 동대사(東大寺, 도다이지), 교토의 남선사(南禪寺, 난젠지)·지은원(知恩院, 지은인)·동복사(東福寺, 도후쿠지) 등의 대문은 엄청난 규모로 우리나라는 물론이고 중국에서도 보기 드물 정도다. 우리나라의 산문은 일주문인

| 광룡사 남대문 풍경 | 우즈마사역에서 큰길로 나오면 광룡사 남대문이 거룩하게 맞이한다. 교토 시내에 있는 절집 대문(삼문)들은 이처럼 아주 번듯하게 잘생겼다.

데 일본의 사찰은 왜 이처럼 장대한 규모일까.

가만히 생각건대 일본의 절들은 시내에 있기 때문이다. 일본에서도 산사라 할 정유리사(淨瑠璃寺, 조루리지)·실생사(室生寺, 무로지)·연력사(延曆寺, 엔랴쿠지)의 산문은 이처럼 크지 않다. 아마도 시내의 사찰들이 밖으로 그 위세를 가장 잘 드러낼 수 있는 방식이 대문이기 때문일 것이다. 생래적으로 집장수 집의 대문이 큰 것과 같은 이치리라.

남대문을 들어서면 바로 마주하게 되는 것이 강당(講堂)이다. 이 강당 건물은 교토에서 가장 오래된 건물이어서 중요문화재로 지정되었지만 나무들에 가려 그 전모가 잘 눈에 들어오지 않는다. 강당 옆으로는 약사당(藥師堂), 지장당(地藏堂) 등 작은 당우가 들어서 있지만 거기까지 우리들의 발길이 갈 여유는 없고 곧장 마주 보이는 태자전(太子殿)으로 발길을 돌리게 된다.

| 상궁왕원 태자전 | 쇼토쿠 태자를 모신 광륭사의 핵심 건물로 지붕 앞머리를 캐노피 식으로 살짝 내밀면서 날카로운 검(劍)을 연상시키는 곡선을 이뤘고, 정면과 측면에 넓은 퇴를 두어 공간에 여유로움이 있다. 에도시대 건축의 아름다움을 잘 보여준다.

1730년 광륭사는 천황의 옷을 입힌 태자상을 거룩하게 봉안하기 위하여 이 태자전을 새로 짓고 본당으로 삼았다. 정식 명칭은 상궁왕원(上宮王院) 태자전이다. 이 태자전의 자태는 대단히 매력적이다. 지붕 앞머리를 캐노피 식으로 살짝 내밀면서 날카로운 검(劍)을 연상시키는 곡선을 이뤘고, 정면과 측면에 넓은 퇴를 두어 공간에 여유로움이 있다. 에도(江戶)시대 건축의 아름다움을 아주 잘 보여준다.

그런데 이 건물 벽면에는 이상할 정도로 많은 현판이 어지럽게 걸려 있다. '일심(一心)'처럼 뜻이 깊은 현판도 있지만 건설·토목 회사 이름이 많다. 그것은 쇼토쿠 태자가 한반도(대륙)로부터 건축기술을 받아들였다는 사실 때문에 쇼토쿠 태자를 대목수(大工)의 비조(鼻祖)로 받들게 되어 건축회사들이 기진한 것이란다.

이것은 일본의 절 어디에서나 볼 수 있는 일반적인 풍습이다. 절집마다 갖가지 방식으로 기부금을 유도한다. 그러나 솔직히 말해서, 깔끔한 것을 좋아하는 일본답지 않게 너저분한 모습이다. 그 아름다운 동대사 이월당(二月堂)에 오르려면 계단 난간에 5만엔, 10만엔, 100만엔 등 기진자(寄進者)의 회사금에 따라 크기가 다른 엄청나게 많은 돌기둥들이 설치되어 있어 절로 혀끝을 차게 된다. 이 어지러운 현판들은 한마디로 돈이 아름다움을 이긴다는 얘기인 셈이다.

"대화는 돼도 설명은 안 된다"

교토에 갈 때마다 들르는 광륭사이지만, 30년 전 내가 처음 광륭사를 찾아왔을 때가 정말 좋았다. 특히 사찰의 관리인들이 아주 친절해서 도래인의 고향에 온 것 같은 친근감이 있었다.

그러던 광륭사가 언제부터인지 관람객들을 맞이하고 환영하는 것이 아니라 감시하는 태도로 돌변했다. 태자전은 밖에서도 사진을 찍지 못하게 한다. 무심코 건물 사진을 찍는데 절을 관리하는 한 중년 여성이 청소를 하다 말고 빗자루를 들고 달려와 사진을 찍지 말라고 한다.

세상에! 실내도 아니고 마당에서도 건물 사진을 찍지 말라는 것은 세계 어느 나라에서도 들을 수 없는 상식 밖의 얘기였다. 왜 못 찍게 하느냐고 물으니 절의 관리 방침이 그렇단다.

신영보전에서는 더욱 황당한 일을 당했다. 전시장으로 들어서면서 나는 일행들에게 준비해간 해설용 이어폰을 귀에 꽂게 하고 목조미륵반가상 앞으로 모이게 한 다음 낮은 목소리로 설명을 시작하려고 하는데 나이든 관리인이 굳은 표정으로 달려와 "설명하면 안 된다"고 했다.

나는 그것을 '조용히 하라'는 뜻으로 알아들었다. 그래서 아주 낮은 목소리로 설명했다. 그러자 화를 내면서 "설명하면 안 된다고 하지 않았냐"

| **광릉사 경내의 작은 신사** | 광릉사는 경내 전체가 사진 촬영 금지구역이라며 불상은커녕 건물 바깥 사진조차 찍을 수가 없다고 한다. 그러나 신영보전으로 가는 길에 있는 이 작은 신사는 하도 정겨워 나도 몰래 카메라 셔터를 누르고 말았다.

며 나를 한쪽으로 밀쳤다.

어이없어 불상만 멀찍이서 바라보는데 저쪽에서 일본인들이 큰 소리로 얘기하는 것이 들렸다. 그런데도 관리인은 그들을 말리지 않는 것이었다. 내가 왜 저 일본 사람들 얘기하는 것은 말리지 않느냐고 항의하자 관리인 하는 말이 가관이었다.

"대화는 돼도 설명은 안 됩니다."

이런 황당한 경우가 있을까. 나의 답사에는 이상하게도 법조인들이 많이 참가하곤 하는데, 그때 마침 일행 중에 현직 검사 한 분과 변호사 두 분이 있었다. 검사는 이 어처구니없는 대답을 듣고 절로 한마디 하는데 그것은 법률용어였다.

"진술이 헷갈리기 시작하는군!"

그러자 함께 있던 A변호사는 "혹 설명을 막는 것이 아니라 한국인을 경계하는 것이 아닐까요? 그렇지 않고는 설명이 안 되는데요."라는 것이었다. 설마 그럴 리가 있을라고.

광륭사 중건비의 삭제된 글자

태자전 입구에는 '광륭사 중건비'라는 제법 큰 현대식 빗돌이 있다. 1970년에 세워진 이 비석에는 광륭사의 역사를 길게 새겨놓았는데 그 둘째 줄 "진하승이 창건했다"의 바로 윗부분에 일곱 글자를 도려내고 메워놓아 빈칸으로 남긴 흔적이 있다.

무슨 글자가 지워졌을까. 괄호 넣기 시험문제에 나올 만한 빈칸이었다. 이때 신영보전에서 당했던 일에 분이 풀리지 않은 A변호사는 "신라에서 도래한"이었을 것이라고 하며 이게 아까 한국인을 경계했다는 증거라고 했다. 그래서 내가 재미삼아 A변호사에게 물었다.

"이런 확실한 증거를 법률용어로 무어라 합니까?"
"갑(甲)1호 증(證)이라고 합니다"

그러자 옆에 있던 B변호사가 이의를 달고 나왔다.

"갑1호 증이 되려면 문서로 제출해야 하니 그냥 물증이라고 해야 합니다."

| 광륭사 중건비 | 태자전 입구에 '광륭사 중건비'라는 제법 큰 현대식 빗돌이 있다. 1970년에 세워진 이 비석에는 광륭사의 역사를 길게 새겨놓았는데 그 둘째 줄 "진하승이 창건했다"의 바로 윗부분에 일곱 글자를 도려내고 메워놓은 흔적이 있어 많은 궁금증을 자아내며, 갖은 추측을 낳고 있다.

그러자 이번엔 A변호사가 다시 반론을 제기했다.

"이것을 사진으로 찍어서 문서로 제출하면 갑1호 증이 됩니다."

그래서 우리들은 변호사들 머리싸움은 치열하다며 한바탕 웃고 말았다. 나는 지워진 글이 무엇인지 명확히 알고 싶었다. 이 글을 쓰기 위해 이런저런 자료를 검색하는데 시바 료타로(司馬遼太郎), 우에다 마사아키(上田正昭), 김달수(金達壽) 등 세 분의 좌담을 엮은 『일본의 도래문화(日本の渡來文化)』(中公文庫 1982)를 읽다보니 우에다 마사아키가 다음과 같이 말한다.

나는 역시 (하타씨가) 신라계의 도래인이라고 보아도 좋다고 생각하고 있습니다. 광륭사에 비가 세워졌는데 거기에는 '진시황제의 자손' 진하승으로 쓰여 있습니다. 그것을 나는 알지 못했는데 1970년 여름 모스크바에서 열린 국제역사학대회에서 돌아온 정조문(鄭詔文, 고려미술관 설립자)씨가 "저런 비가 세워져 있는 것을 우에다 선생은 묵인해도 좋습니까"(웃음)라고 하는 말을 듣게 되어 광륭사의 주지에게 내 생각을 말했더니 "아, 그러면 정정하겠습니다"라고 말했습니다. 이것은 『교토신문』에 기사로 나오기도 했습니다마는 그럴 정도로 (일본인들은) 하타씨를 중국계로 생각하는 뿌리가 깊다고 생각합니다.

우리들이 오해하고 있었던 셈이다. 그렇다면 왜 일본인들에게는 '진하승이 진시황제의 자손'이라는 오해가 생긴 것일까. 그것은 이제부터 하타씨의 유적들을 답사하면 다 이해하게 될 것이다.

도래인 하타씨의 교토 개척사
광륭사 우즈마사 신전 / 하타씨 / 우즈마사의 유래 / 누에 신사 /
오사케 신사 / 뱀무덤 / 아라시야마 / 도월교 / 대언천 /
도창 스님 공덕비 / 법륭사 전망대에서 / 이치노이 제방비 /
하타씨 후손의 번성 / 마쓰오 신사

광륭사 우즈마사전

광륭사 태자전 바로 옆에는 사람들이 별로 눈여겨보지 않는 작은 건
물이 하나 있다. 이 건물은 광륭사 안내책자에도 실려 있지 않고 어느 자
료를 찾아보아도 나오지 않는다. 내가 갖고 있는 정보는 오직 이 건물 계
단 앞에 놓여 있는 작은 널빤지 안내판에 쓰여 있는 내용이 전부인데 우
즈마사전(太秦殿)이라는 신사란다. 하도 낡아 먹글씨가 흐릿하지만 읽
히기는 했다.

옛날부터 하타씨(秦氏)를 제사 지낸 신사로, 본존은 진하승이고 나
중에 (비단의 여신인) 한직녀(漢織女, 아야하토리메), 오직녀(吳織女, 구레하
토리메)를 합사했다. 1841년 12월에 재건되었다. (…) 후인들이 그 덕

| 진하승 신사 | 광륭사를 창건한 진하승을 신으로 받든 신사로, 그를 우즈마사 신명(太秦神明)이라고 했으며, 그의 양옆에는 양잠의 여신 두 분을 함께 모셨다.

을 찬양하여 진하승을 신으로 숭배하면서 우즈마사 신명(太秦神明)
이라고 칭했다.

거의 30년 전, 광륭사에 처음 와서 이 안내판을 읽고 받은 충격을 나는
잊지 못한다. 진하승이 얼마나 위대했기에 신으로까지 모셨을까? 그것
은 아리타(有田)의 도공 이삼평(李參平)이 도자기의 신으로 모셔진 것보
다도 더 놀라운 일이었다.

나는 하타씨와 진하승에 대해 좀더 알고 싶어 그날 저녁 시내 시조(四
條)에 있는 대형서점 신신도(尋尋堂)에 갔다. 일본은 과연 출판왕국다웠
다. 교토에 관한 책이 코너 하나를 차지하고 있었다. 이때 구입한 하야시
야 다쓰사부로(林屋辰三郎)의 『교토(京都)』(岩波新書 1962)와 무라이 야스
히코(村井康彦)의 『교토 사적견학(京都史蹟見學)』(岩波新書 1982)은 이후

나의 교토 답사 길라잡이가 되었다.

하타씨에 관해서는 일본 고대사가들의 많은 논저가 있는데, 630면에 달하는 방대한 저서인 오와 이와오(大和岩雄)의 『하타씨 연구(秦氏の研究)』(大和書房 1993)에서 그 복잡한 내력을 대략 알 수 있었다. 서문도 없는 이 책의 첫째 장, 첫 문장은 다음과 같이 시작하고 있다.

하타씨는 도래 씨족 중에서도 최대이고, 일본의 문화·경제·종교·기술·정치 등에 넓고 깊게 영향을 주었다. 따라서 하타씨에 대해 고구 (考究)하는 것은 최대 도래 씨족에 대한 것일 뿐만 아니라 (고대) 일본의 문화·경제·종교 등에 대한 고찰이다.

이 하타씨들은 토목·제방·양잠·베짜기·양조·제철·제도(製陶)·목공 등 몸에 밴 발달된 문명을 갖고 도래하여 교토에 정착하면서 크게 성공할 수 있었는데 그것은 일본 고대사회를 개명시키는 신기술이기도 했다는 것이다.

하타씨는 누구인가

하타씨는 5세기 후반 한반도에서 도래한 집단으로 이에 대해서는 『고사기(古事記)』『일본서기』『신찬성씨록(新撰姓氏錄)』 등 일본의 대표적인 고대사 기록에 모두 나온다. 그 내용은 제각기 조금씩 다른데 이 기록들에서 공통적으로 일치하는 팩트(fact)는 다음과 같다.

한반도에서 궁월군(弓月君, 일명 융통왕融通王)이 120(또는 127)현(縣)의 인민들과 함께 도래했다.

| **하타씨의 교토 분지 개척** | 하타씨의 거주 범위는 교토 분지 전체에 걸쳐 널리 퍼져 있었다. 마쓰오 신사, 누에 신사, 후시미의 이나리 신사 등이 하타씨가 창건한 신사들이다. 학자들은 헤이안쿄라는 수도 건설도 사실상 하타씨의 개척에 의한 것으로 생각하며 고대 교토의 형성에 있어서 최대 공로자라고 말한다.

　여기서 120현민이라는 것이 얼마만 한 숫자인지 확실치 않지만 대단히 많은 집단적 이민이라는 사실만은 분명한 것 같다. 그런데 궁월군이 누구였고, 한반도 어디에서 왔는지, 또 왜 이 모두가 진씨(秦氏)가 되었고, 왜 이를 '하타씨'라고 부르는지에 대해서는 기록마다 설명이 다르다.

　『하타씨 연구』에서는 하타씨에 대한 제 학설을 세세히 논증하고 있는데 그것을 여기서 다 소개할 여유는 없고, 학계의 그런 연구 결과를 바탕으로 기술한 가장 보편적인 견해에 의지하는 것이 간명할 것 같다. 그 대표적인 예로 교토에 관한 모든 사항의 핵심적 내용을 요약한 『교토대사전』(淡交社 1983)을 보면 '하타씨'에 관해 다음과 같이 기술되어 있다.

도래계 고대 씨족 중 최대의 씨족. 우즈마사 부근을 본거지로 했다. 조선반도의 동쪽 신라에서 5세기 후반경에 집단으로 건너와 일본의 국가 형성에 문화·기술 등을 통하여 공헌했다.

하타씨는 가쓰라강(桂川)에 큰 제방을 쌓아 사가노(嵯峨野) 지역을 농지화하는 데 큰 역할을 했고, 본거지 우즈마사에는 씨사인 광륭사가 있으며 여기엔 신라에서 온 도래불인 목조미륵반가상이 안치되어 있다.

이들의 거주 범위는 교토 분지 전체에 걸쳐 널리 퍼져 있어, 후시미(伏見, 교토 남쪽)의 이나리 신사(稲荷大社), 마쓰오(松尾, 가쓰라강 서쪽)의 마쓰오 신사, 우즈마사의 누에 신사(蠶の社) 등이 하타씨가 창건한 신사들이다.

또 헤이안쿄라는 수도 건설도 하타씨의 원조에 의한 것으로 보이므로 고대 교토의 형성에 있어서 최대 공로자라고 일컬어지고 있다.

우리는 이것을 하타씨에 대한 현재 일본학계의 공식적인 견해로 받아들일 수 있다.

왜 진씨를 하타씨라고 부르나

『일본서기』와 『신찬성씨록』은 이러한 내용들을 서로 다르고 왜곡되게 기술하고 있다. 이유는 그 기록들이 편찬된 8세기 일본은 백제를 지원한 백촌강 전투에서 나당연합군에게 패배한 후 통일신라에 적대적인 감정을 품었고 그로 인해 그때까지의 한반도와의 관계들을 많이 왜곡했기 때문이다. 삼국에서 받은 영향을 일본의 한반도 지배 결과로 각색했고,

신라와의 좋았던 인연들은 백제로 돌려서 말하는 경향이 생겼다.

그러다보니 역사적 상황이 많이 왜곡되고 설화처럼 바뀌어 기술되기도 하고 앞뒤가 안 맞는 이야기도 많아 어디까지가 진실인지 의심이 가는 경우가 많다. 그 때문에 『일본서기』에는 궁월군을 백제 출신인데, 우여곡절 끝에 가야를 통해 건너왔다고 기술되어 있지만 학자들은 신라땅에서 왔다는 팩트만 취하고 있다.

또 일본의 고대사 기록들은, 요즘도 일본인들이 "한반도를 거쳐 대륙 문화가 들어왔다"라고 말하는 식으로 중국과의 관계를 부각하는 논조를 취한다. 그래서 『신찬성씨록』에서는 하타씨의 조상을 '진시황의 3세손 효무왕(孝武王)의 후예'라고 했다. 바로 여기서 광륭사 중건비의 지워진 글자에 대한 오해가 나온 것이다.

따지고 보자면 진시황의 성은 진씨가 아니라 영(瀛)씨이다. 또 일본 학자 중에는 엉뚱하게도 진나라가 무너진 후 신라에 와서 살았던 진시황의 후손이라고 주장하기도 하는데 설령 그렇다 하더라도 이미 대륙을 떠난 지 700년이나 지난 사람들을 진나라 후예라고 말한다니 가당치도 않다.

진씨와 관련해 중요한 점은, 한반도에서 집단적으로 이주한 이들은 본래 제각기 성이 달랐을 것인데 일본 열도에 와서는 각자의 성씨를 버리고 똑같이 '하타'라는 하나의 성으로 새 출발을 했다는 점이다.

그러면 이들은 왜 하필 진씨라고 하는 중국 나라 이름을 썼느냐고 반문할지도 모른다. 고대사회에서는 새로운 성씨를 만들 때면 씨족의 힘을 과시하기 위해 중국의 옛 나라 이름을 취하곤 했다. 마치 우리나라에 나라 정(鄭)씨, 나라 조(趙)씨 등이 있는 것과 마찬가지다. 그래서 아스카의 백제계는 한씨(漢氏, 아야씨), 오사카의 고구려계는 오씨(吳氏, 구레씨)라고 했듯이, 교토의 신라계는 진씨(秦氏, 하타씨)라는 성을 갖게 된 것으로 추정된다.

여기서 다시 주목하게 되는 것은 진씨라고 쓰고서 왜 하타씨라고 부르게 되었느냐는 점이다. 하타라고 부르게 된 유래에 대해서는 여러 학설이 있다. 『신찬성씨록』에서는 이들이 "누에를 키우고, 비단을 직조하여 천황에게 바치니 천황은 부드럽고 따뜻한 것이 살(肌膚, はだ, 하다)과 같다며 이에 성을 하타(波多)라고 내려주었다(溫煖如肌膚. 仍賜姓波多)"고 했다. 여기에서 하타라는 발음이 유래됐다고 보는 견해가 많다.

또 기직(機織)의 일본 발음인 '하타오리'에서 나온 것이라는 주장도 있다. 그런가 하면 바다를 건너왔기 때문에 '바다'가 하타가 되었다는 주장도 있고, 이들의 고향으로 생각되는 울진의 옛 지명이 파단(波旦)이었는데 이의 일본 발음이 하타였다는 주장도 있다. 특히 1988년에 발견된 '울진 봉평리 신라비'에 파단이라는 글자가 나오면서 이 주장이 다시 제기되었다.

어느 학설이 맞든 진(秦)이라는 한자를 일본에서 하타라고 발음하는 것은 하타씨 경우 외엔 없다.

우즈마사의 내력과 양잠

하타씨의 넓은 영역 중 광륭사가 있는 지역은 특별히 클 태(太)자를 앞에 붙여 태진(太秦)이라고 쓰고 우즈마사라고 부르고 있다. 본래 일본에서는 한자를 읽을 때 소리대로 읽는 음독과 뜻으로 풀어 읽는 훈독이 있는데다 그 내용과 유래에 따라 엉뚱하게 발음하는 경우가 허다하다. 특히 성씨와 지명에서 이런 일이 많은데 교토 사람 중에도 태진을 우즈마사라고 발음할 줄 모르는 사람이 많고, 우즈마사를 한자로 태진이라고 쓸 줄 모르는 사람이 더 많다고 한다.

우즈마사씨라는 태진씨는 하타씨 중에서 양잠에 뛰어났던 진주공(秦酒公, 하타노 사케노키미)을 중시조로 하는 후예들이다. 이와 관련해서는 『일본서기』 웅략 천황 15년(471)조에 다음과 같은 기사가 있다.

천황은 진주공을 총애했다. 명[詔]을 내려 하타의 인민들을 모아 진주공에게 맡겼다. 이에 진주공은 180종류[種]의 하급관리[勝]를 이끌고 조세[庸과 調]로 바칠 비단[絹縑]을 궁궐 마당에 쌓았다. (이것이 수북이 쌓인 모습을 보고서) 성(姓)을 우즈마사(禹頭麻佐)라 내려주었다.

그리고 이 기사 끝에는 "우두모리 마좌(禹豆母利麻佐)라고도 했다"라고 부기되어 있다. 이 우즈마사의 해석을 놓고도 여러 학설이 있는데, 우즈는 많다, 존귀하다는 뜻이고 마사는 촌주(村主)라는 뜻으로 보는 것이 일반적인 견해다. 그리고 '우두모리'는 우리말 '우두머리'의 한자 표기로 보기도 한다.

아무튼 이로부터 진주공은 진씨 중에서도 우두머리 집안이라는 뜻으로 태진이라고 쓰고 우즈마사라고 불리게 되었고 국가의 지원 아래 본격적으로 양잠에 들어갔다. 이듬해인 웅략 16년조에는 다음과 같은 기사가 나온다.

나라에서 뽕 재배에 적당한 곳에 뽕나무를 심게 하고 하타씨들에게 할당하여 조세를 바치게 했다.

이리하여 오늘날 우즈마사 아랫동네인 니시진(西陣)의 비단이 교토가 자랑하는 세계적인 특산물이 되었으며, 그 옛날부터 우즈마사 동네에 누에 신사가 세워지게 된 것이었다.

| 누에 신사 | 누에 신사는 본래 고노시마 신사의 딸림 신사이지만 그 옛날에는 양잠의 신을 모신 신사로 성대하게 받들어졌었다. 그러나 오늘날에는 일본의 마을 신사들이 모두 그렇듯 음습하고 어수선한 모습이다.

누에 신사

우즈마사 지역의 하타씨 유적으로는 광륭사 이외에 누에 신사〔蠶の社, 가이코노야시로〕, 오사케 신사(大酒神社), 헤비즈카(蛇塚)라 불리는 뱀무덤 세 곳이 있다. 그곳이 이제 우리들의 답사처가 될 차례다.

누에 신사는 광륭사에서 제법 떨어져 있다. 전철역으로 한 정거장 거리이니 걷기엔 좀 멀다. 작년 겨울 교토 답사 때 광륭사 답사를 마치고 호텔로 돌아가기에 앞서 나는 답사기에 실을 누에 신사 사진을 찍기 위해 따로 남으려고 회원들에게 양해를 구했다.

"지금 내가 가려는 누에 신사는 유적으로서 의미는 크지만 큰 볼거리는 없습니다. 그러니 여러분들은 먼저 호텔로 돌아가 쉬는 것이 어떻겠습니까? 군이 저를 따라온다고 해도 말리지는 않겠지만 나중에 실망했다는 말은 절대로 하지 마십시오."

이렇게 말하면 다들 호텔로 먼저 갈 줄 알았다. 그런데 웬걸, 한 사람도 빠짐없이 나를 따라나서는 것이었다. 실망할지언정 볼 것은 봐야 한다는 것이 답사의 한 생리인 것이다.

우즈마사 지역은 교토에서 낙후된 곳이다. 왕년엔 하타씨의 본거지였지만 헤이안쿄가 건설될 때부터 성 바깥쪽으로 한 발짝 물러나게 되었고, 도시의 중심이 동쪽으로 이동하고 서쪽이 쇠락하면서 더욱 교토의 교외가 되고 말았다. 그리고 현대사회에 들어서도 이 지역은 근교 농업지였을 뿐이었는데 도시가 팽창하면서 변두리 달동네로 형성되었다고 한다.

그래서인지 일본 동네치고는 별 감동이 없는 좁고 지루한 길을 한참 걸어 누에 신사에 당도하니 마을 신사들이 모두 그렇듯 음습하고 어수선한 모습으로 나타난다. 누에 신사는 홀로 있는 것이 아니라 본래 고노시마 신사(木嶋神社)의 딸림 신사다. 일본에선 이를 섭사(攝社)라고 한다. 그래서 누에 신사는 볼품이 떨어지고 고노시마 신사는 번듯하다.

이 신사들의 내력은 대단히 복잡하다. 정식 명칭은 발음하기 힘들 정도로 아주 길고(木嶋坐天照御魂神社, 고노시마니마스 아마테루 미타마 진자), 거기서 모시는 다섯 신의 이름은 더 길고 어려워 여기에선 아예 생략한다. 다만 연희(延喜) 연간(901~22)에 일본 고대 신들의 이름을 등재한『연희식 신명장(延喜式神名帳)』이라는 책이 있어 이 책에 등재되어 있다면, 그것은 내력도 깊고 명예로운 신사라는 뜻인데 거기에 '명신대사(名神大社)' 중 하나로 나온다.

이 신사엔 샘물이 계속 솟아나는 '모토타다스(元糾)의 연못'이 있다. 이 연못에는 신기하게도 도리이의 기둥이 세 개여서, 그것이 신사의 큰

| **모토타다스의 연못** | 누에 신사엔 샘물이 계속 솟아나는 연못이 있다. 이 연못에는 신기하게도 도리이의 기둥이 세 개인데 그 기둥 세 개가 가리키는 방향은 모두 하타씨의 중요한 연고지라고도 한다.

자랑이다. 기둥 세 개가 가리키는 방향은 모두 하타씨의 중요한 연고지 라는 주장도 있다. 하타씨는 관개농업을 개척하면서 이 연못을 중심으로 '물[水]의 신'을 모셨고, 헤이안시대로 들어와서는 '기우(祈雨)의 신'도 모셨다고 한다.

졸졸 따라온 답사객들에게 안내문에 쓰여 있는 대로 이런 이야기를 들려주니 한 분이 질문 아닌 질문을 한다.

"그렇게 중요한 신사인데, 왜 혼자만 오려고 했어요?"

오사케 신사의 두 여신

일본을 답사하다보면 자꾸 실수하는 것이 있다. 일방통행도 많고 버스가 들어가지 못하는 길도 있으며 관광지가 아닌 한 주차장이 거의 없다는 사실을 잊곤 하는 것이다. 누에 신사에도 주차장이 없어 우리는 걸어갔다 올 수밖에 없었다.

그래서 회원들과 함께 오면 누에 신사 대신 광륭사 왼쪽 담장을 끼고 수십 미터만 가면 나오는 오사케 신사를 안내하곤 했다. 처음 오사케 신사 얘기를 들었을 때 나는 이름만 보고 주신(酒神)을 모신 곳으로 알았다. 그러나 원래 이름은 일본어로는 똑같이 '오사케'로 발음되는 대벽(大闢)이었다. 일본은 이처럼 세월의 흐름 속에 같은 발음의 다른 한자로 이름을 바꾸는 경우가 아주 많다.

그래서 본래는 술신이 아니라 악령과 전염병을 퇴치하는 신을 모신 곳이었다. 이 신사는 『연희식 신명장』에 나오는 아주 내력있는 곳으로 본래는 광륭사 경내에 있었지만, 메이지유신 때 신사와 사원을 분리하는 신불분리(神佛分離) 정책으로 절 바깥으로 밀려나 이처럼 초라한 마을 신사를 면치 못하고 있다.

이 신사에서 대벽신으로 모신 분은 진시황, 궁월군, 진주공 세 분이다. 궁월군은 하타씨의 시조이고, 진주공은 우즈마사씨의 시조이며, 진시황은 하타씨의 원 조상이라고 모신 것이다. 여기서도 하타씨 시조에 대한 '뿌리 깊은 오해'가 보인다.

내가 이 신사에서 각별히 주목하는 것은 광륭사 경내에 있는 우즈마사 신전에서 본 바와 똑같이 불교로 치면 협시보살처럼 비단의 여신인 한직녀와 오직녀 두 여신이 함께 모셔져 있다는 점이다. 이를 일본에선 상전(相殿)이라고 한다.

이 두 여신의 내력을 간단히 줄여서 말하면 본래 하타씨의 기직 기술은 신라계 기술로 평직(平織)의 비단이거나 능직(綾織)이라고 해서 무늬를 넣는 정도였다. 그런데 5세기 말에 백제계의 한직(漢織)과 고구려계

| **오사케 신사** | 악령과 전염병을 퇴치하는 신이 모셔져 있다. 본래는 광륭사 경내에 있었지만, 메이지유신 때 신불 분리 정책으로 절 바깥으로 쫓겨나 이처럼 초라한 마을 신사를 면치 못하고 있다.

의 오직(吳織)이 들어오면서 경금(經錦)이라고 하는 가로세로로 치밀하게 짜는 기술이 도입되었다. 이로써 하타씨의 비단은 비약적인 발전을 하게 되었다는 것이다.

삼국시대의 신라는 백제와 고구려에 비해 문명이 뒤떨어졌다는 것이 여기서도 드러난 셈이다. 그러나 그 결과를 보면 신라계 하타씨, 백제계 아야씨, 고구려계의 구레씨를 함께 모셔 제사 지내게 되었으니 한반도에서는 삼국의 다툼이 치열했지만 일본에선 삼국이 평화롭게 하나가 된 모습을 보여주는 셈이다. 그래서 오사케 신사에서는 각별한 감회가 일어난다.

헤비즈카라는 뱀무덤

우즈마사에 와서 하타씨가 얼마나 위대한 도래인인가를 알게 되었지만 광륭사, 누에 신사, 오사케 신사만으로는 거대 씨족 하타씨의 본거지다운 기상이 피부로 다가오지 않는다. 『교토』의 저자 역시 이 점을 말하면서 그것은 오히려 교토의 3대 기제(奇祭) 중 하나인 우즈마사의 우시마쓰리(牛祭, 매년 10월 10일)에서 그 여운을 볼 수 있고, 유적으로는 헤비즈카라 불리는 뱀무덤에 가보면 느낄 수 있다고 했다. 그는 뱀무덤을 이렇게 말했다.

(광륭사 맞은편 동네) 안쪽에 헤비즈카라는 거석(巨石)고분이 있다. 저 소가노 우마코의 묘라고 전해지는 아스카의 석무대에 비견되는 웅대한 것이다. 6세기 말로 추정되므로 당시 이 지역에서 이런 분묘를 만들 수 있었던 것은 하타씨를 제외하고는 생각할 수 없다. 우즈마사를 찾아와 뱀무덤 위에 섰을 때 나는 교토 탄생 이전의 모습이 떠오르며 역사의 태동을 뼛속까지 느끼게 된다.

나는 여기에 가보고 싶었다. 그러나 뱀무덤은 결코 관광지가 아니기 때문에 어떤 책에도 길 안내는 없다. 재일교포 박종명(朴鐘鳴) 등이 펴낸 『교토 속의 조선(京都のなかの朝鮮)』(明石書店 1998)이 그중 자세해서 "가타비라노쓰지(帷子の辻)역에서 남쪽으로 350미터의 주택가 한가운데 있다"고 한 것이 내가 갖고 있는 정보의 전부였다.

광륭사를 갈 때마다 헤비즈카를 물었다. 그러나 모두 모른다는 대답이 돌아왔고, 알긴 안다는 분도 도저히 길을 설명할 수는 없으니 길 건너 골목길로 가면서 계속 물어보라는 것이었다. 만약 내가 정성껏 이 유적만을 찾아가기로 마음먹었다면 진작 가보았겠지만, 교토에 가면 다른 볼

| 뱀무덤 | 광륭사 맞은편 동네 안쪽에 '헤비즈카'라는 거석고분이 있다. 아스카의 석무대에 비견되는 이 거대한 석실 무덤은 한반도에서 도래하여 이 지역을 개척한 하타씨 지도자의 무덤으로 추정되고 있다.

거리도 많은데 길도 모르면서 주택가 한가운데를 찾아갈 성심도, 시간적 여유도 없었다.

일본 택시기사의 직업윤리

그러다 지난 겨울, 나는 이 책을 쓰기 위해 혼자 교토로 가서 뱀무덤을 찾아나섰다. 겨울비가 내리는 질척한 날씨였다. 전철을 탈까 하다 택시를 타고 광륭사로 가자고 했다. 일본의 택시기사들을 보면 대개 고령이고 아주 친절하다. 손님이 말을 걸기 전에 먼저 말하는 법이 없지만 일단 대화가 시작되면 성실하게 대답한다. 나는 운전사에게 물었다.

"교토 지리를 잘 아십니까?"

"자동차 길은 잘 압니다마는 광릉사에 가시는 것이 아니었습니까?"

"헤비즈카를 찾아갑니다. 광릉사 건너편 동네 안쪽에 있다는데 가타비라노쓰지역에서 350미터가량 들어간답니다마는. 혹시 들어보셨습니까?"

"아닙니다. 아, 지금 거기를 찾아가시는군요. 미안합니다. 내가 잘 몰라서."

그리고 광릉사 가까이 왔을 때 운전사는 길가에 차를 세우고 2만 5천분의 1 지도를 펼치면서 광릉사부터 손가락을 짚어가며 헤비즈카를 찾고 있었다. 내가 뒷좌석에서 그의 어깨너머로 보다가 "여깁니다" 하고 가리키자 그는 알겠다고 하고는 골목 안으로 꺾어 들어가는 것이었다. 그러고는 어떻게 어떻게 꼬불꼬불 들어가더니 차를 세우고 밖으로 나가 누군가에게 물어보고 나서 내게 이렇게 가르쳐주었다.

"지금 여기는 우즈마사 중학교 동쪽 대문인데 반대편 서쪽 대문에서 골목 안쪽을 찾아보십시오. 이 길은 일방통행이라 더 이상 안내하지 못하여 미안합니다."

나는 뜻밖의 친절에 고맙다고 인사를 하고 택시기사가 가르쳐준 대로 길을 찾아가는데 잠시 후 갑자기 그가 내 앞에 나타나 "동네사람 얘기가 저쪽에서 꺾어 들어가는 것이 빠르답니다"라고 일러주고는 되돌아나갔다.

정말 고마웠다. 전에도 이런 경험이 있었는데 그것은 단순한 친절성이 아니었다. 운전사라는 직업이 생계를 위한 돈벌이 수단일 뿐이라는 생각에서는 절대로 이런 모습은 나타나지 않는다. 내가 일본인들의 강점

중 하나로 꼽는 것은, 직업의 귀천을 가리지 않고, 철저히 자기 일에 충실한다는 확고한 직업의식을 갖고 있는 점이다. 호텔에서 팁이라는 개념이 없는 것도 이런 인식 때문이란다. 자신이 할 일을 성실히 다했을 뿐이니 팁을 줄 이유도, 받을 이유도 없다는 것이다.

뱀무덤 위의 늘푸른나무

뱀무덤이 있는 이 동네(右京區 太秦面 影町)는, 결례되는 표현인지 모르지만 교토에서는 아주 낙후된 지역이었다. 내가 어린시절을 보낸 서울 종로구 통인동·창성동의 적산가옥이 많던 동네에 온 것만 같았다. 자동차 한 대가 겨우 다닐 수 있는 좁은 길이 거미줄처럼 이어져 문득 어린시절 술래잡기하며 뛰놀던 생각이 났다.

그리하여 묻고 또 묻고, 가다가 오른쪽으로 꺾어지고 또 왼쪽으로 돌아서 가다가 마침 장보러 가는 할머니가 골목 앞까지 안내해주어 마침내 뱀무덤을 찾았다. 골목 안쪽을 들여다보니 다닥다닥 붙어 있는 낮은 집들 사이로 집채만 한 돌무지가 보였다.

무덤 앞으로 다가가보니 거대한 돌무지가 로터리처럼 둥그렇게 자리 잡고 있는데 한눈에 아스카의 석무대를 연상시켰다. 크고 작은 50여개의 바위덩어리로 봉분을 이루고 있다. 돌무지 전체 길이는 17.8미터라고 한다. 그중 큰 돌은 가로세로 4미터에 높이 2미터나 되는 것도 있다.

보호철책을 따라 한 바퀴 둘러보니 철제 앵글이 받치고 있는 돌무지 사이로 무덤 현실(玄室)이 깊숙이 들여다보인다. 그리고 한쪽에 있는 안내판에는 원래 모습의 그림과 함께 다음과 같이 쓰여 있다.

이 거석들의 돌조합은 고분시대 말기인 7세기 무렵에 축조된 교토

| 뱀무덤 위의 늘푸른나무 | 빗속에 뱀무덤을 바라보고 있자니 돌무지 위에서 잘도 자란 늘푸른나무 두 그루가 빗물에 젖어 더욱 싱그러움을 발하는 풍경이었다.

에서 가장 큰 횡혈식 석실로 전국적으로는 석무대에 이어 네번째로 큰 것이다. 본래는 전체 길이 75미터의 전방후원분이었지만 일찍이 무덤의 봉토분이 무너져내려 후원부의 석실이 노출된 것이다. (…)

이곳 우즈마사를 포함한 사가노(嵯峨野) 일대는 도래계의 하타씨 일족에 의해 개발된 것이며, 교토 분지에는 여러 개의 고분 분포 지역이 있는데 그 규모나 분구의 형태 등으로 볼 때 수장급 인물의 묘였던 것으로 추정된다. 그리고 뱀무덤이라는 명칭은 석실 내에 뱀이 서식하고 있어서 붙여진 이름이다.

전하는 말로는 진하승의 무덤이라고 한다. 고생고생해서 찾아온 뱀무덤이기에 사진이라도 잘 찍어보려는 '원가(原價) 의식'이 일어났지만 뱀무덤의 전체 구조가 좀처럼 카메라 앵글에 다 들어오지 않는다. 게다가 비까지 쏟아져 길가 어느 집 빈 차고에서 비를 피해 뱀무덤을 바라보면서, 이 뱀무덤 돌무지 위에 올라갔을 때 '교토 역사의 태동을 뼛속까지 느낀다'고 한 책의 한 구절에 이끌려 나도 한번 저 위에 올라가볼거나 말거나 마음을 이리저리 재고 있었다.

우리나라 같으면 체면 불구하고 한번 저질러보았겠지만 외국이라 참기로 했다. 그렇게 뱀무덤을 바라보고 있자니 돌무지 위로 잘도 자란 늘푸른나무 두 그루가 빗물에 젖어 더욱 싱그러움을 발하고 있는 풍경이었다.

교토의 변덕스런 날씨답게 언제 그랬느냐는 듯이 잠시 후 날이 맑게 개자 동네 아주머니들이 한두 분씩 밖으로 나온다. 그렇게 생각해서인지 아주머니들 생김새가 일본 사람이 아니라 내 어릴 적 보던 동네분들처럼 친근감이 있었다.

말을 걸어보고 싶어 저 뱀무덤 위에 있는 나무가 무슨 나무냐고 물으니 모두들 모르겠다고 하면서 부끄럽고 미안하다는 표정을 짓는다. 얼핏 보기에 은목서(銀木犀) 같았다. 그 늘푸른나무 두 그루 덕에 폐총은 쓸쓸해 보이지 않았고 봄철이면 은목서 향기가 아주 향기롭겠지라고 생각하며 나는 발길을 돌렸다.

그러자 이번에는 나가는 길을 알 수 없었다. 또 묻고 물어 큰길로 빠져나왔다. 그러나 이번엔 또 동서남북이 헷갈려 어느 쪽으로 가야 할지 몰라 난감했다. 그러다가 저만치 전철 지나가는 소리가 들리기에 그쪽으로 달려가서 철길을 따라가니 우즈마사 고류지(太秦廣隆寺)역이 나왔다.

고생은 했지만 마음은 즐거웠다. 마치 30년 묵은 숙제를 한 것처럼 속이 후련했다. 꼭 보고 싶었던 유적을 보았다는 기쁨도 기쁨이지만 정말로 오랜만에 혼자서 빗속을 헤매며 한나절 답사를 한 것이 마치 30년 전 젊은시절로 돌아간 것 같아 정말 즐거웠다.

| 도월교의 관광객들 | 교토에서 관광객이 가장 많이 찾아가는 곳은 청수사와 금각사라지만 교토 시민들이 가장 많이 찾는 유원지는 이곳 아라시야마의 도월교라고 한다.

대언천의 도월교에서

광륭사 답사는 하타씨의 위업을 명확히 볼 수 있는 아라시야마의 도월교(渡月橋)로 이어가는 것을 정코스라고 할 수 있다. 차로 15분 거리밖에 안 된다. 아라시야마는 표고 381미터의 산으로 그 아래로 가쓰라강이 산자락을 휘감고 돌아가는데, 도월교가 있는 곳은 하타씨가 큰 제방을 쌓아 대언천(大堰川, 오이가와)이라고도 불린다.

이 일대는 풍광이 수려하기 그지없다. 봄에는 벚꽃(사쿠라), 가을에는 단풍(모미지)이 아름다워 예로부터 많은 시인들이 노래했다. 도월교라는 이름은 가메야마 상황(龜山上皇, 1249~1305)이 시를 지으며 "구름 한 점 없는 밝은 달이 건너가는 듯하네"라고 읊은 데서 나왔다고 한다.

이 도월교에서 유유히 흐르는 강물을 바라보면 교토가 왜 산자수명

(山紫水明)하다고 자랑하는지 알 수 있다. 교토에 오는 관광객이 가장 많이 찾아가는 곳은 교토 시내가 장관으로 펼쳐지는 청수사(淸水寺, 기요미즈데라)와 이름조차 환상적인 금각사라지만 교토 시민들이 가장 많이 찾는 유원지는 이 아라시야마란다.

도월교에 오면 나는 답사객들에게 한 시간, 적어도 30분간 자유시간을 준다. 그러면 회원들은 속으로 시간에 엄격한 저 강퍅한 인간이 이럴 때도 있구나 하며 의외라는 표정을 짓고는 환호성을 지르면서 도월교 쪽으로 달려간다. 그것은 내가 인심이 좋아서가 아니다. 풍광에 취할 때는 비석 따위나 찾아가는 답사는 언제나 뒷전이기 때문에 일단 놀게 하고, 노는 게 지치면 다시 답사를 하는 것이 교육적으로 유리함을 알기 때문이다.

우즈마사의 낙후된 골목길을 맴돌다 온 다음인지라 이 도월교 풍광에 더 홀리는지도 모른다. 회원들은 다리 위에서 사진도 찍고 뚝방에 앉아 마냥 강물과 산과 하늘을 번갈아 보며 한가함을 즐긴다. 그사이 내가 즐겨 찾아가는 곳은 일본인들이 '젠자이(ぜんざい)'라고 하는 단팥죽 집이다. 나는 도월교가 바라보이는 단팥죽 집 창가에 자리를 잡고 앉아 회원들이 어디로 가는지 살피며 그들이 시간 맞춰 오기를 기다린다.

아라시야마에는 단팥죽 집이 여럿 있다. 그중 도월교 건너기 직전 하타씨가 제방을 쌓았을 때 치수(治水)의 신을 모신 오이 신사(大井神社)라는 아주

| 도월교 | 도월교라는 이름은 가메야마 상황이 시를 지으며 "구름 한 점 없는 밝은 달이 건너가는 듯하네"라고 읊은 시구에서 나왔다고 한다. 이처럼 아늑한 강변 풍광이 있기에 교토는 일찍이 산자수명처라는 칭송을 얻었다.

가메야마 공원
주은래 시비
화장실 ○
도창 스님 비 ▮ ○ 깃초
▲
아라시야마
천룡사
●
대언천 제방
법륜사 ●
오이 신사
●
도월교
○노무라 젠자이
주차장
▮ 이치노이 제방비
0   200 m
한큐 아라시야마역
마쓰오 신사

| 도월교 부근의 약도 | 도월교 근처에는 하타씨의 제방시설과 관계된 유적이 곳곳에 퍼져 있고 천룡사라는 고찰로 이어진 길가에 예쁘고 맛있는 상점이 줄지어 있다.

허름한 신사로 들어가는 골목 안쪽에 있는 노무라(野村) 젠자이 집이 맛있고, 깨끗하고, 친절하다. 이 집 젠자이는 단팥죽 속에 살짝 구운 찹쌀떡을 넣은 것이 아주 일품이다. 그리고 사가(嵯峨) 지방의 특산물인 파로 만든 네기야키(ねぎ燒)라는 파전도 맛있다.

맛도 맛이지만 언제 들러도 나이든 부부와, 아마도 딸이지 싶은 분이 손님을 맞이하는데 손님을 대하는 매너는 물론이고 테이블마다 꽃과 도자기로 장식해놓고는 손님을 진짜 손님으로 맞이하는 정성이 서려 있다. 거기에는 마음에서 우러나는 상도덕이 있고 단팥죽과 파전 전문점으로서의 프라이드도 있다. 그것은 일본 상인들의 아름다운 전통이기도 하다.

사실 내가 교토 답사 중에 받는 감동은 명찰의 정원보다도 일본인들의 이런 일상의 모습이다. 나는 일본인들의 그런 모습에서 민도(民度)라

| **노무라 젠자이 집** | 이 집 젠자이는 단팥죽 속에 살짝 구운 찹쌀떡을 넣은 것이 일품이다. 더욱 감동스러운 것은 정성껏 손님을 맞이하는 일본 전문 상점의 직업윤리 의식이다.

는 것과 함께 일본인들의 직업윤리 의식을 다시 한번 마음속 깊이 많이 느끼고 배우곤 한다.

가메야마 공원의 주은래 시비

언제 어느 때 가보아도 아라시야마 도월교에는 특히 중국인 관광객이 많이 찾아온다. 가이드의 설명에 의하면 중국 관광객이 많이 찾아오는 이유는 중국 풍광과 달리 아기자기한데다 입장료가 없기 때문에 관광상품으로 제격이기 때문이라고 한다. 그리고 여기는 중국인이라면 한 번쯤 가볼 만한 비석이 있다.

도월교에서 상을 거슬러 조금 더 안쪽으로 들어가면 강변 언덕에 가메야마(龜山) 공원이 있다. 이 공원은 옛날에 가메야마 천황이 살던 곳으로 벚꽃동산이 아름다운데 그 초입에는 주은래(周恩來)의 「우중람산(雨中嵐山)」이라는 시를 새긴 시비(詩碑)가 있다.

이 시비의 뒷면을 보면 1978년 '일중(日中)평화우호조약' 체결을 기념하여 중국의 '실력자' 주은래가 22세 때인 1919년 4월 5일 이곳 아라시야마에 왔을 때 지은 시를 새긴 것이라고 적혀 있다.

빗속에 두 차례 아라시야마를 유람하니
양 언덕엔 푸른 소나무가 있고, 그 사이로 몇그루 벚나무가 보이네.
막다른 곳에 이르니 불쑥 높은 산이 하나 솟아 있고
푸른 샘물이 흘러나와 바위를 휘감고 사람을 비춘다

쓸쓸히 비가 내리고 안개는 몽롱한데
한 줄기 햇빛이 구름을 뚫고 나와 더욱 아름다워 보인다
인간사의 모든 진리는 구하려 할수록 점점 모호해지지만
— 그 모호한 가운데도 우연히 한 가닥 광명(光明)을 보니 실로 더욱 아름답다는 것을 알겠네

雨中二次遊嵐山 / 兩岸蒼松 夾着幾株櫻 / 到盡處突見一山高 / 流出泉水
綠如許 繞石照人 //
瀟瀟雨 霧蒙濃 / 一線陽光穿雲出 愈見嬌妍 / 人間的萬象眞理 愈求愈模糊
— 模糊中偶然見着一點光明 眞愈覺姣妍

나는 이 시비를 보면서 중국현대사에는 주은래라는 큰 인물이 있었다는 사실이 퍽 부러웠다. 그 주은래가 20대 청년시절에 낙후된 중국의 장래를 위해 외국을 두루 경험하던 중 비 내리는 아라시야마에 와서 아름

| **주은래 시비** | 도월교에서 강을 거슬러 조금 더 안쪽으로 들어가면 강변 언덕에 가메야마 공원이 있고, 그 초입에는 1978년에 중국과의 우호조약을 맺은 것을 기념하여 주은래가 20대 때 이곳을 찾아와 지은 「우중람산(雨中嵐山)」이라는 시를 새긴 시비가 있다.

다운 풍광에 자신의 서정을 맘껏 발하면서 조국은 비록 참담한 현실이지만 끝내는 한 줄기 빛이라는 희망을 잃지 않았던 것이다.

먼 훗날 일중평화우호조약이 체결된 것을 기념하여 바로 이 자리에 시비를 세울 수 있었던 것을 보면, 문화유산의 관점에서는 건물이나 조각이라는 유형만이 아니라 위인, 특히 위인이 남긴 글이 더 큰 자산이라는 생각을 다시금 새겨보게 된다.

하타씨의 대언천 제방

5세기 후반, 궁월군 일행이 일본에 와서 처음 정착한 곳은 광륭사와 도월교 일대였다. 당시 이 지역은 가쓰라강의 범람으로 갈대만 무성한 습지였다. 그래서 이곳 지명을 지금도 가도노(葛野), 즉 '칡밭(갈대 벌판)'이라고 한다. 가도노 지역은 야마토(大和) 정권이 있던 오사카, 아스카에서 강을 따라 거슬러 올라오면 만나는 산속의 분지인데다 당시엔 사람들이 살지 않았기 때문에 발만 붙일 수 있으면 정착해 살겠다고 고국을 떠난 하타씨로서는 원주민과 갈등 없이 살 수 있는 맞춤한 새 터전이었다.

자연에 대한 우리나라 사람들의 적응력과 생활력은 그때나 지금이나 대단히 뛰어나다. 우리의 재외동포가 700만명(2012년 말 기준)이 넘는다고 한다. 전세계적으로 중국이 1억명으로 재외동포 숫자가 가장 많고, 민족 인구에 비해 많기로는 유대인이지만, 세계 각처로 뻗어나간 것은 단연코 한국인이란다.

일제강점기에 남만주, 연해주로 이주한 사람들은 그 척박한 땅에서 살아남기 위해 인고의 시간을 이겨내며 영웅적인 삶을 살았다. 1930년 대 스탈린의 소수민족정책에 따라 연해주에서 우즈베키스탄이나 카자 흐스탄으로 강제 이주된 우리 민족은 마치 사막에 던져진 풀포기에 비 견할 만큼 처참한 처지였다. 그럼에도 그분들은 거기서도 특유의 생활력 을 발휘해 쌀농사까지 지으면서 삶을 이어가 오늘날엔 그 3세, 4세 되는 분들이 당당히 정착해 살고 있다.

신라에서 온 하타씨들도 한민족의 그런 강인한 생활력을 일찍이 유감 없이 보여주었다. 이들은 우선 가쓰라강 상류에 제방을 쌓기 시작했다. 당시 일본에서는 한 번도 없던 일이었지만 그들에게는 고국에서 익히 해봤던 저수지 공사였다. 『교토』의 저자 하야시야는 이들의 모습을 다음 과 같이 기술했다.

가쓰라강에 큰 제방(대언 大堰)을 쌓고 수량을 조절하여 땅을 일구 고 물을 끌어 대는 데 이용했다. (…) 말하자면 이들의 작업은 (현대식) 댐의 원조라면 원조인 것이다. (…) 확실히 이것은 고대인들에게 경

| **대언천 제방** | 도월교에서 북쪽으로 강을 바라보면 낮은 둑이 있어 강물이 잠시 머물다 넘쳐흐르는 것을 볼 수 있다. 그리고 강 양옆으로는 들판으로 물을 끌어들이는 수로가 있는데 이것이 그 옛날 하타씨들이 제방을 쌓은 다음 관개 사업을 벌인 자취들이다.

이적인 기술이었다. (…) 그리하여 이 가쓰라강의 상류는 대언천, '오이가와'라는 이름으로 불리게 되었고 가도노 지역은 번영을 약속하는 땅이 되었다.

하타씨들은 이처럼 대규모 개간 사업으로 습지를 옥토로 만들었다. 넓은 농지를 확보하게 되면서 하타씨는 점점 풍부한 농업생산력을 갖출 수 있게 되었다. 그래서 794년 교토가 일본의 수도가 될 수 있었던 것은 300년 전부터 하타씨들에 의한 개척이 있었기 때문이었다는 점을 일본의 고대사가들은 '헤이안 이전의 교토'를 말하면서 대서특필하고 있다.

| **'법륜사 도창 유업 대언지' 비석** | '법륜사 도창 스님이 남긴 업적인 큰 제방터'라는 뜻이 새겨진 비석이다. 그 고마움을 잊지 않고 끝까지 기리는 마음이 근래에 이르기까지 이렇게 남아 있다. 이 비는 일본에서 가장 유명한 음식점인 깃초 교토점 바로 앞에 있다.

하타씨 출신 도창 스님

도월교에서 북쪽으로 강을 바라보면 낮은 제방으로 강물이 잠시 머물다 넘쳐흐르는 것을 볼 수 있다. 그리고 강 양옆으로는 제방을 쌓은 다음 들판으로 물을 끌어들이는 수로를 설치했다. 이것이 하타씨들이 쌓은 대언이었다.

그러나 고대에 쌓은 제방이 홍수를 이겨낼 수는 없었다. 그래서 무너지면 또 쌓고, 무너지면 또 쌓아 헤이안시대에는 아예 이를 관리하는 전담 부서를 두고 상시적으로 제방 공사를 했다는 기록이 있다.

도월교에서 오른쪽 둑을 따라 올라가면 가메야마 상황의 별궁을 공원으로 만든 가메야마 공원이 있는데 그 길가에는 '법륜사 도창 유업 대언지(法輪寺道昌遺業大堰址)'라는 근대에 세워진 비석 하나가 있다. '법륜사 도창 스님이 남긴 업적인 큰 제방터'라는 뜻이다. 일본에서 가장 유명

| **법륜사 전망대** | 도월교를 놓은 진도창 스님은 다리 건너편에 있는 이 절에 주석하면서 허공장보살을 주존불로 안치하고는 이름을 법륜사로 바꾸었다. 지역 이름에서 불교 이름으로 바꾼 것이다. 이는 불교가 정착해가는 순서이기도 하다. 여기에서 천룡사 쪽을 바라보는 경관은 그야말로 산자수명처라 할 만하다.

한 음식점인 깃초(吉兆) 교토점 바로 앞이다.

도창은 하타씨 출신이어서 진도창이라고도 하는데 그는 836년 광륭사의 9대 별당(別當, 대사찰의 주지)으로 부임하여 광륭사를 크게 중건한 스님이다. 그는 대언천이 넘쳐 제방이 무너지자 스스로 가래를 들고 제방 축조 공사를 감독하여, 사람들이 동대사의 전설적인 스님인 행기(行基, 교기) 보살이 다시 나타났다고 칭송했다고 한다.

도월교는 도창 스님의 개축 공사 때 처음으로 가설되었다고 전하는데 그때의 다리는 지금보다 약 100미터 위쪽에 있었다고 한다. 현재의 도월교는 1934년에 완성된 것으로 근래에 목조 다리 형태를 콘크리트로 다시 개조한 것이다.

법륜사 전망대에서

도월교 동쪽 지역은 사가노라고 하는데 이 일대에는 하타씨의 고분군
이 널리 퍼져 있고 지천회유식(池泉回遊式) 정원으로 유명한 천룡사(天
龍寺, 덴류지), 대각사(大覺寺, 다이카쿠지)가 자리하고 있다. 그러나 우리는
요다음에 다시 그쪽을 답사할지언정 지금은 도월교 건너 서쪽으로 가야
한다.

다리를 건너면 바로 앞 산자락에 있는 법륜사(法輪寺, 호린지)와 마주
하게 된다. 그래서 당시엔 도월교를 '법륜사 다리'라고 불렀다고 한다.
법륜사는 713년 행기 스님이 창건했다고 전한다. 그러나 이 절의 옛 이
름이 갈정사(葛井寺, 후지이데라)라고 한 것을 보면 가도노(葛野)와 오이
(大井)가 연관된 것이어서 그 기원은 제방을 쌓던 시절까지 훨씬 더 올라
가 하타씨와 깊은 인연이 있다고 생각된다.

이 절은 도월교를 놓은 진도창 스님이 주석하면서 크게 번성하게 되
었다. 도창 스님은 스스로 100일 동안 조각한 허공장보살(虛空藏菩薩)을
주존불로 안치하고는 이 절의 이름을 법륜사로 바꾸었다. 지역 이름에서
불교 이름으로 바꾼 것이다. 이는 불교가 정착해가는 순서이기도 하다.

허공장보살은 광대무변의 공덕이 허공에 가득하다고 해서 붙은 이름
으로 일찍부터 일본에서 신앙의 대상이 되어 큰 인기를 얻고 있었다. 도
창 스님이 제작한 허공장보살상은 오랫동안 비불(秘佛)로 일반에 공개
되지 않다가 20세기 초에 천황의 명으로 문을 한 번 열었고 그후에는 아
직껏 연 적이 없다고 한다.

법륜사의 연혁은 대략 이쯤 되는데 내가 회원들을 데리고 이 절에 올
라간 것은 허공장보살 때문이 아니라 전망대 때문이다. 여기에 오르면
아라시야마·도월교·대언천은 물론이고 동남쪽으로 교토 시내가 아스라
이 펼쳐진다. 전주 사람은 전주 시내를 보는 듯하다고 하고 진주 사람은

| **법륜사 전망대에서 바라본 교토 시내** | 여기에 오르면 아라시야마·도월교·대언천은 물론이고 동남쪽으로 교토 시내가 아스라이 펼쳐진다. 전망대에서 동남쪽을 바라다보면 전주 사람은 전주를, 진주 사람은 진주를 연상한다.

진주 시내 모습 같다고 했다. 모두 자기 고향 풍경을 연상하는데 낮은 건물들이 이마를 맞대고 드넓게 펼쳐진 그 경관을 보면 교토는 확실히 산자수명한 곳이라는 감탄이 절로 나온다.

이치노이 제방비

법륜사로 오르는 길은 둘이 있다. 우리는 도월교를 건너자마자 마주하는 좁고 가파른 계단으로 된 뒷문으로 올라가 한큐 아라시야마역 쪽으로 이어지는 편안한 정문으로 내려왔다. 그 길로 곧장 가면 마쓰오 신사가 나온다.

재작년(2012) 답사 때 나는 회원들에게 내가 책에서 본 바에 의하면 도월교와 한큐 아라시야마역 사이에 이치노이 제방비(一の井堰碑)가 있다

니 가다가 보이면 알려달라고 하고 흐릿한 사진을 보여주었다. 이 비는 하타씨의 영역이 이쪽까지 뻗었다는 것을 증언하는 징표이기 때문이었다.

불과 2킬로미터도 안 되는 세 갈래 길 어딘가에 있다는데 그날은 찾지 못했다. 동행했던 일문과 오찬욱(吳讚旭) 교수가 안타까워하며 강변까지 내려가보고 동네사람, 식당 주인, 교통정리하는 아저씨에게 물어도 보았는데 모두 모른단다.

결국 나는 이 글을 쓰기 위해 이듬해 다시 이 비를 찾아와야 했다. 우즈마사의 뱀무덤을 답사한 그날이었다. 그쳤던 비가 또 내리기 시작하여 빗속에 도월교를 넘어와 거기부터 한큐 아라시야마역까지 이 잡듯이 갈림길마다 샅샅이 뒤지다가 강물을 끌어들인 인공 수로가 아파트 쪽으로 흐르는 것을 볼 수 있었다.

그쪽으로 발길을 옮기니 길가에 굵은 글씨로 '이치노이 제방비'라고 쓰인 자연석 비석이 서 있었다. 어찌나 반가운지 우산도 버려두고 달려가 비석을 쓰다듬으면서 큰 글씨, 작은 글씨를 어루만지며 읽어보았다.

이 비는 1980년에 이곳 수리조합에서 세운 것으로 비석 아래쪽에는 네모로 칸을 치고 작은 글씨로 내력을 새겨놓았다. 나는 시각장애인이 점자 읽듯이 손가락으로 더듬으며 읽어보았다.

「진씨본계장(秦氏本系帳, 하타씨 족보)」에 의하면 (…) '진소왕(秦昭王)의 사적을 열거하면서 당시 일본에서는 유례가 드문 가도노 제방을 만들었다고 되어 있는데 축조 시기는 5세기 무렵이라고 생각되며 그 장소가 이 부근으로 추정되고 있다.

또 1419년에 그려진 「가쓰라강 용수로 그림〔桂川用水路圖〕」에는 법륜사 다리(도월교)의 약간 하류 오른쪽에 '이치노이'라고 불리는 용수 취입구가 기록되어 있는데 거기에 보이는 위치가 이 장소임에 틀림없

| 이치노이 제방비 | 하타씨의 영역이 강 건너 이쪽까지 뻗었다는 것을 증언하는 징표이다. 하타씨는 물을 끌어들여 강 건너 일대도 옥토로 만들었고 바로 아랫마을인 마쓰오 지역 또한 하타씨의 영역이 되었다.

다. 그 당시의 통문(樋門, 나무로 만든 수문)은 마쓰오 등 10개 고을의 농업 관개용수로가 되어 이곳을 윤택하게 했다.

이처럼 하타씨는 물을 끌어들여 강 건너 이 일대도 옥토로 만들었다. 그래서 바로 아랫마을인 마쓰오 지역 또한 하타씨의 영역이 되었던 것이다.

또 827년에 이 지역을 그린 도시경관도(「山城國 葛野郡 班田圖」)가 있단다. 이 그림에는 아라시야마 주변 지역의 성씨를 알 수 있는 인물이 114명 기재되어 있는데 그중 82명이 하타씨라고 한다. 70퍼센트가 넘는다는 얘기인데 믿기 힘들지만 결코 거짓말일 수 없는 사실이다.

하타씨 후손의 번성

이처럼 교토에 정착하여 성공한 하타씨는 세대를 거듭하면서 날로 번성하여 우즈마사 지역을 벗어나 교토 전역으로 집단을 이루며 널리 퍼져나갔다. 히라노 구니오(平野邦雄)는 『귀화인과 고대국가(歸化人と古代國家)』(吉川弘文館 1993)에서 하타씨는 번성하여 하타사키(秦前), 하타노 쓰네(秦常) 등 진자가 들어가는 복성(復姓)으로 분화한 것이 수십 가지가 넘고, 교토를 넘어 전국으로 퍼져나가 하타히토(秦人), 하타베(秦部) 등의 이름을 가진 공납민이 이세(伊勢), 지구젠(筑前), 부젠(豊前) 등에도 보인다고 했다.

그러면 하타씨의 규모는 도대체 얼마나 불어난 것일까. 김현구 교수는 『백제는 일본의 기원인가』(창비 2002)에서 구리타 히로시(栗田寬)의 『씨족고(氏族考)』를 인용하여 다음과 같이 말하고 있다.

하타씨의 숫자가 얼마나 되는지 또 얼마나 사실을 반영한 숫자인지는 알 길이 없다. 다만 하타씨가 5세기 후반에는 92부(部) 1만 8,670명으로 되어 있고, 6세기 전반에는 7,053호라고 되어 있는 기록들로 보아서 그 수를 짐작할 수 있을 따름이다. 이 숫자는 8세기 전반에 파악된 일본 전체 인구의 대략 28분의 1에 해당한다.

참으로 믿기지 않는 놀라운 수치인데 실제로 당시 도래인의 수는 우리의 상상을 훨씬 뛰어넘었다. 앞서 계속 인용해온 『신찬성씨록』은 8세기 말에 중앙정부에서 일정한 정치적 자격을 갖춘 가문을 크게 셋으로 나누어 천황의 자손을 칭하는 황별(皇別), 신의 자손을 칭하는 신별(神別), 대륙에서 건너온 제번(諸蕃)으로 분류했다.

이를 보면 교토·나라·아스카·오사카 지역에 있던 총 1,182개 씨족의 계보가 실려 있는데 그중 도래인을 가리키는 제번 씨족이 324씨로 대략 30퍼센트를 차지한다. 이 비율은 예로부터 내려오는 역사서에 2,385씨족 중 710씨족이 대륙(대부분 한반도)에서 건너간 씨족이라는 연구 결과와도 거의 일치하는 것이다.

그럼에도 한국인으로서 진하승을 모른다는 것은 아일랜드 사람이 미국의 케네디가 아일랜드 사람임을 모르는 것과 같고, 스코틀랜드 사람이 미국의 카네기가 스코틀랜드 사람임을 모르는 것과 같은 셈이다.

그리고 이미 이민간 지 1500년도 더 지난 하타씨의 진하승을 여전히 한반도 도래인이었다고만 강조하는 것은 아일랜드 사람이 케네디를 아일랜드 사람이라고 말하고, 스코틀랜드 사람이 카네기를 스코틀랜드 사람이라고 말하는 것이나 진배없다. 결국 하타씨와 진하승은 한민족 이민사에서 첫번째 보이는 위대한 성공 사례 정도로 기억하는 것이 마땅할 것이다.

하타씨의 마쓰오 신사

하타씨의 발자취를 따라가는 답사는 마쓰오 신사로 마무리하는 것이 제격이다. 한큐 아라시야마역 다음 정거장이 마쓰오 신사니 걸어가도 15분 안짝이면 닿을 수 있다. 마쓰오 신사의 정식 이름은 마쓰오 다이샤 (松尾大社)로 『하타씨 본계장』에 의하면 701년에 진도리(秦都利, 하타노 도리)가 세웠다.

신사를 세우려면 거기에 모시는 신이 있어야 한다. 없을 때는 어디에서든 모셔와야 한다. 이를 권청(勸請)이라고 한다. 진도리는 마쓰오산 정상 가까이에 있는 넙적한 암석(이와쿠라磐座)을 권청하여 신전을 건립했다고 전한다. 우리의 거석 신앙이 먼저 자리잡았고 그것이 나중에 일

| **마쓰오 신사** | 하타씨의 발자취를 따라가는 답사는 마쓰오 신사로 마무리하는 것이 제격이다. 한큐 아라시야마역 다음 정거장이 마쓰오 신사니 걸어가도 15분 안짝이면 닿을 수 있다.

본화되었던 셈이다.

마쓰오 신사는 헤이안시대 들어 크게 성장했다. 왕성(王城) 진호(鎭護)의 신사가 되었고 『연희식 신계장』에서는 명신대사로 올랐으며, 22신사 제도 때는 '상(上)7사(社)'라는 높은 위상을 갖고 있었고, 역대 천황들이 참배를 올리는 중요한 신사였다.

중세 이래로는 술의 신인 주신을 모시면서 더욱 유명해졌다. 신사 내에 있는 신령스러운 샘인 구정(龜井, 거북 우물)의 물을 술을 만들 때 섞으면 술이 상하지 않는다고 전한다. 그래서 마쓰오 신사에 가면 전국의 유명한 양조장에서 기진한 술통들이 벽체를 가득 메우고 있다.

신사의 본전 건물은 그 사세만큼이나 장대하다. 1397년에 세운 것을 1542년에 전면 해체 수리한 것으로 일본의 중요문화재로 지정되었다. 그리고 마쓰오 신사에는 1975년 쇼와(昭和)시대의 대표적인 정원 설계

| **마쓰오 신사의 한쪽에 세워진 술통** | 마쓰오 신사는 중세 이래로는 술의 신인 주신을 모시면서 더욱 유명해졌다. 마쓰오 신사에 가면 전국의 유명한 양조장에서 기진한 술통들이 벽체를 가득 메우고 있다.

가인 시게모리 미레이(重森三玲)가 설계한 현대식 정원을 '영원(永遠)의 모던'이라며 크게 자랑하고 있다. 그래서 별도의 입장료를 내고 한번 들어가 보았는데 약간 당황스러웠다. 이름은 '상고(上古)의 정(庭)' '곡수(曲水)의 정' '봉래(蓬萊)의 정'이라 했지만 천룡사·용안사·인화사의 정원들을 이어받았다고 말하기에는 미안한 것이었다. 마치 전통 일본 정원을 우리나라 4대강 사업하듯 꾸민 것이라는 느낌만 받았다.

그 대신 보물관 안에는 중요문화재로 지정된 남녀 목조좌상 한 쌍을 비롯하여 여러 목조각들이 전시되어 있는데 그것이 큰 볼거리였다. 특히 남녀 목조좌상은 그 형식이 광륭사에 있는 진하승 부부의 초상조각과 비슷하여 진도리 부부상이 아닐까 생각해보게 하였다.

| **마쓰오 신사의 정원** | 신사에는 시게모리 미레이가 설계한 현대식 정원을 '영원의 모던'이라며 크게 자랑하며 그 이름도 '상고(上古)의 정(庭)' '곡수(曲水)의 정' '봉래(蓬莱)의 정'이라 했다. 그러나 답사객들은 한결같이 전통 일본 정원을 우리나라 4대강 사업하듯 꾸민 것 같다고들 했다.

어신주를 한 잔씩 돌리며

일본에서 신사 답사는 언제나 싱겁게 끝난다. 역사성과 장소성을 확인하는 일 이상이 되기 힘들다. 사찰에 가서 절을 하고, 성당에 가서 기도하듯 신사에서 참배를 한다 해서 안 될 것 없겠지만, 우리에게 신사 참배란 야스쿠니(靖國) 신사 참배, 일제강점기 신사 참배 강요가 연상되어 그럴 생각도 엄두도 나지 않는다. 회원들에게 반 장난으로 한번 해보라고 하면 모두들 민족 반역자로 몰릴 것만 같아 싫다고 한다.

그러나 본래 신에겐 국적이 없다. 더욱이 여긴 우리와 한 조상인 도래인이 산 중의 바위신을 권청해온 곳이 아닌가. 무엇보다 그 좋은 술의 신을 모시고 있지 않은가라며 또 권해봐도 모두들 마다한다. 일본과 우리

| 보물관의 남신·여신상 | 보물관 안에는 중요문화재로 지정된 남녀 목조좌상 한 쌍이 전시되어 있는데 제법 당당한 초상조각이었다. 그 형식은 광륭사에 있는 진하승 부부의 초상조각과 비슷하다는 인상을 준다.

사이에 서려 있는 정서적 거리감은 이처럼 지워질 줄 모른다.

사람 사이에 이런 정서적 서먹함이 있다면 그것을 치유하는 데는 아마도 술이 최고일 것이다. 나는 매점으로 가서 이 신사의 특산품인 어신주(御神酒) 서너 병씩을 사들고 나왔다. 앙증맞은 도자기 병에 작고 예쁜 잔이 하나 들어 있어 즉석에서 개봉해서 한 모금씩 마시는 데 안성맞춤이다. 값도 한 병에 600엔밖에 안 한다. 술맛도 맑고 달콤하다.

그리하여 버스로 돌아와 제자들에게 한 잔씩 돌리니 생전 술 마시는 걸 본 일이 없는 우리 선생님이 오늘은 웬일인가 하며 주는 대로 받아마시면서 한마디씩 감상을 말한다.

내 또래의 늙은이들은 "캬! 진짜 맛있다. 이게 뭐지?"라고 하고 젊은이

| **어신주** | 마쓰오 신사의 특산품이다. 앙증맞은 도자기 병에 작고 예쁜 잔이 하나 들어 있어 즉석에서 개봉해서 한 모금씩 마시는 데 안성맞춤이다. 술맛도 맑고 달콤하다. 과연 일본의 관광상품답다는 인상을 준다.

들은 "와! 완전 맛있다. 잔도 예쁘다!"라고 감탄한다. 사람을 하나로 만드는 데는 역시 술이 최고다.

마쓰오 신사를 떠나며 주신께 빌어본다. 부디 한일 간의 정서적 거리를 풀어가는 데 효험있는 술도 내려달라고.

기온이 있어서 교토는 시들지 않는다

교토의 3대 마쓰리 / 가모씨와 가미가모 신사 / 아오이마쓰리 /
야사카 신사 / 신천원 / 어령회와 기온마쓰리 / 법관사 오중탑 /
기온 거리 / 요시이 이사무의 노래비

오사라기 지로의 『귀향』

내가 처음 교토를 찾아온 것은 ──누구나 그렇듯이 ──그곳이 어떤
곳인가 궁금해서 한번 구경 가본 것이었다. 그런데 교토는 일본미의 진
면목을 보여주는 문화유산이 상상 이상으로 많이 남아 있는, 대단히 매
력적인 역사 도시라는 깊은 인상을 받게 되어 꼭 다시 가보고 싶은 마음
이 일어났다.

그래서 두 번, 세 번 다녀온 뒤 교토에는 그냥 올 것이 아니라 제대로
공부하고 와서 보아야 그 진수를 맛볼 수 있고, 교토 답사는 일본의 역사
와 문화를 이해할 수 있는 가장 좋은 교과서이자 '학습 지도서'라는 생각
을 갖게 됐다.

그런 교토를 일본인 자신들은 마음속에 어떻게 간직하고 살아가는지

가 궁금했다. 이런 것을 알아보기 위해서는 소설보다 좋은 것이 없다. 교토를 배경으로 한 소설을 찾아보니 오사라기 지로(大佛次郎)의 『귀향(歸鄕)』이 가장 유명했다.

이 소설은 1948년, 『아사히신문(朝日新聞)』에 연재된 인기 소설이었다고 한다. 망명하여 이국땅에 살고 있던 한 군인이 모처럼 고국을 방문하여 교토의 명승지에서 느끼는 심회를 곳곳에 술회하고 있다. 유럽의 찬란한 문화유산을 보고 감동할 때면 고국 일본의 문화란 가난하고 못난 것이라는 자괴감에 빠지기도 했지만 유럽을 경험하고 교토에 와보니 서양에서는 볼 수 없는 일본의 아름다움과 일본의 문화가 새삼스럽게 다가온다는 것을 독백 형식으로 말하고 있다.

이끼 절이라는 태사(苔寺), 석정의 용안사(龍安寺)처럼 특별한 아름다운 뜰을 가지고 있는 절은 그 뜰이 있기 때문에 살아 있을 뿐인 것이다. 시인 폴 베를렌이 그 시대의 파리를 노래 불러 석재(石材)의 사막이라고 일컬은 것을 그(주인공)는 알고 있었다. 같은 표현법을 쓴다면 교토도 나라도 오랜 절들의 사막처럼 보이는 것이었다. 서 있는 채 폐허가 된 것처럼 건조한 것들이 아름다운 자연이 있음으로써 겨우 구제받고 있다.

더욱이 그는 이 황폐한 절들에 마음이 끌리고 있는 것 같았다. 오랜 외국 생활 뒤에 두 번 다시 돌아오지 못하리라 믿었던 고국에 뜻밖에 돌아와서 예전부터 있었던 낡은 것들에 온통 마음을 빼앗기고 있다. 전쟁의 결과로 일본에 남은 것은 실로 교토와 나라뿐이라고 해도 무방할 것이다.

교토가 있음으로 해서 일본이 있다는 의식이 절로 느껴지며, 자기 나라의 문화를 믿지 않고 서양의 문화를 선망하면서 깊이 빠져드는 당시 젊은이들의 마음을 붙들어매고 싶은 마음이 곳곳에 피력되어 있다. 그는 이미 망해 없어진 것을 다만 미적 흥미로만 바라보지 말고 내 생활과 피에 연관된 것으로 그리워하며 받아들이자고 호소하고 있다. 이 소설은 당시만 해도 2차대전 패망 후 상실감에 빠져 있던 일본인들에게 큰 위안이 되었고 이후 교토는 가히 폭발적인 관광 붐을 맞았다고 한다.

가와바타 야스나리의 『고도』

다니자키 준이치로(谷崎潤一郎)의 『세설(細雪)』에서는 "벚꽃도 교토의 벚꽃이 아니면 본 것 같지 않다"며 교토를 예찬하고 있다. 또 가와바타 야스나리(川端康成)의 소설 『고도(古都)』는 교토에 살고 있는 미모의 쌍둥이 자매가 주인공으로 등장하는 아련한 순정소설이다.

『고도』에서는 청수사·남선사 등 교토 히가시야마(東山)의 유적지와 풍광이 아름답게 묘사되면서 일본 사람들의 일상 속에 살아 있는 교토

| 왼쪽부터 오사라기 지로 『귀향』, 가와바타 야스나리 『고도』, 다니자키 준이치로 『세설』의 표지 |

의 모습이 포근하게 그려져 있다.

이 소설에는 교토의 대표적인 마쓰리인 기온마쓰리(祇園祭)가 한 장을 차지하고 있는데 무려 한 달간이나 이어지는 이 마쓰리가 갖는 생활의 활력 같은 것이 실감나게 묘사되어 있다.

교토의 마쓰리! 그것은 일본의 역사와 일본인의 마음을 읽어내는 키워드 같은 것이다. 일본은 스스로 말하기를 마쓰리의 나라라고 한다. 일본에선 일 년 열두 달 어디에서든 마쓰리가 열린다. 교토의 3대 마쓰리로는 헤이안 신궁(平安神宮)의 지다이마쓰리(時代祭), 가모 신사(賀茂神社)의 아오이마쓰리(葵祭), 야사카 신사(八坂神社)의 기온마쓰리가 꼽힌다. 이 마쓰리와 마쓰리를 주관하는 신사를 모르면 교토를 안다고 할 수 없다. 또 이 신사를 모르면 교토가 어떻게 이루어졌는지도 알 수 없다. 이제 나는 공부하는 셈치고 교토의 3대 마쓰리의 현장을 답사한다.

헤이안 신궁의 지다이마쓰리

먼저 지다이마쓰리가 열리는 헤이안 신궁부터 찾아가본다. 헤이안 신궁은 1895년 헤이안쿄 천도(794) 1100주년을 기념하여 옛 왕궁의 정청(正廳)인 조당원(朝堂院)과 정문인 응천문(應天門)을 복원해 지은 곳이다.

그리고 여기서 산업박람회(내국권업박람회 內國勸業博覽會)를 열고, 천도 기념일인 10월 22일 지다이마쓰리를 열었다. 이 마쓰리는 헤이안쿄를 건설한 간무(桓武) 천황과 막부시대 마지막 천황인 고메이(孝明) 천황의 혼령을 모신 두 대의 봉연(鳳輦, 기마)을 앞세우고 각 시대를 대표하는 18명의 주역들이 가장(假裝) 행렬을 벌이는 것이다. 규모가 큰 행사이긴 하지만 관제적 성격이 강해 민중적 삶의 전통이 살아 있는 오래된 마쓰리와는 성격이 다르다. 일종의 가두 퍼레이드라고 할 수도 있다.

| **헤이안 신궁의 정전** | 헤이안 신궁은 헤이안쿄 천도 1100주년을 기념하여 황궁의 정청인 조당원 등을 복원한 것이다. 원래 크기의 8분의 5로 축소 복원했다는데도 이처럼 엄청난 규모다.

헤이안 신궁은 가모강 건너편 히가시야마의 북쪽 산자락, 남선사로 올라가는 초입에 있다. 하도 유명한 곳이어서 한번 가보았는데 정문과 정전의 건물이 대단한 규모였다. 그런데 이것은 원래 크기의 8분의 5로 축소 복원한 것이라고 하는데도 이처럼 엄청난 규모다. 동대사 대불(大佛)에서 보여준 일본인들의 장대(壯大) 취미를 여기서도 엿볼 수 있다.

그런데 기왕에 복원하면서 그것을 실제 규모로 재현하지 못했던 이유가 무엇일까? 제주 서귀포시에서는 2003년에 하멜이 표류했다고 생각되는 용머리해안에 그가 타고 오다 난파된 스페르베르호를 원래의 80퍼센트 크기로 복원해놓았다. 왜 80퍼센트인지 알아보았더니 그때 예산이 그것밖에 나오지 않았기 때문이란다. 메이지(明治)시대 문화 능력을 볼 때 사정이 이와 비슷하지 않았을까 짐작되는 대목이다.

헤이안 신궁은 유적지라기보다는 역사 테마 공원 같은 곳이다. 공원

| **지다이마쓰리** | 교토 3대 마쓰리의 하나로 규모가 큰 행사이긴 하지만 관제적 성격이 강해 민중적 삶의 전통이 살아 있는 오래된 마쓰리와는 성격이 다르다. 일종의 가두 퍼레이드라 할 수 있다.

이라고 내가 얕잡아 말하는 것이 아니라 그만큼 역사적 긴장감이 없다는 뜻이고, 그로 인해 시민들이 마음 편히 가까이 할 수 있는 곳이라는 얘기다. 실제로 입장료도 없고 교토 사람들에겐 결혼식장으로 유명하단다.

헤이안 신궁의 참 멋은 정전 뒤편에 있는, 별도로 입장료를 받는 신원(神苑)이다. 메이지시대의 대표적인 조원 예술가인 오가와 지헤에(小川治兵衛)가 설계한 약 1만평 규모의 지천회유식 정원인데 중원·동원·서원·남원이 제각기 다른 모습이어서 일본 정원의 다양한 모습을 한곳에서 보여준다. 그리고 이 신궁이 자랑하는 것은 벚꽃이다. 가와바타 야스나리의 『고도』에는 이곳 벚꽃이 이렇게 묘사되어 있다.

빼어난 모습은 온통 신궁을 채색한 붉은빛의 수많은 늘어진 벚꽃나무들이다. '참으로 이곳의 꽃을 빼고 낙양(교토)의 봄을 대표할 것은 없

| 헤이안 신궁의 신원 | 헤이안 신궁은 유적지라기보다는 역사 테마 공원 같은 곳이다. 헤이안 신궁의 정전 뒤편에는 '신원'이 있다. 약 1만여 평 규모의 지천회유식 정원으로 중원·동원·서원·남원이 제각기 다른 모습이어서 일본 정원의 다양한 모습을 한눈에 보여준다.

다'고 말해도 과언이 아니다.

　지에코는 신궁의 입구에 들어서자 만개한 벚꽃의 붉은 색깔이 가슴 밑바닥까지 스며들어와, '아아, 올해도 낙양의 봄을 만났구나!' 하며 선 채로 한참 동안 바라보았다.

　과연 수십 그루의 수양벚나무가 대나무 받침대에 의지하여 늘어져 있는 모습은 일본의 화려한 색감을 유감없이 보여준다. 특히 봄철 야간 개장 때면 일본인이 좋아하는 밤벚꽃놀이〔夜櫻, 요자쿠라〕가 환상적으로 펼쳐지며 이때는 이 수양벚나무 아래에서 아악 콘서트도 열린다.

| 가미가모 신사 | 가모 신사는 교토에서 가장 오래된 토박이 신사이다. 일본 열도 내의 이주민인 가모씨들이 상·하(上下) 가모 신사를 세웠다. 위쪽에 있는 것이 '가미(上)가모 신사', 아래쪽에 있는 것이 '시모(下)가모 신사'다.

가모 신사

다음은 교토의 북쪽에 있는 가모 신사로 가본다. 해마다 5월 15일에 아오이마쓰리가 열리는 가모 신사는 교토에서 가장 오래된 토박이 신사이다. 신라계 도래인 하타씨들이 교토를 개척할 무렵 일본 열도 내의 이주민인 가모씨(賀茂氏)들이 가모 강변에 들어와 정착하고 상·하(上下) 가모신사를 세웠다. 위쪽에 있는 것이 '가미(上)가모 신사', 아래쪽에 있는 것이 '시모(下)가모 신사'다.

교토 시내를 남북으로 가로지르는 가모강은 한자로 압천(鴨川)이라고 오리 '압'자를 쓰지만, 북쪽의 상류는 하모(賀茂)라고 쓰고 똑같이 가모라고 읽는다. 교토의 역사는 사실상 여기에서 시작되었다.

가모 지역은 교토 분지의 북쪽 끝으로 그 뒤쪽은 단바(丹波) 고원이라는 두툼한 산악이 바다(우리나라 동해)까지 뻗어 있다. 이 가모 지역에서는

| 가미가모 신사의 신당 | 유네스코 세계유산으로 등재된 교토의 대표적인 신사로 이 신사에는 별뢰신을 모셨다. 그래서 원 이름이 '가모 별뢰 신사'이다.

7천년 전 조몬인의 자취가 발견되었고, 2천년 전 야요이인들의 토기도 발견되어 일찍이 사람들이 살았음이 확인되었다. 그리고 5세기 들어서 야마토 지역의 가쓰라기(葛城)에서 이주해온 가모씨들이 정착하여 신사를 지은 것이다.

신사는 거기에 모신 신이 누구인가에 따라 그 성격이 정해지며, 고대의 신들은 이곳저곳의 신들과 만나 결혼을 하고 그 아들, 딸, 손자가 다른 지역의 신으로 퍼져나가곤 하는데 이는 곧 부족의 이동과 교류를 의미하는 것이다.

가모씨들이 야마토의 가쓰라기 시절에 모신 신은 건각신명(建角身命)으로 지금 시모가모 신사에 모셔져 있다. 그래서 원래 신을 모셨기 때문에 '가모 어조(御祖) 신사'라고 한다. 그리고 이 건각신명이 교토 북쪽의 단바에서 가무이카코야히메(神伊可古夜日女)를 만나 딸을 낳고 손자를

| **아오이마쓰리의 행진 모습** | 아오이마쓰리는 아스카시대부터 가모씨들이 흉작을 맞으면 풍요를 기원하며 음력 4월에 열었던 축제에 그 기원을 두고 있다.

보았는데 그 손자인 별뢰신(別雷神)을 모신 곳이 가미가모 신사이다. 그래서 원 이름이 '가모 별뢰(別雷) 신사'이다. 건각, 즉 뿔에서 번개로 변천한 것이다. 이는 곧 사냥하던 삶에서 농경사회로의 이행을 의미한다.

가모씨들은 뒤이어 서쪽에 정착한 하타씨와 다투지 않고 긴밀히 교류했다. 『하타씨 본계장』이라는 족보를 보면 가모씨가 하타씨의 사위로 들어간 기록이 있다. 그리고 지금 시모가모 신사에 있는 '다다스노모리(糺の森)'라는 유명한 숲은 하타씨의 누에 신사에 있는 '모토타다스'에 그 연원을 두고 있으니 이주민과 도래인 후손들은 그렇게 사이좋게 교토 땅을 개척하며 살아갔다는 것을 말해준다. 이런 설화는 하타씨가 가모씨보다 우위에 있었음을 암시하기도 한다.

| 아오이마쓰리 | 아오이마쓰리 때는 소달구지와 제관들의 머리에 족두리풀을 꽂고, 가정집에서도 그렇게 장식한다고 한다.

아오이마쓰리

가모 신사에서 열리는 아오이마쓰리는 6세기 아스카시대부터 가모씨들이 홍작일 때면 음력 4월에 풍요를 기원하며 연 축제에 기원을 두고 있다.

마쓰리 이름에 오늘날의 족두리풀을 의미하는 해바라기 규(葵)자가 들어간 것은, 가미가모의 별뢰신이 꿈을 꾸었는데 어머니가 나타나서 "나에게 제사할 때는 머리채 장식으로 족두리풀을 써다오"라고 했다는 데에서 유래한단다. 그래서 지금도 마쓰리 때는 소달구지〔牛車〕와 제관들의 머리에 족두리풀을 꽂고, 가정집에서도 족두리풀을 장식한다고 한다.

이 아오이마쓰리는 8세기 나라시대에 들어오면서 크게 인기가 있어 인근의 많은 사람들이 참여하여 야마시로국(山背國 또는 山城國, 교토의 옛 지명)의 마쓰리가 되었다. 이때 길일(吉日)을 택해 방울 달린 말을 타고 달리는 행사는 지금도 이어져 내려오고 있다고 한다.

헤이안쿄 천도 이후에는 왕실이 이 마쓰리를 지원하면서 국가 행사로 승격되어 그때부터 지금까지 1500년을 두고 해마다 이어오고 있다. 현재의 아오이마쓰리는 교토 어소(御所, 고쇼)에서 천황이 칙사에게 제문을 내리는 궁중 마쓰리, 옛 의상을 입은 행렬이 가와라정(河原町) 거리를 행진하는 거리 마쓰리, 신사에 다다르면 여기서 천황의 제문을 받드는 신사 마쓰리 등 3부로 이루어지는데 현재는 궁중 마쓰리는 행하지 않고 나머지 두 마쓰리만 진행된다. 이 행진에는 약 500명의 인원, 소달구지 2대, 소와 말 40마리가 동원되어 약 1킬로미터의 행렬이 이어진다고 한다. 이렇게 시모가모 신사의 마쓰리가 끝나면 똑같은 과정을 가미가모 신사까지 벌이게 된다. 이것이 가장 오래된 역사와 전통을 자랑하는 가모 신사의 아오이마쓰리이다.

상·하의 가모 신사 건축은 연륜도 연륜이지만 규모도 장대하고 건축도 고풍이 역연한데다 주변의 풍광이 아름다워 둘 다 유네스코 세계유산에 등재되었다. 둘 중 어느 쪽이 더 좋은가 우열을 가리기 힘든데 가미가모 신사를 가면 신사 앞 동네가 가모 6향(鄕)이라는 전통 마을(마치나미 町並み)이 있어 일본 마을의 체취를 느낄 수 있고, 시모가모 신사로 가면 다다스노모리로 가는 강변 숲길이 아름다워 산책이 즐겁다.

기온의 야사카 신사

세번째 기온마쓰리로 말할 것 같으면 이것이야말로 일본 마쓰리의 진면목을 담고 있다. 기온마쓰리는 교토의 3대 마쓰리 중 하나일 뿐 아니라 도쿄(東京)의 간다마쓰리(神田祭), 오사카의 덴진마쓰리(天神祭)와 함께 일본의 3대 마쓰리로 손꼽히며 장장 1개월에 걸쳐 열린다.

| **야사카 신사** | 기온의 야사카 신사는 일본의 3대 마쓰리인 기온마쓰리가 열리는 곳으로 교토의 한 상징이다. 이 신사는 고구려계 도래인인 야사카씨들이 세운 것이어서 우리에게 더욱 의미있게 다가온다.

이 기온마쓰리를 주관하는 곳은 기온의 야사카 신사(八坂神社)인데이 신사는 고구려계 도래인인 야사카씨(八坂氏)들이 세운 것이어서 우리에게 더욱 친밀하게 다가온다. 야사카 신사는 메이지유신 때 전국 지명을 재정비하기 전까지는 기온사(祇園社), 또는 기온 감신원(祇園感神院)이라고 불려왔으며, 교토 시민들은 애칭으로 '기온상'이라고 부른단다.

야사카 신사의 창건에 대해서는 여러 학설이 있는데 일찍부터 이곳에 정착한 '야사카노 즈쿠리(八坂造)'라 불리던 고구려계 도래인들이 세운 것만은 확실시되고 있다. 야사카라는 이름은, 이곳 히가시야마 지구에는 기요미즈 자카(淸水坂), 산넨 자카(三年坂) 등 여덟 개의 자카(坂)가 있기 때문이라는 설도 있지만 안식처라는 뜻에서 나왔다고도 한다. 백제계가 안식처로 잡은 곳에 아스카라는 이름이 생겼듯이, 고구려계가 정착한 안식처에는 야사카라는 이름이 생긴 것이다.

그리고 신라계 하타씨 중에서는 진하승이라는 걸출한 인물이 나와 하타씨들이 대성공을 이루었듯이, 야사카씨는 656년 고구려 사신〔副使〕으로 온 이리지(伊利之)가 여기에 정착하여 동족을 이끌면서 크게 번성했다고 한다. 『신찬성씨록』에선 그를 의리좌(意利佐, 오리사)라고 표기했다.

고구려 도래인의 법관사 오중탑

야사카 지역이 고구려계 도래인의 고향이라는 사실은 야사카탑이라고 불리는 법관사(法觀寺, 호칸지) 오중탑(중요문화재)이 증언하고 있다. 야사카 신사에서 청수사로 올라가는 언덕길 중간에 있는 이 오중탑은 교토에서 가장 오래된 목탑이다.

법관사는 589년 쇼토쿠 태자가 발원한 절로 전한다. 오사카에 사천왕사를 지을 때 거기에 쓸 목재를 여기서 베어갔는데 그때 이 터가 불사리를 모실 만하다고 하여 법관사를 지었다는 것이다. 발굴 결과 가람배치가 사천왕사식이었고 주변에서 아스카시대의 기와가 발견되었다고 한다. 그러나 화재를 만나 불타버렸고 1440년에 재건되었는데 지금은 오중탑만이 산넨 자카의 좁다란 골목길 안에 남아 있다.

그런데 요즘 나온 교토 안내서에서는 이 법관사 오중탑이 제대로 소개되어 있지 않다. 그리고 어쩌다 소개된 것을 보면 고구려 도래인들이 정착하여 세운 야사카씨의 씨사였다는 얘기는 건너뛰고 있다. 오히려 오래된 책일수록 그 이야기를 명확히 기록하면서 교토에서 법관사의 위상을 명확히 말하고 있다. 『교토』의 저자 하야시야 다쓰사부로는 이렇게 말한다.

| 법관사 오중탑 | 쇼토쿠 태자가 발원한 법관사는 고구려계 도래인들이 창건한 절로 몇차례 전란을 만나 불타버렸고 1440년에 재건된 오중탑만이 산넨 자카의 좁다란 골목길 안에 남아 있다.

고구려 귀화(도래) 씨족은 가미코마(上狛) 지역을 근거로 고려사(高麗寺, 고마데라)를 창건하고 씨족의 거점으로 삼았고, 야사카노 즈쿠리라는 이름으로 불린 이 지역 사람들은 야사카 신사와 함께 법관사를 지었다. (…)

오닌(應仁)의 난 때 교토가 폐허가 되고 모든 문물이 불타버렸을 때도 이 오중탑만은 전화를 피해 잘도 살아남은 것에는 감회가 일어난다. 당시 초토화된 교토 시민들은 홀로 우뚝 솟아 있던 이 탑을 매일 아침저녁 보는 것만으로도 큰 위안이 되었을 것이다.

메이지시대까지만 해도 탑 꼭대기에 전망대가 있어서 교토를 내려다볼 수 있었다고 한다. 항간에 들리는 얘기로는 전국(戰國, 센고쿠)시대에 교토를 쟁탈한 군사들이 가장 먼저 이 탑 꼭대기에 깃발을 꽂아 교토를 지배했다는 표시로 삼았다고 한다(林屋辰三郎『京都』).

법관사 오중탑은 한동안 교토 타워와 같은 역할을 했던 것이다. 청수사 답사를 마치고 산넨 자카로 내려오면 법관사 오중탑을 거쳐 야사카 신사에까지 이르게 되는데 이 길을 걷자면 자연히 여기가 고구려 도래인의 고향이었다는 사실이 떠오르면서 더욱 정겹고 친밀하게 느껴진다.

기온의 랜드마크 야사카 신사

야사카 신사는 기온 거리의 동쪽 산자락에 바짝 붙어 있다. 교토에서 가장 번화한 4조대로(四條通り)에서 히가시야마를 바라보고 곧장 걸어가면 가모강을 가로지르는 4조대교가 나오고, 다리를 건너가면 거기부터가 기온 지역이다. 그 길로 계속 따라가다보면 약 400미터쯤 앞에 야

| **야사카 신사 서문 돌계단** | 교토 사람들은 기온에서 만나기로 약속할 때면 대개 이 돌계단 아래에서 만나기로 한단다. 야사카 신사의 서쪽 대문인 이 누문은 기온의 랜드마크인 셈이다.

사카 신사의 서쪽 대문인 빨간 누문(樓門)이 나온다. 이 누문은 1497년에 세워진 것으로 이 신사에서 가장 오래된 건물이다.

야사카 신사의 누문은 돌계단 위에 번듯하게 올라앉아 있어 더욱 우뚝해 보이는데 교토 사람들이 기온에서 만나기로 약속할 때면 대개 이 돌계단 아래(石段下)에서 만나기로 한단다. 즉 야사카 신사의 누문이 기온의 랜드마크인 셈이다.

교토 야사카 신사의 본전 건물은 1654년에 세워진 것으로 정면 7칸, 측면 6칸의 장대한 규모로 전국에 있는 3천여 야사카 신사의 총본산다운 위용이 있다. 이 본전 건물은 일반 신사 건물들과는 달리 어제신(御祭神)을 모신 내진(內陣)이 한 단 높게 올려져 있어 외진(外陣)과 구분되어 있다. 그만큼 어제신에 권위를 부여하고 있는 것이다.

남쪽에 있는 신사의 정문인 돌 도리이(石鳥居)는 1666년에 세워진 오랜 것으로 높이가 9.5미터에 이르는 장대한 규모이다. 이 신사에 모셔진 신은 우두천왕(牛頭天王)으로, 고구려 도래인들이 무슨 이유에서인지 신라에서 우두천왕을 모셔온 것으로 전해지고 있다. 그래서 신사 연구자들은 그 기원을 찾으려고 춘천 우두산, 고령 우두산 등 우두산 이름을 가진 곳을 찾아나서곤 한다.

야사카 신사는 20여개의 섭사를 거느리고 있다. 그중 가장 유명한 것이 에키(疫) 신사이다. 역병을 물리치는 이 섭사는 한 달간 열리는 기온마쓰리의 마지막 행사로 맨 마지막 날 '무병 식재(無病息災)'를 기원하는 나고시사이(夏越祭)라는 제의가 열리는 신사이다.

기온마쓰리가 7월 1일에 시작하여 31일까지 대대적인 규모로 행사를 벌이게 된 것은 바로 이 '무병 식재'의 기원 때문이었다. 그리고 기온마쓰리의 원 이름은 기온 어령제(御靈祭)라고 한다. 이게 무슨 얘기인지 알기 위해서 우리는 신천원(神泉苑, 신센엔)이라는 곳을 다녀와야 한다.

옛 왕궁의 금원, 신천원

교토의 역사를 말하는 책에서 헤이안쿄 천도의 첫머리는 대개 신천원으로 시작한다. 그런데 저자마다 한결같이 "지금은 교토 시민조차 잘 알지 못할 정도로 잊힌 곳이고 쇠락을 면치 못한데다 관리도 잘 안 되고 있지만"이라는 단서를 달고 있다. 절대로 관광지가 아니라는 이야기인데 그래도 기온마쓰리의 유래를 알기 위해서는 가봐야 한다.

신천원은 이조성(二條城, 니조조) 남쪽 길 건너 주택가에 끼어 있는 허름한 연못이다. 정원으로 가꾼답시고 연못 한가운데 금적색 무지개다리를 놓았는데 어울리지도 않고, 연못가엔 요란한 색채의 용머리 놀잇배가 떠 있어 우리로 치면 뽕짝 기가 역력하다. 아무리 보아도 교토 같지도 않

| **신천원 입구** | 본래 신천원은 헤이안쿄 건설 당시 왕궁의 남쪽에 붙어 있던 금원이었다. 서울로 치면 창덕궁 안의 비원 같은 곳으로 간무 천황 이래로 역대 천황들이 빈번히 행차하며 꽃놀이하던 곳이었다.

고, 일본 같지도 않다.

본래 신천원은 헤이안쿄 건설 당시 왕궁의 남쪽에 붙어 있던 금원(禁園)이었다. 본래는 남북 4정(町), 동서 2정으로 8정(약 3만 2천평)이나 되는 엄청난 규모의 정원이었다. 서울로 치면 창덕궁 안의 비원 같은 곳으로 헤이안쿄를 건설한 간무 천황 이래로 역대 천황들이 빈번히 행차하며 꽃놀이를 하던 곳이었다고 한다.

그러나 헤이안쿄는 건설 후 얼마 되지 않아 서쪽에 자주 홍수가 범람하는 바람에 우경이 황폐해지고 결국 주작대로는 좌경 서쪽 외곽으로 전락했다. 왕궁도 폐허가 되어 천황은 사저에 사는 신세가 되었다. 그래서 일본 천황의 이름은 사후에 그가 살던 동네 이름을 붙여 사가(嵯峨), 산조(三條), 고산조(後三條), 시라카와(白河), 고시라카와(後白河), 도바(鳥羽), 고토바(後鳥羽) 등으로 불리게 된 것이다.

천황이 기거하는 교토 어소가 새로 건립된 것은 1331년 이후의 일이 었고, 황폐해진 왕궁터는 밭으로 변해, 여기서 나오는 무청(蕪菁)이 유명 했다고 한다. 다만 신천원만이 정원으로 남아 그 옛날을 증언하고 있었는데 이것도 에도(도쿄)에 막부(幕府)를 차린 도쿠가와 이에야스(德川家康)가 1602년 자신의 교토 거성(居城)으로 이조성을 지으면서 신천원의 대부분을 차지했다고 한다. 그나마 남아 있던 곳도 민간 주택들이 잠식해 지금은 사방 반정(半町, 약 2천평)의 대지에 작은 연못만 남았고 동사의 요청에 따라 말사로 운영되고 있다고 한다.

신천원의 기우제

이 정원이 신천원이라는 이름을 갖게 된 것은, 이곳 연못이 지하수가 샘으로 솟아오르는 용천(湧泉)이어서 가뭄에도 물이 마르지 않고 신령스럽기 때문이다. 그 때문에 헤이안시대 신천원에서는 가뭄 때 기우제를 열고 일반인들에게 개방해 물을 나눠주어 관개용수로도 사용하게 했다고 한다.

신천원의 기우제와 관련해서는 동사의 공해(空海, 구카이, 774~835) 스님과 서사의 수민(守敏, 슈빈) 스님이 누가 더 도력이 센가 겨루었는데 공해 스님이 이기는 바람에 서사는 쇠퇴하여 폐사가 되었고, 동사는 날로 번성하게 되었다는 전설이 전한다.

이러한 신천원이 교토 역사에서 중요한 의미를 갖게 된 것은 863년 5월 여기서 열린 마쓰리 때문이다. 이 마쓰리가 곧 야사카 신사에서 열리는 기온마쓰리의 기원이 된다.

863년, 그해에는 정월부터 교토에 무서운 전염병이 돌아 많은 사람들이 죽었다. 해역병(咳逆病)이라는 일종의 유행성 독감 같은 것이었는데

| 신천원 | 신천원이라는 이름은 이곳 연못이 지하수가 샘으로 솟아오르는 용천이어서 가뭄에도 물이 마르지 않고 신령스럽기 때문에 붙여진 것이다. 헤이안시대 신천원에서는 가뭄 때 기우제를 열고 일반인들에게 개방해 물을 나눠 주어 관개용수로도 사용하게 했다고 한다.

주술사인 음양사(陰陽師)에게 점을 쳐보니 이 역병의 원인은 헤이안쿄 천도 과정에서 억울하게 죽은 사람들의 원령의 '다타리(祟り)' 때문이라는 점괘가 나왔다. '다타리'란 저주, 원한, 앙화(殃禍)라는 말이다.

원령을 위한 어령회

황당한 얘기 같지만 그 원령의 내력은 다음과 같다. 헤이안으로 천도를 결정한 것은 간무 천황이었다. 간무 천황은 아키히토 현 천황이 2001년 12월 68세 생일잔치에서 "저는 간무 천황의 생모가 백제 무령왕의 자손이라고 『속일본기(續日本紀)』에 기록돼 있는 사실에 한국과의 깊은 인연을 느낀다"고 발언함으로써 우리에게 다시 한번 일본 천황가와 백제 도래인의 친연성을 확인시켜 준 인물이다.

| 간무 천황 | 간무 천황은 원령이 우글거리는 나가오카쿄의 수도 건설을 중단하고 교토에 새 수도를 건설하기로 결심하여 794년에 헤이안쿄로 천도했다.

그는 일제강점기 일본이 내선일체(內鮮一體)를 내세우는 근거로 제시되기도 하였는데, 오늘날에 와서는 한일 고대사의 밀접한 인연을 강조하는 근거로도 언급되는 이중적 성격이 있다.

간무 천황이 처음 천도를 계획한 곳은 교토와 오사카 중간에 있는 나가오카쿄(長岡京)였다. 784년부터 공사가 시작되었는데 1년 만에 공사감독관이 살해되는 사건이 벌어졌다.

수사를 해보니 놀랍게도 간무 천황의 동생인 사와라 친왕(早良親王)이 연루되어 있었다. 친왕은 무고(誣告)임을 주장하며 단식투쟁하다가 유배 가는 도중 자신의 결백을 보이기 위해 자결했다. 그런데 나중에 주모자를 잡고 보니 친왕은 정말로 아무 죄가 없었다.

이때부터 간무 천황은 친왕의 원령의 저주(다타리)를 받았다. 갑자기 부인이 30세로 요절하는가 하면, 이듬해엔 어머니가 죽고, 또 황태자에겐 심신(心神) 이상이 생겼다. 역병이 유행하여 많은 사람이 죽었다. 점을 쳐보니 죽은 친왕의 원령의 저주 때문이라고 나왔다.

간무 천황은 원령이 우글거리는 나가오카쿄의 수도 건설을 중단하고 교토에 새 수도를 건설하기로 결심했다. 그리하여 10년 뒤인 794년에 헤이안쿄로 천도하게 되었던 것이다.

그런데 그 원령의 다타리가 또 나타나서 역병이 진정되지 않는 것이었다. 이에 원령을 진정시키기 위한 어령회(御靈會, 고료에)라는 마쓰리를 열었다. 어령이란 혼령〔靈〕을 제어〔御〕한다는 뜻이다.

그해 5월 신천원의 어령회는 아주 성대하게 개최되었다고 역사서에 기록되어 있다. 원령을 달래기 위해 대단히 소란스러운 춤과 노래가 공연되었는데, 궁중 아악은 물론이고 이국적인 대당무(大唐舞)와 고려무(高麗舞)도 추었다고 한다(菅原信海『日本人のこころ─神と佛』, 春秋社 2010).

어령회라는 마쓰리의 유행

신천원의 어령회 이후 왕궁 안에 어령신사(御靈神社)가 세워져 다섯 원령을 모셨다. 그런데 권력 다툼 과정에 억울하게 죽은 원령들이 속속 생겨나면서 열 명으로 늘어났다. 그 원령의 마지막 주인공이 스가와라노 미치자네(菅原道眞)였다.

전국에 무수히 많은 덴만궁(天滿宮)은 정치적으로 좌천된 스가와라노 미치자네가 규슈의 다자이후(大宰府)에 유배된 지 2년 만에 죽고 나서 재앙이 그치지 않자 그를 오히려 천신(天神)으로 모신 데에서 유래한 것이다(『나의 문화유산답사기』 일본편 1권 208면 참조).

그리고 신사와 사찰마다 원령의 다타리를 진정시키기 위한 마쓰리가 유행하기 시작했다. 가뭄·홍수·역병·지진 등 자연재해가 일어나면 마쓰리를 행했다. 참으로 기이한 사고방식이다. 우리 같으면 전지전능한 신령에게 풍수해가 없도록 해달라고 비는 마음에서 제를 올릴 것이다. 그러나 일본인들은 풍수해가 일어나는 것은 원령의 '다타리' 때문이라고 생각하고 있는 것 아닌가. 신을 믿건 악마를 믿건, 신의 가피(加被)를 입건, 악신의 저주를 해원(解冤)하건 결과는 같다. 그러나 발상의 차이는 큰 것이다.

| **원령으로 변한 스가와라노 미치자네** | 헤이안 천도 이후 홍수·가뭄·지진 등 자연재해와 전염병으로 많은 사람이 죽자 이는 권력 다툼 과정에 억울하게 죽은 다섯 원령들의 저주(다타리)라고 생각하는 원령 신앙이 생겼다. 이후에도 원령이 속속 생겨나 열 명으로 늘어났는데 이 그림은 일본 역사상 최고의 문신이었던 스가와라노 미치자네가 규슈로 좌천되어 죽은 뒤 원령으로 변하는 모습을 그린 것이다.

　명작이 무엇이냐는 물음에 '신은 디테일에 있다'(God is in the details)라고 대답한 명구가 있다. 이 말은 1969년『뉴욕타임즈』가 독일의 건축가 미즈 반 데어 로에(Mies van der Rohe, 1886~1969)의 사망 기사를 쓰면서 인용하여 널리 알려진 것이다.

　그러나 이 명구의 연원은 독일인 미술사가 아비 바르부르크(Aby Warburg, 1866~1929)가 먼저 한 말이었다고도 하고, 또 그전엔 프랑스의 귀스타브 플로베르(Gustave Flaubert, 1821~80)가 '좋은 신은 디테일에 있다'(Le bon Dieu est dans le détail)라고 먼저 말했다고도 한다. 그런데 이 말이 현대로 내려오면서는 바뀌어 다음과 같은 말이 생겼다고 한다.

"악마는 디테일에 있다"(The devil is in the details)

오늘날 미국의 유명한 전자회사 로비에는 이 경구가 쓰여 있다고 한다. 신이든 악마든 디테일에 마음 쓰라는 뜻이지만 발상과 마음자세엔 큰 차이가 있는 것이 분명하다.

기온 어령회

신천원의 어령제가 열린 지 6년 뒤인 869년에 또 어령제가 열렸는데 이때 야사카 신사에서 신천원에 당시 66개 구니(國)와 연관해서 산 모양을 본뜬 가마에 '호코'라는 창을 장식한 '야마호코(山鉾)'를 앞세우고 가마(神輿)를 보냈더니 영험이 있었다. 이것이 기온 어령회의 기원이며 이 야마호코의 순행(巡行)이 기온마쓰리의 하이라이트이다.

가와바타 야스나리는 『고도』에서 이 마쓰리에 대해 다음과 같이 말하고 있다.

먼 지방에서 구경하러 올라온 사람들은 기온마쓰리가 7월 17일에 있는 야마호코 꽃수레 순례 하루뿐이라고 생각할지 모른다. 그래서 그들은 기껏해야 16일 밤에나 온다.

그러나 기온마쓰리의 실제 행사는 7월 한 달을 두고 꼬박 계속된다. 7월 1일에는 각각의 야마호코 마을에서 축제 전야제의 풍악이 시작된다. 생기발랄한 아동(稚兒, 치고)을 뽑아 태운 야기나타호코(長刀鉾)는 매년 순례의 선두에 서는데 그 밖의 야마호코 순서를 결정하기 위한 추첨이 7월 2일인가 3일에 교토 시장(市長)에 의해 이루어진다.

수례는 전날 만들지만 7월 10일에 '신(神) 가마 씻기'가 마쓰리의

| 기온마쓰리 풍경 | 오랜 연륜을 지닌 마쓰리로 관제가 아니라 민간 차원에서 무려 한 달간 열린다. 교토의 각 마을에서 특색있게 제작한 '야마호코'를 기온 신사(야사카 신사)로 가져오는 행사가 하이라이트다. 기온마쓰리는 2009년에 유네스코 인류무형문화유산에 등재되었다.

본격적인 시작일 것이다. 가모강의 4조대교에서 가마를 씻는다. 씻는다고 하지만 제관이 상록수 가지를 적셔 들고 가마에 뿌리는 정도다.

11일에는 뽑힌 아동이 야사카 신사로 간다.

이리하여 17일 야마호코 행렬이 교토 시청 앞을 지날 때는 이를 잘 구경할 수 있는 유료 관람석이 설치된다고 한다. 이때 각 집안에서는 소장하고 있는 멋진 병풍들을 갖고 나와 길거리에 펼치고서 한편으론 자랑을 하기도 하고 한편으론 마쓰리의 분위기를 돋우기도 한단다.

또 시조-데라마치 거리에 세 대의 가마가 일주일간 머무는 어여소(御旅所)가 설치되면 상인들은 운수 대통하고 만복이 들어오라는 개운

초복(開運招福)을 기원하고, 바겐세일 장터도 연다고 한다. 그리고 31일 야사카 신사의 섭사인 에키 신사에 와서 나고시사이(하월제)를 지내는 것으로 끝난다.

엄청난 축제이다. 기온 어령회는 관제가 아니라 민간 차원에서 이루어지는 행사로 66개 마을에서 각기 특색있게 제작한 '야마호코'를 가져오던 것이 근대화 바람에 점점 쇠퇴하여 지금(2013)은 31개 마을이 참여하고 있으며 '기온마쓰리 야마호코 연합회'가 조직되어 이를 유지하고 있다고 한다. 기존의 야마호코 중 29기는 일본의 중요민속자료로 지정되었고, 기온마쓰리는 우리의 강릉 단오제와 마찬가지로 2009년에 유네스코 인류무형문화유산에 등재되었다.

교토의 심장, 기온 거리

답사건 관광이건 여행객들이 유적지 구경보다 더 원하는 것은 옛 거리를 걸어보는 것이다. 교토에 가면 누구나 한 번쯤은 가보고 싶은 곳이 이 기온정(祇園町)일 것이다. 기온이라 하면, 사람들은 기온마쓰리와 함께 요정(料亭)과 유곽(遊廓)이 옛모습 그대로 남아 있어 기모노를 입은 게이샤(藝者)와 동기(童妓)들이 게타를 끌며 총총걸음으로 걸어가는 풍광을 먼저 떠올릴 것이다.

기온이 이처럼 유흥 환락가가 된 것은 중세부터라고 한다. 1670년 무렵 가모강 동쪽 강변을 따라 뻗어 있는 야마토 대로(大和大路) 주변이 재개발될 때 '기온 바깥 동네 6정(外六町)'이라 불리는 여섯 동네가 먼저 생기고, 1713년 그 안쪽에 '기온 안동네 6정(內六町)'이 생겼다. 모두 공인된 유곽이었다.

기온의 거리에는 어깨를 나란히 한 전통찻집이나 맛있는 교요리(京の

| **기온 입구** | 교토에 가면 누구나 한 번쯤 가보고 싶은 곳이 기온일 것이다. 전통과 현대가 만나는 것이 아니라, 전통이 현대에도 계속 숨쉬고 있다는 깊은 인상을 준다.

料理)나 가이세키(懷石) 요리로 유명한 전통 식당들이 전통적인 마치야(町屋) 형식의 목조 상가 건물들로 이어져 있는데 건물에 따른 세금이 길가에 면한 폭을 기준으로 책정되었기 때문에, 정면은 5~6미터 정도이지만, 내부의 길이는 20미터에 이르는 긴 건물이라고 한다.

거리 전체에 초밥집, 사시미집, 두부집, 튀김집 같은 전문 식당들, 현대식 술집과 바, 또는 올망졸망한 모찌 가게, 당고(동그란 떡꼬치 구이) 가게, 야쓰하시(삼각형 모양의 얇은 떡) 가게, 그리고 부채·도자기·비단 손가방 등을 파는 기념품 상점들이 이어져 있어, 거닐며 구경하는 것만으로도 눈이 즐겁고 교토인들의 생활상을 몸으로 느껴볼 수 있다.

| **기온의 유곽 거리** | 기온에서 가장 유명한 곳은 '하나미코지'라 불리는 유곽 거리이다. 이 거리 끝 막다른 곳엔 아이로니컬하게도 선종 사찰인 건인사가 있다.

성속이 어우러지는 기온

기온에서 가장 유명한 유곽 거리(花街)는 하나미코지(花見小路)라 불리는 곳으로, 시조대로 야사카 신사에 거의 다다라 남쪽으로 꺾어들면 건인사(建仁寺, 겐닌지)까지 이어지는 좁은 골목길이다. 옛날 상인들이 살던 고풍스러운 건물들은 대부분 가이세키 요리 식당이거나 게이샤가 접대하는 오차야(お茶屋)다.

본래부터 기온의 유곽 거리는 시내 남쪽에 있는 시마바라(島原) 유곽가와 쌍벽을 이루었는데 1958년 공창(公娼)제도가 폐지되면서 시마바라는 없어져 그 건물이 근대 문화유산으로 남았지만, 기온의 유곽 거리는 지금도 유녀(遊女)가 있는 유연(遊宴)의 거리로 남아 있다.

도쿄 천도 후 교토는 쇠퇴 일로를 걸어 기온 거리도 예전 같을 수가 없었다. 이에 예기(藝妓)의 춤인 '미야코 오도리(都おどり)'는 1872년 제

| 기온 거리의 게이샤 | 기온에는 요정과 유곽이 옛 모습 그대로 남아 있어 저녁 무렵이 되면 기모노를 입은 게이샤(藝妓)와 마이코(舞妓)가 종종걸음으로 걸어가는 것을 볼 수 있다.

1회 교토박람회를 계기로 보존 대책을 마련하여 지금도 전승되고 있으며, 에도시대 이래 남아 있는 유곽 건물들은 주민의 협조를 얻어 역사적 경관의 '마치나미(전통 마을)'로 보존되고 있는 것이 오늘의 기온이다. 전통 가부키(歌舞伎)가 공연되는 미나미좌(南座), 기온의 모든 것을 아우르는 기온 회관, 일본 다도(茶道)·교겐(狂言, 일본의 전통 희극)·샤미센 연주 등 전통 연희를 공연하는 '기온 코너'도 있다.

그러나 기온이 기온인 것은 그 세속의 모든 즐거움을 아우르는 환락의 거리인 동시에 야사카 신사를 비롯하여 지은원, 건인사, 고대사(高臺寺, 고다이지) 같은 고사와 명찰이 함께 있기 때문이다. 기온이라는 이름이 석가모니의 기원정사(祇園精舍)에서 나온 것이 아닌가.

게다가 히가시야마와 가모강 사이에 위치하여 산자락에는 해묵은 아름드리 나무로 이루어진 마루야마(圓山) 공원과 버드나무 가로수로 이어진 강변 산책길이 있고 강변엔 가모강을 내다보며 즐길 수 있는 찻집 (오차야)과 고풍스런 식당이 있기 때문이다. 역사가 멈춘 듯한 교토의 옛 표정이 기온엔 지금도 그렇게 살아 있다.

이처럼 성속(聖俗)이 하나가 되고, 자연과 인공이 어우러지고, 축제가 있고, 전통과 현대가 일상에 공존하는 곳은 전세계에서도 드물다. 그 때 문에 기온은 교토 시민들에겐 즐거운 쉼터이고 관광객들에겐 일본의 체 취를 느낄 수 있는 교토의 심장 같은 곳이다.

그래서 감히 말하건대 교토에 가서 기온 거리를 걸어보지 못했다면 베네치아에 가서 산 마르코 광장을 가보지 않은 것이나 마찬가지라 할 수 있다.

이런 기온 거리일진대 이에 걸맞은 찬사가 없을 리 없다. 나폴레옹이 베네치아에 입성하여 산 마르코 광장을 보고는 그 넓으면서도 아늑한 공간에 감동하여 "여기는 하늘을 지붕으로 삼은 유럽의 응접실이다"라 고 감탄을 발했다고 한다. 기온에도 그런 명구가 기대된다.

기온을 가장 사랑한 가객으로는 요시이 이사무(吉井勇)가 특히 유명 하여 기온 신바시(新橋)의 시로가와(白川) 강변에는 그의 노래비가 세워 졌는데 거기에는 그의 절창 한 구절이 이렇게 새겨져 있다.

어찌 됐든	かにかくに
기온은 사랑스럽구나	祇園はこひし
고이 잠들 때도	寝(ぬ)るときも
베개 밑으로	枕のしたを
물이 흐르다니	水のながるる

환락의 최후의 잔까지 마실 듯한 노래인데 해마다 11월 8일이면 "어

| **기온을 노래한 시비** | 기온을 가장 사랑한 가객으로는 요시이 이사무가 특히 유명하여 기온 신바시의 시로가와 강변에는 그의 노래비가 세워졌고 해마다 10월이면 이곳에서 그의 시 첫 구절을 따 '어찌 됐든 마쓰리'가 열린다.

찌 됐든 마쓰리(かにかくに祭)"가 열린다. 이때 기온 갑부(甲部)의 예기(藝妓) 몇 명이 이 노래비에 국화를 바친단다. 기온 사람들이 이곳을 사랑하고 자랑하는 마음이 느껴지는 대목이다. 기온이 있는 한 교토는 시들지 않는다.

제2부
헤이안시대

지나가는 이여, 마음속에 기려보렴

후시미성 / 모모야마시대 / 후시미 이나리 신사 / 센본토리이 /
금적색의 의미 / 야마시로의 고려사터 / 고려사터의 감나무 /
고려사터의 시비

도래인의 신사와 사찰 창건

교토 답사기를 쓰면서 신세진 책이 한두 권이 아니지만 그래도 한 권
을 꼽으라고 한다면 역사학의 권위자라 할 무라이 야스히코(村井康彦)가
책임편집을 맡고 교토 조형예술대학이 펴낸『교토학에의 초대(京都學へ
の招待)』(飛鳥企畵 2002)이다. 이 책은 교토의 역사와 문화사를 크게 4장으
로 나누고 5명의 필자가 21개 주제로 세분하여 해설하고 있는데 제1장
제1절에서「도래인들: 사사(社寺)의 창건」을 다루고 있다.

여기서 말하는 도래인은 물론 한반도에서 도래한 사람들을 말하며 헤
이안시대 이전 교토에 세워진 도래인 신사를 보면 동서남북에 널리 퍼
져 있음을 강조해 말하고 있다.

동쪽: 야사카 신사 ── 고구려계 도래인 야사카노 즈쿠리

서쪽: 마쓰오 신사 ── 신라계 도래인 하타씨

남쪽: 후시미 이나리 신사 ── 신라계 도래인 하타씨

북쪽: 상·하 가모 신사 ── 열도 내 도래인 가모씨

그런데 이 책에선 가모 신사도 도래인과 깊은 연관이 있음을 말하면서 사실상 오늘의 교토를 일군 것은 절대적으로 도래인이었음을 명확히 하고 있다. 그리고 그 논조에는 도래인들에 대한 고마움 내지 경의 같은 것이 들어 있다. 나는 일본에 이런 객관적이고도 건강한 시각을 갖고 있는 학자들이 있다는 사실에서 한일 관계의 응어리가 풀릴 수 있는 희망을 본다. 교토는 도래인에 의해 그렇게 이루어졌던 것이다.

그런데 아스카에 정착한 백제계 도래인의 히노쿠마(檜隈) 마을에 있는 오미아시 신사(於美阿志神社)까지 포함하여 도래인들이 개척한 곳을 보면 신라계 하타씨는 가쓰라 강변의 습지였고, 고구려계 야사카씨는 히가시야마의 산자락이었고, 백제계 아야씨는 아스카의 들판이었다. 산과 들과 강, 여기에서도 삼국의 특성이 그렇게 읽힌다.

이들 신사는 처음에 모두 농경신을 모셨다. 그러나 나중에는 신사마다 각기 새로운 신을 받아들여 마쓰오 신사는 술의 신을 모셨고, 야사카 신사는 원령의 진혼을 비는 마쓰리를 행했고, 후시미 이나리 신사는 사업의 번창을 약속하는 신을 받아들였다. 이렇게 슬기로운 시대 적응으로 오늘날에도 교토 시민들의 일상 속에 살아 있다. 그중에서도 오늘날까지 가장 번창하고 있는 곳은 또다른 하타씨가 세운 후시미의 이나리 신사이다. 이번에는 그쪽으로 답사의 발길을 옮긴다.

도요토미 히데요시의 후시미성

후시미(伏見)는 교토의 남쪽에 있다. 헤이안쿄의 남쪽은 9조대로(九條通り)까지 있었지만, 도시가 팽창하면서 지금은 10조대로(十條通り)까지 있고 이 10조 바깥 동쪽이 후시미구(區)이다. 이곳 후시미는 훗날 도요토미 히데요시(豊臣秀吉)가 태정대신으로 통치하던 시절의 거성인 후시미성이 있는 곳으로 일본 역사에서 모모야마(桃山)시대라 불리던 시절의 주무대였다.

새삼스러운 얘기 같지만 역사는 유물과 함께 기억해야 명확한 이미지를 갖게 되고, 지리와 함께 익혀야 현장감을 갖게 된다. 일본 역사를 보면 아즈치 모모야마(安土桃山)시대가 나온다. 나는 처음엔 이 명칭의 유래는 모르고 오다 노부나가(織田信長)가 천하통일을 하던 시기는 아즈치시대, 도요토미 히데요시의 치세는 모모야마시대라고 그냥 외웠다. 다른 사람들도 마찬가지였던 모양이다.

몇해 전, 회원들을 이끌고 후시미 이나리 신사를 가면서 버스 안에서 모모야마시대라는 표현의 내력을 얘기했더니 모두들 "아항! 그렇구나"라는 표정이었다.

"일본 역사에서 헤이안시대를 지나면 천황은 상징적 존재로 남고 실권은 쇼군(將軍)에게로 돌아갑니다. 이때 쇼군의 막부(오늘날의 정부)가 어디에 있느냐로 일본 중세사의 시대를 구분하고 있습니다.

미나모토씨(源氏)는 가마쿠라(鎌倉)에 있었고, 아시카가씨(足利氏)는 교토 시내 무로마치(室町)에 있었습니다. 무로마치시대 말기의 전국(戰國)시대라는 혼란기에는 오다 노부나가가 천하통일을 목표로 교토에 들어올 때 그가 주둔한 거성을 교토 동북쪽 오미(近江)의 아즈치에 두었기 때문에 아즈치시대라고 합니다.

| 후시미성 | 도요토미 히데요시가 태정대신으로 통치하던 시절의 거성인 후시미성은 허물어진 뒤 모모야마(桃山), 즉 복숭아밭이 되었다. 그래서 도요토미 시절은 일본 역사에서 모모야마시대라 불린다. 지금의 후시미성은 20세기에 복원된 것이다.

그리고 도요토미 히데요시가 정권을 잡고 후시미성에서 통치할 때를 모모야마시대, 그후 도쿠가와 이에야스가 오늘날 도쿄인 에도에 막부를 설치한 이래 그로부터 메이지유신이 일어날 때까지가 에도시대입니다."

내가 여기까지 설명하자 본인 스스로 아주 똑똑하다고 생각하는지 말 끝마다 잘 끼어드는 중년 여성 회원이 질문을 던졌다.

"다른 시기는 다 지명을 붙였는데 왜 히데요시의 후시미시대만 모모 야마시대라고 하나요?"

모모야마시대

내가 이제 막 그 얘기를 하려고 이렇게 얘기를 풀어온 것인데 순간을 못 참고 질문한 것이었다. 나는 못마땅한 표정을 보이지 않으려고 억지로 미소지으며 말을 이어갔다.

"일본의 역사를 보면 우리가 이해 안 되는 것이 몇 있어요. 하나는 정권은 바뀌어도 천황은 건드리지 않는 것입니다. 둘째는 정권이 바뀌면 앞 정권의 근거지인 거성을 무자비하게 허물어버리는 것입니다.

무로마치는 교토 시내 '꽃의 어소(花の御所)'라고 했는데 여기는 자취도 없고 동네 이름만 남아 있어요. 히데요시의 후시미성도 폐성이 되었고 그 빈터는 복숭아밭이 되었답니다. 모모야마(桃山)가 된 거죠. 그래서 역사가들이 후시미시대를 모모야마시대라고 부른 것입니다."

그러자 또 끼어들었다.

"그렇게 원칙이 무너져도 되나요?"
"원칙이란 지켜지면서 한편으론 깨진다는 생리가 있어요. 원칙을 좋아하면 영어에서 first, second, third라고 하지 말고 oneth, twoth, threeth라고 해야겠죠."

가만히 듣고 있던 회원들이 재미있다고 큰 소리로 웃음을 터뜨렸다. 나는 다시 이야기를 이어갔다.

"그래서 어떤 이는 후시미시대 또는 오사카시대로 바꾸어야 한다고 주장하기도 했던 모양인데 학자들은 여전히 모모야마시대라고 부르고 있

| **도요쿠니 신사** | 귀무덤으로 일컬어지는 '이총' 맞은편에 도요토미 히데요시를 제신으로 하는 도요쿠니 신사가 있다. 이 신사의 당문은 후시미성이 폐성되면서 옮겨온 것으로 모모야마시대 대표적인 건축물이어서 일본 국보로 지정되어 있다.

습니다. 아마도 히데요시가 죽으면서 '모든 영화(榮華)가 꿈속의 꿈'이었다며 '몽중몽(夢中夢)'이라고 한 말과 이미지가 잘 맞았기 때문이겠지요.'

회원들은 모두 이제야 알겠다는 표정이었다. 궁금증을 속시원하게 풀고 나면 이에 뒤따르는 질문이 나온다. 이런 현상은 강의가 잘 되었다는 얘기다.

"지금도 복숭아밭이 있나요?"
"그렇다고 해요."
"지금도 후시미성은 폐허인가요?"
"1960년대에 일부를 복원했다고 해요."
"성을 허물 때 건물들을 다 어떻게 했나요? 아깝지 않았을까요?"

| 고대사 | 도쿠가와 이에야스는 히데요시의 본부인이 남편을 위해 고대사를 지을 때 정치적 배려로 후시미성의 다실을 비롯해 여러 채를 옮겨가게 했다. 고대사는 화려함을 특징으로 하는 모모야마시대의 상징적 사찰이 되었다.

"천수각(天守閣)은 이에야스가 자신의 교토 거성으로 이조성을 지을 때 옮겨갔고 많은 건물들을 교토의 절이나 신사에 선물하듯 내려주었다고 합니다."

"어디 가면 볼 수 있어요?"

"우리가 내일 가게 될 이총(耳塚) 바로 맞은편에 도요토미 히데요시를 제신(祭神)으로 하는 도요쿠니 신사(豊國神社)가 있는데, 이 신사의 안쪽에 있는 당문(唐門)이 후시미성 성문이었다고 해요. 일본 국보로 지정되어 있어요.

그리고 이에야스는 히데요시의 본부인이 남편을 위해 고대사를 지을 때 정치적 배려로 후시미성의 다실을 비롯해 여러 채를 옮겨가게 했다고 해요. 그래서 고대사는 화려함을 특징으로 하는 모모야마시대의 상징적 사찰로 얘기되고 있어요.

고대사는 야사카 신사에서 청수사로 올라가는 길목에 있는 옛날 고구려 사람들 터전에 있어요. 그래서 이 절 뒤쪽에는 야사카씨 족장의 무덤이라고 생각되는 고분들이 지금도 남아 있대요. 나도 한 번 가보았는데 정원이 아주 예뻐요."

여기까지는 나올 만한 질문들이었다. 그런데 나대기 좋아하는 그 중년 여성이 참으로 경우 없는 질문을 해왔다.

"우린 왜 후시미성에 안 가나요?"

회원을 무작위로 30~40명 모집하다보면 꼭 이런 분이 한 명은 있어 나를 괴롭힌다. 그런데 인생살이라는 것이 묘해서 그 사람이 안 오면 어디서 나타났는지 대타가 나타나 괴롭힌다. 단체여행에는 언제나 '안 왔으면 좋을 사람이 꼭 한 명은 있다'는 징크스가 있다.

사실 나도 후시미성에는 가본 적이 없다. 한번 찾아가려고 조사해보았더니 1964년에 복원된 후시미성은 안내서마다 모모야마시대 양식이 아니라고 토를 달아놓았다. 문화재 복원은 그 시대의 문화 수준을 말해주는데 1960년대만 해도 일본의 문화 수준은 그 정도였다. 그러나 우리나라로 말할 것 같으면 좀 나아지기는 했지만 아직 그만도 못한 곳이 많으니 내가 이를 비판할 자격은 없다.

후시미 이나리 대사

후시미 이나리 신사(稻荷大社)는 10조 바로 아래 있기 때문에 9조에 있는 동복사와 아주 가깝다. 교토역에서도 가깝다. 기차 JR 나라선(奈良

| **후시미 이나리 신사 입구** | 후시미 이나리 신사는 동복사 아래쪽에 있고 교토역과도 가깝다. JR 나라선을 타고 후시미 이나리역에서 내리면 바로 신사의 입구가 나타난다.

線)의 첫번째 역이 도후쿠지(東福寺)역이고 그다음 정거장이 후시미 이나리(伏見稻荷)역이다. 역에서 내리면 바로 신사의 입구가 나타난다.

후시미 이나리 신사는 엄청난 규모로, 내가 이제까지 본 일본의 신사 중 가장 활기가 넘치는 축제의 분위기가 있다. 재작년에 갔을 때, 신사에 붙은 포스터를 보니, 교토에 온 외국 관광객을 대상으로 가장 좋아하는 곳을 묻는 여론조사에서 첫손에 꼽혔다고 자랑이 대단했다. 여기는 전국에 있는 약 4만 2천 이나리 신사의 총본산이다. 일본에 있는 신사의 3분의 1이 넘는 숫자다. 정식 명칭도 신사가 아니라 이나리 대사(大社, 다이샤)이다.

5세기에 신라에서 건너온 하타씨는 날로 번성하여 인근 지역으로 널리 퍼져나갔는데 6세기에는 지금도 후카쿠사(深草)라 불리는 이 지역에 확고히 자리잡고 뛰어난 영농기술로 부를 축적했다. 후시미 이나리 신사는 하타씨의 후손 중 진이려구(秦伊呂具, 하타노 이로구)가 711년에 뒷산인

이나리산 세 봉우리에 신사를 세우고 제사 지내면서 창건한 것이라 한다. 『야마시로국 풍토기(山城國風土記)』에는 이 신사의 창건설화와 이나리의 뜻을 다음과 같이 말하고 있다.

하타씨의 진이려구 공(公)은 벼와 조 등 쌓아둔 곡식이 풍부했다. 그가 떡을 만들어 화살에 꽂아 쏘았더니 떡이 백조가 되어 날아가 산봉우리에 머물렀는데 그곳에서 벼가 나왔다. 이에 신사를 짓고 '이나(稻)나리(成)', 즉 '벼가 되다'라는 뜻으로 이나리 신사라고 이름지었다.

이후 후시미 이나리 신사는 명신대사의 하나로 꼽히는 영예를 얻었고, 827년 공해 스님이 동사를 지을 때 이나리산의 목재를 사용하면서 이나리 신을 동사의 수호신으로 제사 올리며 인연을 맺었다. 역대로 천황들이 찾아오면서 권위가 더해졌고, 도요토미 히데요시는 이곳에서 어머니의 치유를 비는 제를 올려 어머니의 병이 낫자 강력한 지원을 하기도 했다.

여기서 모시는 신은 오곡풍요를 가져오는 농경신이었지만 나중엔 상업 번영(번창)의 신을 모시면서 많은 섭사(딸림 신사)를 두며 더욱 인기를 얻었다. 그래서 이 후시미 이나리 신사의 상업 번영 신을 많이 모셔간 것이다. 요즘 세태로 말하자면 프랜차이즈 신사가 전국적으로 퍼져나간 것이다. 돈벌이란 언제 어디에서나 이렇게 사람을 열광시키고 유혹한다.

환상적인 설치미술, 센본토리이

이나리 신사는 입구부터 화려하다. 붉게 주칠한 키 큰 도리이 너머로 또 하나의 붉은 도리이가 있어 안팎에서 우리를 신사 안쪽으로 이끌어

| **후시미 이나리 신사 본전** | 교토를 불바다로 만든 오닌의 난 때 전소되었지만 1499년 재건하여 모모야마시대 건축의 중요한 특징인 장식성과 화려함을 여실히 보여준다.

준다. 넓고 긴 참도(參道)를 지나 안쪽 도리이 앞에 서면 이번엔 도요토미 히데요시가 5천석을 기부해 지었다는 2층짜리 붉은 누문이 나온다. 돌계단 양옆을 지키고 있는 나무 등롱도 붉게 주칠되어 있고 그 안쪽에 보이는 본전의 기둥들도 주칠이어서 눈이 부실 정도다.

교토를 불바다로 만든 오닌의 난(1467~77) 때 전소되었지만 1499년 바로 재건하여 본전 건물은 모모야마시대 건축의 중요한 특징인 장식성과 화려함을 여실히 보여주고 있다. 정면에서 바라본 본전의 앞면엔 갑옷처럼 휘어진 곡선의 당파풍(唐波風)이 아주 넓게 퍼져 있는데, 그 앞에 놓인 당사자(唐獅子)와 건물의 당초문양에는 로코코적 장식성이 확연하다. 그런 예술적 가치로 일본의 중요문화재로 지정되었다.

참배 드리러 갈 리 만무한 우리 입장에선 신사 답사란 아주 밋밋한 일이다. 그러나 후시미 이나리 신사에는 어디에서도 볼 수 없는 장관이 따

| **도리이 터널** | 도리이 터널은 붉은 도리이가 두 갈래로 돌아가고 이 터널이 끝나면 다시 산자락을 타고 계속 이어진다. 그 붉은빛의 향연은 가히 환상적이라고 할 만하다.

로 있다. 본전 뒤쪽 산비탈에는 1천개의 붉은 도리이가 터널을 이루는 '센본토리이(千本鳥居)'가 있다.

이 도리이 터널은 상업 번영을 기원하며 기진한 붉은 도리이를 두 갈래로 연이어 붙인 것으로 각기 약 70미터나 된다. 참으로 장대한 설치미술이고 그 붉은빛의 향연은 가히 환상적이다.

이나리산 정상에는 그 옛날의 전설을 간직한 세 개의 신사로 오르는 순례길도 있다. 센본토리이를 돌아나오는 반환점에 있는 오사(奥社)라는 섭사에서 출발하면 약 두 시간 정도의 등산길 중간중간 자연림 속에 빛나는 붉은 도리이와 작은 섭사들을 만날 수 있고, 거기서 내려다보면 교토 시내 남쪽이 넓고 멀리 조망되는 아름다운 전망이 있다고 한다. 그러나 나의 발길은 아직 거기까지는 미치지 못했다.

| **센본토리이** | 후시미 이나리 신사에는 1천개의 붉은 도리이가 터널을 이루는 '센본토리이(千本鳥居)'가 있다. 사업 번창을 기원하며 회사마다 기진한 도리이를 잇대어 설치한 것으로 어디에서도 볼 수 없는 장대한 설치미술이다.

일본의 상징색, 금적색

내가 후시미 이나리 신사를 찾아간 것은 도래 씨족 하타씨가 창건했다는 사실, 즉 내 조상들의 위업이 서린 유적이기 때문이었다. 그런데 여기에 와서 받은 각별한 감상은 저 붉은빛이 주는 강렬한 인상이었다.

나는 일본의 신사, 사찰, 황궁의 건축에 보이는 붉은색의 정서를 다는 모르지만 그 색이야말로 일본을 상징하는 색이라는 생각을 후시미 이나리 신사에서 처음 가졌다. 'DIC 컬러 가이드'로 말하자면 마젠타 100퍼센트에 옐로 100퍼센트로 이루어진 이른바 '긴아카(きんあか)'라 불리는 금적색(金赤色)이다.

일장기에 있는 히노마루(日の丸)의 빛깔이기도 한 금적색은 일본에서는 기본적으로 신성함의 빛깔이다. 빨간 '아카몬(赤門)'에는 권위 또는 존귀함 같은 것이 서려 있다. 도쿄대학교 정문 옆에도 아카몬이 있고, 예

전에는 장군의 딸을 부인으로 맞을 때 아카몬을 세우는 전통이 있었고, '아카몬으로 들어간다'라는 말이 생긴 것에는 그런 뜻도 있으리라.

이 금적색 속에는 밝고 화사한 화려함도 있다. 그러나 내가 여기서 느끼는 화려함이란 왠지 축제 분위기의 감성적 희열이나 해방 같은 것이 아니라 비장감 같은 것이다. 왜 그런 느낌이 다가왔을까. 핏빛이기 때문이었을 것이다. 그것도 선혈이 낭자한 핏빛이다.

일본 근세 성곽의 역사에서 가장 화려했다던 후시미성에서 전투가 벌어졌을 때 장수 이하 2천명이 할복자살했고 그때 낭하(廊下, 복도)는 핏빛으로 물들었다고 한다. 그런데 더욱 기막힌 얘기는 그 낭하의 나무판들은 삼십삼간당 옆에 있는 양원원(養源院, 요겐인)과 정전사(正傳寺, 쇼덴지)를 지으면서 천장 목재로 사용했고 이는 피의 천장〔血天井, 치텐조〕이라는 이름의 명물이 되었다는 것이다.

우리 같으면 당연히 불태워 없애버렸을 그 핏빛을 비장미로 간직하고 있다는 얘기다. 그런 것을 지워버리는 것이 아니라 그대로 안고 살아가는 이들의 정서를 생각하지 않고는 금적색이 상징하는 바를 도저히 읽어낼 수 없다.

야마시로의 고려사터

후시미 이나리 신사를 간 김에 좀더 남쪽으로 내려가 고구려계 도래인들이 자리잡고 살면서 세운 고려사(高麗寺)터까지 다녀왔다. 고려사터는 교토부 남쪽 끝 기즈가와시(木津川市)에 있다. 거리상으로는 나라에 더 가깝다.

교토에서 나라까지 이어지는 1번 국도를 타고 남쪽으로 내려가 이나리 신사가 있는 후시미, 평등원이 있는 우지(宇治)를 지나면 길은 사뭇

| **피의 천장** | 후시미성에서 전투가 벌어졌을 때 성 안에 있던 장수 이하 2천명이 할복자살하여 그때 낭하(복도)는 핏빛으로 물들었다고 한다. 그 낭하의 나무판들은 삼십삼간당 옆에 있는 양원원과 정전사를 지으면서 천장 목재로 사용했는데 이는 피의 천장이라 불린다.

강을 따라 내려간다. 이 강이 기즈강(木津川)이다. 높은 산 사이를 비집고 흐르던 좁은 강물이 얼마만큼 지나면 갈대가 휘날리는 강변 풍광과 함께 드넓은 들판이 나온다. 강을 따라가는 그 길에는 짙은 시정이 어려 있다. 고려사터는 그 강변 마을인 야마시로정(山城町)에 있다.

고려사가 언제 창건되어 언제 폐사가 되었는지 명확지 않다. 전하기로는 6세기 말 내지 7세기 초에 고구려의 도래승인 혜변(惠弁 또는 惠便)이 창건한 절이라고 한다.

이와 관련해서『일본서기』570년조에 있는 고구려의 사신을 '야마시로의 고위관(高橀館)' '상락관(相樂館)'에서 맞이했다는 기록을 고려사터와 연관시켜보는 견해도 있다. 최소한 660년 무렵에는 고려사의 가람 정비가 이루어져 금당, 탑, 강당, 중문 등이 세워졌고, 회랑으로 둘러져 있었으며 그때가 이 절의 전성기였다고 생각되고 있다.

그리고 이 절이 기록에 다시 나타난 것은 나라시대 불교설화를 모은 9세기 초 기록인 『일본영이기(日本靈異記)』이다. 여기서 8세기 중엽 『반야경(般若經)』을 독송하던 도래인 승려 송상(宋常)이 고려사로 온 뒤 떠나지 않았다는 얘기가 나온다. 송상은 『법화경(法華經)』을 외운 고승으로 속인과 바둑을 두었다는 일화도 전한다. 절은 12세기 말까지는 존속했던 것으로 보이나 이후 언젠가 폐사가 되었다.

이러한 고려사가 세상에 그 존재를 드러내게 된 것은 1934년, 이곳 향토사가 나카쓰가와 호이치(中津川保一)가 고려사 기와 가마터를 발견하고부터였다. 이를 계기로 1938년부터 아홉 차례에 걸쳐 발굴조사가 실시되어 탑, 금당, 강당, 중문 자리가 드러났고, 사역(寺域)이 사방 200미터에 이르는 대찰임이 확인되었다. 탑 자리는 사방 12.7미터였다고 하니 법륭사 오중탑과 비슷한 크기였음을 알 수 있다.

이후로도 고려사터는 계속된 발굴로 많은 기와편과 토기·금속기들이 출토되었고, 기와를 찍어내는 틀인 와범(瓦范)도 발견되었다. 고려사의 기와는 나라 아스카사와 천원사(川原寺, 가와라데라) 기와와 같은 것으로 확인되었고 기와 가마는 절 남쪽에 세 곳이 확인되었다. 그 모두가 문헌 기록과 일치하는 중요한 유적이었다. 1940년, 일본은 태평양전쟁 중임에도 이곳을 국가사적으로 지정했다.

교토의 전신은 야마시로구니

나는 20년 전 고려사터에 갔을 때 이 동네 이름이 '야마시로'의 '가미코마'라는 사실에서 교토의 역사를 이해하는 중요한 지식을 확실히 얻게 되었다.

고려사는 '고라이지'라 읽지 않고 '고마데라'라고 읽는다. '고마'는 한

| **'사적 고려사지' 비석** | 고려사터는 아주 광활한 절터로 교토부 내에서 가장 큰 폐사지이다. 빈터에 '사적 고려사지'라고 새긴 돌 말뚝이 그 옛날을 증언하고 있다.

자로 박(狛)이라 표기한다. 그래서 신사 입구마다 수호상으로 세우는 고마이누(狛犬)를 고구려와 연관지어 보는 견해도 있다. 이 마을의 윗동네가 가미코마(上狛), 아랫동네는 시모코마(下狛)라고 했으니 그 일대 전체가 고구려인 마을이었다는 얘기다.

야마시로는 교토의 옛 지명인데 그 이름의 한자 표기가 세 번이나 바뀌었다. 그 이유는 땅의 지정학적 변화와 함께했기 때문이다. 헤이안쿄천도 이전 교토는 나라 북쪽에 산으로 빼곡히 둘러싸인 분지로 '야마시로'라고 불리는 구니(國)였다. 이때 한자로는 '산대(山代)'라고 표기했다. '산림 속'이라는 의미다.

그러다 7세기 아스카·나라시대로 들어서면 야마시로는 '산배(山背)'로 표기가 바뀐다. 아스카·나라 입장에서 보면 북쪽에서 산을 등진 셈이기 때문에 등 배(背)자를 쓴 것이었다.

그러다 794년 헤이안쿄로 천도하면서 야마시로는 다시 '산성(山城)'이라고 표기가 바뀌게 된다. 헤이안쿄의 위치에서 보면 도심을 둘러싼 산성과 같기 때문이다. 그리하여 오늘날에도 교토 분지를 야마시로 분지라 부르고, 나라에서 교토로 올라가는 길목 첫머리에는 야마시로정이라는 동네 이름이 살아 있다. 바로 그 자리, 야마시로의 가미코마에 고려사터가 있는 것이다.

고려사터의 감나무

지난(2013) 겨울 창비 답사 때 나는 고려사터를 다시 가보았다. 일행들에게 보여주고도 싶었고 지금은 어떤지 확인해보기 위해서였다. 고려사터는 아주 광활한 절터로 교토부 내에서 가장 큰 폐사지이다. 빈터에 한자로 '사적 고려사지(史蹟高麗寺址)'라고 새긴 돌 말뚝이 그 옛날을 증언하고 있었다.

사실 고려사터에서 우리가 할 수 있는 일은 절터를 거닐며 사방을 바라보는 것밖에 없다. 본래 폐사지 답사란 그런 것이다. 그러나 이 황량한 빈터에서 풍기는 역사의 향기는 정말 진한 것이었다. 고려사터에서 사위를 둘러보면 고구려의 기상과 같은 호방함이 절로 느껴진다. 함께한 일행들은 가보았자 아무것도 없는 것을 잘 알면서도 풀숲을 휘저으며 멀리까지 걸으면서 가슴에서 일어나는 서정을 만끽하고 있었다.

오랜만에 다시 가보니 절터는 더 넓어졌고 사적지답게 정비되어 있었다. 그런데 금당 자리엔 전에는 본 기억이 없는 늙은 감나무 두 그루가 서 있었다. 감나무는 유적지하고 참 잘 어울린다.

감나무는 특히 고인돌과 어울린다. 육중한 돌덩이가 덩그렇게 줄지어 있는데 그 한쪽에 감나무가 있으면 갑자기 온기가 살아나는 것 같다. 모

| **고려사터의 감나무** | 고려사터는 20년 전 내가 처음 갔을 때보다 더 넓어졌고 사적지답게 정비되어 있었다. 그런데 금당 자리엔 전에는 본 기억이 없는 늙은 감나무 두 그루가 서 있어 더욱 향수를 불러일으켰다.

과나무나 은행나무, 남쪽인 경우는 배롱나무도 빈터와 잘 어울리지만 폐사지에서는 역시 감나무가 제격이다.

우리가 문화재를 발굴하기 전에 먼저 주변을 있는 그대로 조사하는 것을 지표조사라고 한다. 지표조사 때 우리는 주변에 감나무가 있나 없나를 먼저 살펴본다. 감나무가 있다는 것은 사람이 살았다는 징표이기 때문이다.

고려사터의 감나무 높은 가지엔 아직도 붉은 감이 주렁주렁 달려 있었다. 떨어진 감을 주워보니 땡감이었다. 땡감도 서리 맞으면 달다는 사실을 잘 알고 있는지라 한입 가득 넣으니 어렸을 때 먹던 감맛이 입안에 감돌았다.

나는 냅다 웃옷을 벗어던지고 감나무에 올라갔다. 어려서부터 나는 나무를 잘 탔다. 본래 감나무 가지는 약해서 올라가지 말라고 하는데 이

나무는 올라가보니 괜찮았다. 가지 하나를 꺾어 아래로 던지려고 보니 밑에서 일행들이 너도 나도 손 벌리고 서로 달라고 하는데, 그 모습이 마치 새끼제비들이 먹이를 물고 온 어미를 보며 입 벌리는 양과 비슷했다. 나는 손에 잡히는 대로 꺾어 던져주었다.

그렇게 한참 감을 따는데 저쪽 나무에도 어느 귀신이 올라가 있었다. 내 친구 병욱이였다. 죄를 지어도 공범이 있으면 좀 위로가 되는 법이다. 그렇게 한바탕 감 따기를 하고 내려오니 어느 회원이 점잖은 분들이 나무에 올라가 감서리를 하느냐고 지청구를 주었다.

그러나 모든 잘못에는 변명이 있는 법이다. 나는 감나무는 전지(剪枝)를 해줘야 더 잘 자란다고 둘러댔다. 그런데 병욱이는 이런 감나무를 보고도 올라갈 생각을 안 한다면 그것은 한국인으로서 정서에 문제가 있다고 역공을 편다. 그는 확실히 토종 한국인이였다.

고려사터의 시비

우리는 그렇게 일본땅에 와서 고국의 따뜻한 시정과 고구려의 기상을 만끽했다. 그러나 답사단으로 함께 온 원욱 스님은 우리 같은 속인과는 달랐다. 스님은 절터를 향해 합장을 하고는 청아한 목소리로 의상대사의 법성게(法性偈)를 독송하고는 이렇게 발원했다.

"대자대비하신 부처님께 아뢰옵니다. 저희들은 오늘 이곳 고려사터에서 고국을 떠나 낯선 땅에서 온갖 어려움에 굴하지 않고 부처님의 가르침을 펴고자 하셨던 그 조상 스님들의 수고로움을 생각해봅니다. 그분들이 수행했던 공간들이 다 사라져버린 이 옛터에서 쓸쓸한 마음으로 거닐며 선배분들이 남기고 간 수행의 에너지를 한껏 받아들

| **고려사터의 원욱 스님** | 폐사지를 대하는 스님들은 우리 같은 속인과 달리 처연한 아픔을 먼저 받아들이는 면이 있다. 답사단으로 함께 간 원욱 스님은 이 절터를 향해 합장을 하고는 청아한 목소리로 의상대사의 법성게를 독송했다.

여봅니다. 그 빛나는 정진력을 배우고자 천년 전 의상대사가 화엄의 세계를 내보이신 법성게 한 편 공양하였습니다."

고려사터는 이처럼 주춧돌 하나 번듯한 것이 없는 빈터였지만 답사객은 답사객대로, 스님은 스님대로 함께한 모든 이들이 분명 일본땅인데도 고향에 온 것만 같다며 교토의 어떤 명찰을 간 것 못지않게 좋다고들 했다.

이제 모두들 떨어지지 않는 발걸음을 옮기려는데 아까부터 고려사터 입구 한쪽 풀숲에 비스듬히 묻혀 있는 허름한 시비(詩碑)를 조사하던 일문과 오찬욱 교수가 드디어 다 읽어냈다고 좋아하며 종이에 메모를 하고 있었다.

1972년 7월에 고려 주승(住僧) 김정호(金晶晧)라는 분이 세운 것이란

| **고려사터의 시비** | 고려사터에는 1972년 7월 고려 주승 김정호(金晶晧)라는 분이 세운 시비가 있어 지나가는 사람의 발길을 머물게 한다. 시비 하나가 빈터에 온기를 불어넣는다.

다. 오교수가 비석 글자를 손가락으로 짚어가며 큰 소리로 읽고 번역해
주는데 꼭 우리들을 위해 쓴 것만 같았다.

지나가는 이여	旅人よ
마음속에 기려보렴	思いいたせよ
먼먼 옛날에	古えの
이 길을 열어온	道を開きし
고구려인의 발자취를	高麗の脚あと

꽃은 화려해도 지고 마는 걸

교토의 랜드마크 / 동사의 오중탑 / 헤이안쿄 마스터플랜 /
공해와 최징 / 진언종 밀교 / 만다라 / 강당의 입체 만다라 /
고려사경 법화탑 / 홍법대사와 고보상 / 연화문 / 나성문터 /
서사 유적비 / 이로하 노래

아, 교토다!

교토는 천년 도읍지답게 많은 문화유산을 지니고 있을 뿐만 아니라 그것을 보존·관리하는 데에도 성공하여 도시 전체에 역사적 향기가 넘쳐흐른다. 유럽의 역사 도시로 그리스의 아테네, 이탈리아의 로마가 있다고 하면 동아시아에선 중국의 서안(西安, 시안), 한국의 경주, 일본의 교토가 있다고 답할 수 있다. 그중에서도 교토가 돋보이는 것은 도시의 주변환경이 문화유산과 잘 어울린다는 점이다. 낮은 지붕의 전통 가옥과 가지런한 상점으로 이어지는 좁다란 옛길엔 고풍이 완연하다.

근대사회로 들어서면서 교토 역시 개발의 위협을 수시로 받아왔지만 교토 시민과 문화계 지성들의 노력으로 이만큼 역사 도시의 면모를 갖춘 것은 일본의 문화 능력을 증명해주는 증거라고 할 수 있다.

| **교토타워** | 교토타워는 건설 당시부터 역사적 경관을 해치게 될 것이라는 반대여론이 많았다. 결국 이 고층 첨탑은 우려한 대로 옛날 사무라이가 쓰던 '다케야리(죽창)'처럼 삐죽 솟아 이 역사 도시의 눈엣가시가 되었다.

1990년 무렵이다. 내가 교토에 답사갔을 때는 교토 오구라 호텔이 고층빌딩으로 추진되는 것을 두고 전통 사찰들이 거세게 반발하고 있었다. 그때 광륭사, 청수사, 동사 등 각 사찰 입구에는 "교토 호텔에 숙박하는 관광객이 우리 사찰에 들어오는 것을 사양합니다"라며 설치해놓은 입간판을 보았는데 이것이 교토의 자존심이라고 생각했다.

그러나 개발과 보존의 갈등에서 언제나 보존이 이긴 것은 아니다. 급증하는 관광객 수용을 위한 불가피한 선택이라는 개발 논리 앞에 두 차례의 치명적인 굴복이 있었다. 하나는 교토타워이고 또 하나는 교토역 건물 때문이다.

그 두 건물은 20세기에 지어진 현대 교토의 상징물이라지만 천년고도 교토를 찾는 사람들에겐 외면해버리고 싶은 장애물일 수 있다. 교토타워는 옛날 사무라이가 쓰던 '다케야리(竹槍)'처럼 높이 올라가 이 역사 도시

| **교토 호텔 건립 반대 판넬** | 교토 호텔이 고층으로 계획되었을 때 각 사찰 입구에는 "교토 호텔에 숙박하는 관광객이 우리 사찰에 들어오는 것을 사양합니다"라는 입간판이 설치되어 있었다.

경관의 눈엣가시이고, 교토역 건물은 스모 선수의 허릿배보다도 더 육중한 '쓰이타테(衝立, 가림막)' 같아서 고도의 정취를 가로막는 걸림돌이 되었다.

교토를 찾아오는 사람들을 여전히 반갑게 맞아주는 것은 동사(東寺, 도지)의 오중탑(五重塔)이다. 신칸센 열차가 아름다운 비와호(琵琶湖, 비와코)를 곁에 두고 달린 후 긴 터널을 빠져나오면 일본식 지붕들이 낮게 펼쳐진다. 그러다 교토역에 다다를 즈음 창밖으로 비켜 보이는 동사의 오중탑을 만나면 "아, 교토다!"라는 가벼운 탄성이 절로 나온다.

오사카 간사이 국제공항에서 버스로 들어갈 때, 또는 나라의 고찰을 답사하고 남쪽에서 올라오기 위해 헤이안쿄 건설 당시 도성의 남대문 앞까지 곧장 뚫어놓은 1번국도[京阪國道]를 타고 후시미의 도바(鳥羽)를 지날 때도 저 멀리서 다가오는 오중탑을 보면서 "아, 교토구나!"라는 감탄사가 입가에 감돈다. 마치 우리가 경주 톨게이트를 지나면 곧바로 마주하는 신비로운 고분 능선을 바라보면서 "아, 경주다!"라며 감회에 젖는 것과 마찬가지다.

그래서 교토가 역사 도시임을 자랑하는 관광 사진들을 보면 교토타워와 교토 신역사(新驛舍)를 피해 낮게 이어지는 기와지붕들 위로 아련히 솟아오른 동사의 오중탑이 이 역사 도시의 상징으로 종종 등장한다.

| **교토 시내에서 바라본 동사의 오중탑** | 교토를 찾아오는 사람들을 반갑게 맞아주는 것은 동사의 오중탑이다. 창밖으로 비켜 보이는 동사의 오중탑을 보면 "아, 교토다!"라는 가벼운 탄성이 절로 나온다.

동사를 제대로 보기 위해선

이처럼 동사의 오중탑은 교토의 랜드마크일 뿐만 아니라 동사 자체가 교토의 유적에서 차지하는 비중도 절대적이다. 유네스코 세계유산으로 등재된 동사의 내력을 모르고는 교토의 역사를 알 수 없다. 그러나 회원을 모집하여 교토를 답사할 때 나는 한 번도 동사에 들르지 않았다. 재작년(2012) 4월, 여행사에 봄 답사 일정표를 짜서 보내니 담당자가 물어왔다.

"교수님, 이번에도 동사는 안 가네요."
"우지 평등원으로 가는 길에 창밖으로만 보려고 해요."
"시간이 없어서 안 들르시는 건가요?"
"그렇기도 하지만, 설명 없이 가는 건 의미가 없고, 설명하자면 이야기가 너무 길기 때문이죠. 내가 국내 답사기를 쓰면서 '보는 안동이 아니라 듣는 안동이다'라고 했는데, 그런 거죠."

실제로 동사에 얽힌 이야기는 길고 또 어렵다. 우선 동사는 헤이안쿄의 건설과 동시에 세워졌으니 헤이안쿄의 마스터플랜을 설명해야 한다. 그리고 동사는 공해 스님이 진언종(眞言宗)을 펼치면서 최징(最澄, 사이초, 767~822)이 개창한 천태종(天台宗)의 연력사와 함께 헤이안시대 불교의 양대산맥을 이루었다. 그러므로 진언종이 무엇인지, 그리고 진언종은 진언밀교라 하는데 밀교(密敎)가 무엇인지, 또 밀교의 만다라(蔓多羅)가 무엇인지 설명 없이 동사에 가면 이 절이 내세우는 최고의 유물인 강당의 불상들을 보고는 그저 무섭고 괴이하다며 외면하듯 지나가고 말 것이다.

이 모든 사항들은 짧은 일정에 현장에서 소화할 수 있는 내용이 아니다. 그래서 나는 동사 답사를 피해간 것이었다. 하지만 이제 바야흐로 헤이안시대 교토 이야기로 들어가자면 동사 이야기를 제대로 하고자 한다.

헤이안쿄의 구조

동사의 이야기는 헤이안쿄 건설부터 시작해야 한다. 쇼무(聖武, 재위 724~49) 천황의 찬란했던 덴표(天平)시대가 끝나고 피로 얼룩진 왕위 계승전 끝에 등극한 간무 천황은 부패한 귀족과 비대해진 불교세력에 골머리를 앓았다. 당시 수도 나라에는 후지와라씨의 씨사인 흥복사를 비롯하여 48개의 거대한 사찰들이 들어서 있었다.

이에 간무 천황은 나라를 떠나기로 결심하고 우여곡절 끝에 새 수도 헤이안쿄를 건설해 교토로 천도했다. 헤이안쿄는 동·서·북쪽이 산으로

옛 황궁(大内裡)

현재의
어소

조작대로

신천원

우경(장안)

좌경(낙양)

서사

나성문

동사

| 헤이안쿄 전도 | 헤이안쿄는 동·서·북쪽이 산으로 둘러싸이고 남쪽이 들판으로 열린 전형적인 풍수상의 도읍이었다. 남북 5.3킬로미터, 동서 4.5킬로미터이며, 도시의 동맥인 거리가 남북대로와 동서대로로 바둑판처럼 정연히 구획되었다.

둘러싸이고 남쪽이 들판으로 열린 전형적인 풍수상의 도읍이었다. 남북 5.3킬로미터, 동서 4.5킬로미터이며, 인구는 10만 내지 15만 정도였으며 도시의 동맥인 거리는 남북대로와 동서대로가 바둑판처럼 정연히 구획되었다. 이를 조방제(條坊制)라 한다.

동서대로는 조(條)라고 하여 북쪽부터 남쪽 끝까지 1조에서 9조까지 나뉘었다. 조와 조 사이는 약 500미터였고, 도로의 폭은 대개 20~30미터였다. 남북대로는 황궁에서 도성의 남대문인 나성문(羅城門)을 잇는 폭 84미터(28장丈)의 넓은 주작대로(朱雀大路)를 중심으로 동서에 각기 4개씩 있었다. 주작대로 동쪽을 좌경(左京), 서쪽을 우경(右京)이라 했다.

남북대로와 동서대로가 교차하면서 사방 약 500미터 정사각형 블록을 형성하게 되었다. 이를 방(坊)이라 한다. 그리고 각 방에는 사방으로 4개의 소로가 나 있어 16개의 작은 구획으로 나뉘는데 이를 정(町)이라 했다. 따라서 1방은 16정이고 1정은 사방 120미터(약 4,800평)이다. 이 규격은 오늘날에도 교토 시가의 기본 골격이다.

헤이안쿄의 마스터플랜은 이처럼 정연히 구획되었지만 도성 건설 이후 얼마 되지 않아 서쪽이 자주 홍수로 범람하면서 황폐해지고 우경엔 사람이 살지 않게 되면서 도시 구조에 큰 변화가 일어났다.

결국 주작대로는 도성의 중심이 아니라 좌경의 서쪽 외곽으로 전락했고 도성의 남대문인 나성문도 무너진 뒤로는 황폐한 채 방치되었고, 왕궁도 폐허가 되어 천황은 사저(私邸)에서 살게 되었다. 본래 헤이안쿄 건설 당시는 좌경을 낙양(洛陽, 라쿠요), 우경은 장안(長安, 조안)이라고 불렀으나 우경이 몰락하면서 장안이라는 이름은 사라지고 낙양이 교토의 대명사로 통하게 된 것이다.

헤이안쿄의 동사와 서사

간무 천황은 헤이안쿄 도성 안에는 호족들의 씨사를 전혀 두지 못하게 하고 오직 관사(官寺)로 동사와 서사 둘만 세우고 이를 호국의 상징으로 삼았다. 그래서 동사의 또다른 이름이 교왕호국사(敎王護國寺, 교오고코쿠지)이다. 이처럼 동사는 태생부터 그 위상이 대단했다.

동사와 서사는 그 위치도 도성의 수문장다웠다. 동사와 서사는 주작대로 남쪽 끝 9조에 위치한 나성문 좌우로 양날개를 펴며 대칭을 이루고 있었다. 규모도 장대하여 각기 동서 250미터, 남북 500미터였다. 당시 척도로 1방의 반을 차지하는 8정, 약 3만 8천평이었다.

그러나 우경의 몰락과 함께 서사는 얼마 안 가서 폐사가 되었고 오직 동사만이 헤이안쿄 시절의 제자리를 지키고 있을 뿐이다.

동사는 헤이안쿄 천도 2년 뒤인 796년에 착공되어 금당(金堂)과 몇몇 건물만 지어진 상태에서 823년에 공해 스님이 주지로 임명되면서 진언종 사찰로 태어났다. 그러나 완공은 공해 사후 50년, 착공 이후 장장 100년이 지나서였다.

이런 역사적 위상을 갖고 탄생한 동사였지만 헤이안시대 말기 겐지(源氏)와 헤이시(平氏)로 상징되는 무인들의 전쟁 통에 완전히 소실되었다. 다시 왕실의 도움으로 복원되었으나 이번에는 교토를 불바다로 만든 오닌의 난(1467)으로 파괴되었다.

그러다 동사가 지금의 모습을 갖게 된 것은 17세기 에도 막부의 지원으로 재건되면서이다. 그래서 동사 답사의 핵심은 유형의 건물이 아니라 공해 스님과 진언종이라는 무형의 정신유산에 있다고 한 것이며, 내가 답사 인솔을 기피한 이유도 그것이다.

일본 불교의 성현, 공해와 최징

동사를 건설한 공해 스님은 진언종의 개조(開祖)로 천태종을 일으킨 최징 스님과 더불어 일본 불교의 두 성현으로 추앙받고 있다. 두 고승의 출현은 일본 역사와 불교의 축복이었다. 나라시대만 해도 일본 불교는 교학(敎學)의 성격이 강했다. 화엄종, 율종 등 이른바 '남도 6종(南都六宗)'이 있었으나 이는 종단을 의미하는 것이 아니라 불교 원리의 탐구라는 학문적 의미가 강하여 6종겸학(六宗兼學)이라는 말까지 있었다. 그리고 나라에 48개의 사찰이 있었지만 이는 관사이거나 씨사였지 종단이 독자적인 지위를 갖고 있지 않았고 승려는 승강(僧鋼)이라는 정부기관에 의해 통제되었다. 그 때문에 불교는 세속의 권력에 휘둘리며 홀로서

| **최징(왼쪽)과 공해(오른쪽)** | 공해와 최징은 일본 불교의 토대를 쌓은 고승이었다. 이들은 불교를 권력으로부터 독립시켜 최징은 연력사가 있는 히에이산에서 천태종을, 공해는 고야산과 동사에서 진언종을 열었다.

기를 하지 못했다.

이때 공해와 최징이라는 출중한 고승이 출현해 권력으로부터 독립하여 각기 진언종과 천태종을 열었던 것이다. 두 스님은 출발부터 도성 안의 관사가 아니라 산사(山寺)에서 시작했다. 최징은 연력사가 있는 히에이산(比叡山)에서, 공해는 고야산(高野山)에 근본도량을 두었다. 그리고 왕실은 이내 두 스님의 종단활동을 적극 후원하여 공해에게 동사를 하사했고, 최징의 히에이산 절에는 훗날 '연력'이라는 연호를 내려주며 그 권위를 세워주었다.

두 스님은 비슷하면서도 다른 길을 걸었다. 출가 과정부터 달랐다. 최징은 12세 때 절에 들어가 19세 때 수계를 받고 일찍부터 스님이 되었다. 이에 반해 공해는 처음에는 관료가 되기 위해 공부했다. 그러다 한 스님을 만나 불교에 관심을 갖게 되어 수도하는데 눈에 보이는 것이라곤 허공(空)과 바다(海)뿐이라며 법명을 공해라 하고 31세 때 출가했다.

최징은 속세에 오염됨 없이 곧바로 불교의 길을 걸었던 반면에 공해는 사회 모순을 많이 경험하여 세상사를 대하는 태도가 달랐다. 최징은 오직 불교 교리를 깊이 탐구했지만 공해는 유불선을 두루 섭렵하면서 중국어와 산스크리트어도 익혔다. 그는 유교보다 도교가, 도교보다 불교가 뛰어난 점을 희곡풍(戲曲風)으로 쓴 『삼교지귀(三敎指歸)』라는 저술을 펴낼 정도로 배움의 폭이 넓었다.

이런 출발의 차이는 결과에서도 다르게 나타나 훗날 최징은 히에이산 산사인 연력사에서 수도하며 수많은 제자를 배출했고, 공해는 도성 속 관사에 주석하면서 많은 사회적 성취를 이룰 수 있었다.

공해와 최징의 당나라 유학

804년 두 사람은 똑같이 견당사를 따라 중국에 갔다. 최징은 관비로 파견되는 국가공인 견당유학생으로 1년 연수 뒤 돌아오는 환학승(還學僧)이었고, 공해는 사비로 20년간 장기체류할 작정으로 떠난 무명의 유학승이었다. 견당사의 배는 4척인데 공해는 1호선, 최징은 2호선에 승선했다.

무사히 중국에 도착한 최징은 당나라에 도착하자마자 천태산(天台山) 국청사(國淸寺)로 들어가 천태학을 배우고 보살계를 받은 다음 곧바로 귀국하여 자신이 수행하던 히에이산 연력사에서 천태종을 열었다.

그런데 공해가 탄 1호선은 풍랑을 맞아 표류하는 바람에 남쪽 복주(福

| **견당사를 싣고 가던 배** | 최징과 공해는 804년 견당사의 배를 타고 중국에 갔다. 최징은 관비로 파견되는 국가공인 견당유학생이고, 공해는 사비로 20년간 장기체류할 작정으로 떠난 무명의 유학승이었다.

州)에 표착하여 해적 혐의를 받았다. 이때 이미 독학으로 중국어에 능통했던 공해는 견당사를 대신하여 저간의 사정을 유려한 글로 써서 상륙 허가를 받았다.

이후 공해는 육로로 걸어서 수도 장안에 들어가 당나라 문화를 두루 견문하고 운명적으로 청룡사(靑龍寺)의 혜과(惠果, 746~805)를 만나 스승으로 모시게 되었다. 혜과는 공해에게 진언밀교를 가르치고 만난 지 불과 3개월 만에 공해를 자신의 뒤를 이어갈 후계자로 삼고는 경전, 만다라, 불화, 밀교 법구(法具) 등 의발을 모두 내려주었다. 그리고 몇달 뒤 혜과는 세상을 떠났다.

혜과가 입적하자 공해는 유학을 포기하고 곧바로 귀국을 결심했다. 공해는 혜과에게 물려받은 많은 법전과 법구를 갖고 유학 2년 만에 돌아왔다. 806년(32세) 귀국 후 공해는 자신이 가져온 불교물품들을 기록한 『어청래목록(御請來錄)』을 조정에 제출하고 포교활동을 공인받아 산사에서 처음 밀교의 수계(受戒) 의식인 관정(灌頂, 머리 위에 물을 뿌리는 의식)을 베풀었다.

이 자리에는 최징도 참석하여 사제의 예를 갖추었다고 한다. 공해와 최징은 이처럼 친밀한 관계였지만 최징의 제자 태범(泰範, 다이한)이 공해에게 밀교를 배우러 갔다가 돌아오지 않으면서 두 사람은 갈라서고 말았다.

816년(42세) 공해는 조정의 허락을 받아 고야산에 금강봉사(金剛峯寺, 곤고부지)를 세워 진언종의 근본도량이자 밀교 수행처로 삼았다. 이로써 히에이산과 고야산을 터전으로 하는 산사의 시대가 열린 것이다.

동사를 진언종 사찰로

그리고 공해 나이 49세 되는 823년, 천황은 공해에게 동사의 건립 책임을 맡기면서 50명의 정액승(定額僧)을 배속시켜주었다. 이에 공해는 동사 건립에 혼신을 다하여 불상의 조성과 배치를 직접 지휘하고 진언밀교 도량으로서 체제를 갖추는 데 힘썼다. 그것은 강당에 불·보살·명왕 등 21분을 모신 '입체 만다라'에 잘 나타나 있다.

본래 동사는 교왕호국사라는 이름처럼 정치색이 짙어 대중 기도는 하지 않았다. 그러나 공해는 세속에서 불교를 실천하는 대중적 포교도 중시했다. 공해는 828년, 동사 안에 일반 서민을 위한 교육기관으로 종예종지원(綜藝種智院)을 개설했다.

진언밀교는 복잡한 교리가 아니라 열심히 염불하는 가지기도(加持祈禱)와 구복신앙을 제시하며 민중과 귀족 모두에게 강한 지지를 받았다. 공해는 탁월한 정치력을 발휘하여 남도(나라)의 대사찰들과도 우호적인 관계를 맺고 왕족들에게도 절대적인 신뢰를 받았다. 그러한 증거로는, 궁중진언원(宮中眞言院)을 세우고 정월 8일부터 14일까지 7일간 천황의 평안을 기원하는 법회(後七日御修法)를 주재한 것 등을 들 수 있다. 이 법회는 폐불훼석 때 일시 중지되었을 뿐 1천년이 넘도록 지금까지 계속되고 있다고 한다.

이처럼 공해는 포교와 동사 건설에 매진하다 835년 3월 21일, 60세로 고야산에서 조용히 입적했다. 아쉽게도 그는 고야산 금강봉사와 동사의 준공은 보지 못했다. 동사가 완공된 것은 공해 사후 50년 뒤이다.

사후에 그는 홍법대사(弘法大師, 고보다이시)라는 칭호를 받았고 훗날 홍법대사를 기리는 마음에서 시민들은 매달 대사가 돌아가신 21일이면 동사에서 장을 열었다. 사람들은 이 장을 '고보상(홍법님)'이라 부르고 있다.

공해의 진언밀교

공해가 개창한 진언종은 진언밀교라고도 한다. 인도에서 일어난 밀교는 지역과 시대에 따라 아주 다르게 전개되어 그 계보와 개념이 아주 복잡하다. 밀교는 흔히 불교가 토착민의 샤머니즘과 결합한 신비주의적인 불교신앙으로 이해되는 경향이 있다. 그러나 요가를 행하는 탄트라 불교, 또는 성행위까지 끌어들인 티베트의 밀교는 신비주의적인 측면이 극단에 다다른 경우라 할 수 있다.

8세기 인도의 승려 금강지(金剛智)가 중국에 와서 일으킨 순밀(純密)은 대승불교의 하나로 『대일경(大日經)』과 『금강정경(金剛頂經)』을 소의경전(所依經典, 기본 경전)으로 삼고 있다.

밀교는 현교(顯敎)의 대립 개념이다. 현교는 석가모니가 인간의 몸으로 나타나서(顯) 가르친 것을 충실히 따른다. 그러나 밀교는 부처의 내면에 존재하지만 드러나지 않은 것(密), 즉 불성을 찾아가겠다는 것이다. 그래서 밀교에서는 석가모니가 아니라 불법 그 자체를 의미하는 대일여

| 혜초의 『왕오천축국전』 | 인도의 승려 금강지가 중국에서 제시한 밀교는 그의 제자 불공(不空)에 와서 더욱 체계화 되었다. 불공은 수제자 여섯을 두었는데 그중 한 분이 『왕오천축국전』을 지은 신라의 승려 혜초였고, 또 한 분이 공해 가 스승으로 모신 혜과였다. 사진은 『왕오천축국전』 원본 첫머리이다.

래(비로자나불)를 주존불로 삼고 있다.

대일여래의 불성(佛性)은 태장계(胎藏界)와 금강계(金剛界)로 설명된다. 세상의 모든 지혜는 대일여래의 몸속에 태아처럼 배태[胎藏]되어 있고, 그렇게 나타난 진리는 다이아몬드[金剛]처럼 견고하다는 뜻이다. 이불성을 터득하기 위해서는 즉신성불(卽身成佛), 즉 몸으로 실천해야 하는데 그 수행 방법으로는 행동[行], 언어[言], 생각[意]을 깨끗이 해야 한다는 것이다. 이를 위해 입으로는 진언(眞言)을 외우고, 눈으로는 명상해야 할 도상으로서 만다라를 마음에 새기며, 몸은 의식(儀式)에 입각해야한다 했다. 그래서 진언밀교라고 한다.

금강지가 제시한 밀교는 그의 제자 불공(不空)에 와서 더욱 체계화되었다. 불공이 세상을 떠날 때는 수제자 여섯을 두었는데 그중 한 분이 『왕오천축국전』을 지은 신라의 승려 혜초(慧超, 704~87)였고, 또 한분이 공해가 스승으로 모신 혜과였다. 혜초는 끝내 신라로 돌아오지 않고 당나라에 머물렀기 때문에 밀교는 우리나라에 곧바로 전래되지 못했다.(그 대신 도의道義 선사가 선종을 들여와, 선종은 하대신라를 이끌어가는 주도적인 사상이 되었다.)

혜과에게 후계자로 인정받은 공해가 곧바로 일본으로 돌아감으로써 밀교는 오히려 일본에서 더 발전하여 천태종마저 밀교를 받아들였다. 이후 공해가 동사에서 펼친 밀교는 동밀(東密), 최징이 천태종에서 받아들인 밀교는 태밀(台密)이라고 불린다. 이로써 헤이안시대는 밀교의 시대가 되었다.

만다라

밀교에서 말하는 만다라에 대해서도 우리는 잘못 알고 있는 경우가 많다. 만다라라고 하면, 흔히 티베트 불교에서 색색의 모래로 정성스럽게 도상을 그린 다음 여기에 집착하지 않고 순식간에 다 지워버리는 것을 떠올린다. 그것은 티베트 만다라의 특성일 뿐이다.

만다라는 산스크리트어 'maṇḍala'의 음역어로, '본질(maṇḍal)의 소유(la)'를 뜻한다. 즉 불성의 비밀스런 세계를 도상으로 그린 것이 만다라이다.

만다라는 『대일경』에 입각한 「태장계 만다라」와 『금강정경』에 입각한 「금강계 만다라」가 있다. 「태장계 만다라」는 물질적인 것 또는 여성적인 원리이고, 「금강계 만다라」는 정신적인 것 또는 남성적인 원리이다.

동사에는 여러 폭의 만다라가 있는데 모두 「양계(兩界) 만다라도」이다. 동사 보물관에 전시되어 있는 만다라 중 상자에 899년이라는 연기가 적혀 있는 「양계 만다라도」(국보)는 도상의 구성이 치밀하고 색상이 단아하며 각 존상들의 묘사도 또렷한 명작으로 손꼽히고 있다.

「태장계 만다라」는 대일여래를 중심으로 하여 부처들이 둘러앉은 네모난 구획을 이루고, 그다음에는 많은 보살들이 이를 둘러싸고 있으며,

| **「태장계 만다라」** | 만다라는 법계(法界)를 도상으로 나타낸 것으로 「금강계 만다라」와 「태장계 만다라」 두 가지가 있으며, 이 둘을 합친 것을 「양계 만다라도」라고 한다.

그다음에는 명왕(明王), 그다음에는 데바(Deva)라고 불리는 제석천(帝釋天)·범천(梵天)이 순서대로 배치되어 있다.

「금강계 만다라」는 전체를 9등분하여 대일여래가 맨 위 가운데 칸에 모셔져 있고, 좌우는 보살들이 차지하고, 그 아래로는 추상화된 동그라미 문양들이 정연한 질서를 보여주며 오색영롱한 빛으로 배치되어 있다.

| 「**금강계 만다라**」 | 「금강계 만다라」는 전체를 9등분하여 대일여래가 맨 위 가운데 칸에, 좌우는 보살들이 차지하고 있다. 아래로는 추상화된 동그라미 문양들이 정연한 질서를 보여주며 오색영롱한 빛으로 배치되어 있다.

이는 불법 자체를 형상화한 것이라고 한다.

증명할 수 없는 불성의 세계가 이 「양계 만다라도」처럼 생겼는지 아닌지 우리는 알 수 없지만 이처럼 정연한 질서를 향해 찾아가는 것이 진언종의 세계였다. 모든 종교에는 신비로움이 있고 위압적인 강요가 있는데 밀교의 만다라는 그 두 가지를 이처럼 오묘한 도상으로 제시한다. 그래서 만다라는 신비하기는 해도 이해하기는 어렵다.

강당의 입체 만다라

공해 스님은 이 난해한 만다라를 대중들이 쉽게 이해하도록 불상으로 보여주었다. 그것이 강당 안에 모두 21분의 존상으로 구성된 '입체 만다라'이다.

중앙에는 대일여래를 중심으로 불상이 다섯 분, 그 왼쪽엔 금강바라밀보살을 중심으로 보살이 다섯 분, 오른쪽엔 부동명왕을 중심으로 명왕 다섯 분, 이렇게 세 그룹으로 배치되어 있다.

그리고 법당 좌우 끝 쪽에는 속세로 치면 경호실장 격인 제석천과 범천 두 분이 수문장처럼 지키고 있고, 네 모서리에는 사천왕 네 분이 방위에 따라 배치되어 있다.

동사의 강당에 발을 들여놓으면, 순간 우리들은 불상들로 가득 찬 예기치 못한 공간의 엄습을 경험하며 이내 숙연해지지 않을 수 없다. 1장 6척의 장육(丈六)존상 세 분과 등신대보다 훨씬 큰 존상들이 여럿 줄지어 있다. 저마다의 자세와 표정을 한 채 앉아 있거나 혹은 서 있으며, 혹은 앞으로 나와 있고 혹은 뒤로 물러나 있다.

부처님 세계의 위계질서를 느낄 수 있는 장대한 설치미술이다. 그렇게 머릿속에 들어온 이미지가 바로 만다라인 것이다.

분노하는 부동명왕

동사 강당 안 입체 만다라의 존상들은 헤이안시대 불상조각을 대표하는 뛰어난 명작이라는 이름에 값하며 사실성에 충만해 있다. 그런데 세

| **입체 만다라** | 강당 안에는 모두 21분의 존상으로 구성된 '입체 만다라'가 모셔져 있는데, 중앙에는 대일여래를 중심으로 불상이 다섯 분, 그 왼쪽엔 금강바라밀보살을 중심으로 보살이 다섯 분, 오른쪽엔 부동명왕을 중심으로 명왕 다섯 분이 세 그룹으로 배치되어 있다.

| **부동명왕** | 일본에서 가장 오래된 부동명왕상으로, 두 눈을 번쩍 뜨고 입술을 깨물고 있으며 왼쪽 머릿단이 애교스럽게 흘러내려 있다. 이를 '공해 스타일'이라고 부른다.

번째 그룹에 와서는 갑자기 존상들이 모두 분노한 얼굴을 하고 있어 잠시 어리둥절해지지 않을 수 없다. 괴이하게도 얼굴은 셋, 팔은 여섯이다. 이것은 우리나라 불교에선 예를 찾아보기 힘든 일본 밀교 특유의 명왕상(明王像)이라는 것이다.

밀교에서는 대일여래가 불교에 귀의하지 않는 중생들을 겁주어서 강제로라도 귀의시키기 위해 무시무시한 모습으로 나타난 것이 명왕이라고 한다. 그래서 분노의 형상으로 화염을 등에 지고, 손에는 온갖 무기를 들고 있고 옷도 반쯤 찢겨 있어 마귀와 한창 싸우는 듯 보인다. 방위에 맞추어 5대 명왕(五大明王)이라 일컬어지기도 한다.

그중 가장 유명한 것은 부동명왕(不動明王)이다. 부동이란 보리심이 움직임 없이 굳건히 존재한다는 뜻이며, 맹렬한 화염을 등에 지고 있어 영어로는 'The God of Fire'라고 번역한다. 경전에 나오는 부동명왕을 이런 모습으로 구현한 것은 공해 스님의 아이디어였을 것으로 짐작된다.

동사 강당의 부동명왕상은 일본에서 가장 오래된 것으로, 두 눈을 번쩍 뜨고 이로 입술을 깨물고 있으며 왼쪽 머릿단이 애교스럽게 흘러내려 있어 이를 '공해 스타일'이라고 부른단다.

이러한 부동명왕상은 이후 일본에 크게 유행하여 오늘날 웬만한 일본 사찰에서는 다 볼 수 있을 정도이다. 나는 동사의 부동명왕상 앞에서 잠시 생각해보았다. 자비를 최고의 덕목으로 삼은 불교인데, 일본에서는 이런 분노의 모습이 큰 인기를 얻은 반면 우리나라에서는 이런 모습을 찾기 힘들다는 것은 무슨 의미일까? 이는 일본에 원령이라는 관념이 있는 것과 통한다.

관음보살상의 경우를 봐도 우리처럼 우아한 모습이 아니라 일본에서는 귀신처럼 생긴 불공견삭관음이 크게 유행한 것도 같은 맥락이다. 일본인과 한국인의 신에 대한 이미지가 이렇게 다르다.

오중탑의 고독한 표정

동사의 큰 볼거리는 강당의 입체 만다라이다. 그러나 우리에게 친숙하게 다가오는 것은 오히려 오중탑이다. 매표소에서 표를 끊고 들어서면 오른쪽은 육중한 강당 건물이 가로막고 있지만 왼쪽에서는 아담한 정원 너머로 우뚝 솟아 있는 오중탑이 어서 오라는 듯 반갑게 맞아준다.

오중탑은 동사의 창건과 동시에 세워졌지만 그동안 네 번이나 벼락을 맞아 1644년 다섯번째 중건된 것이다. 그러나 중건 때마다 헤이안시대 원형을 잃지 않으려고 했기 때문에 여전히 고풍이 역력하다. 내부에 조성된 불상들도 입체 만다라로 배치되었다. 그러나 탑 내부는 1년 중 단 며칠만 공개한다.

나라의 고찰에서는 백사(白砂)가 깔린 텅 빈 절 마당에 오중탑이 홀로 우뚝했지만 동사의 오중탑은 아름다운 수목을 앞에 두고 멀찍이 물러서 있어 아주 정겹다. 연못 사이로 난 오솔길을 따라 다가가면 오중탑은 점점 우뚝해진다. 이 탑은 높이 54.8미터로 일본의 목조탑 중 가장 높다. 그런데 전혀 위압적이지 않고 왠지 외로워 보이기까지 한다.

왜 내가 그런 처연한 느낌을 받았을까? 아마도 1층부터 5층까지 거의 같은 비례로 올라갔기 때문일 것이다. 백제 정림사 오층석탑에서 보이는 유연한 체감률 없이 거의 수직으로 올라갔기 때문에 대지에 뿌리내리고 서 있는 것이 아니라 누군가에 의해 거기에 놓인 듯한 인상을 준다.

지난해(2013) 12월, 스산스러운 겨울비를 맞으며 홀로 다시 찾아갔을 때에는 관람객도 스님도 보이지 않고 꽃도 없는 정원 저쪽에서 빗물에 젖고 있는 탑이 더욱 쓸쓸해 보였다. 이상하게도 그렇게 찾아오는 고독의 감정이 싫지만은 않았다. 화려한 외로움 같은 것이었다.

아! 어쩌면 이것이 일본인들이 말하는 스산함의 미학, '사비(寂び)'의 미학인지도 모르겠다. 그것은 일본에서만 맛볼 수 있는 미적 향수였다.

| **오중탑** | 높이 54.8미터로 교토의 목조탑 중 가장 높다. 그런데 전혀 위압적이지 않고 왠지 외로워 보이기까지 한다. 거의 수직으로 올라갔기 때문에 대지에 뿌리내리고 서 있는 것이 아니라 누군가에 의해 거기에 놓인 듯한 인상이다.

| 법화경 보탑도 | 고려시대의 기념비적 유물이다. 얼핏 보면 감지에 금물로 탑을 그린 것 같지만, 실제로는 법화경 7권의 내용을 글로 써서 7층 보탑도를 이룬 것이다.

그날 나는 겨울비를 맞으며 오랫동안 이 탑 앞에 서 있었다.

보물전의 고려 사경 법화탑

나의 동사 이야기는 이렇게 오중탑과 강당의 입체 만다라로 끝맺게 된다. 금당으로 가면 약사삼존상이 있고, 진언종의 중요한 의식인 관정을 하는 관정원도 있다. 이들 또한 한차례 들러볼 만한 곳이지만 그 자세한 내력까지 여기서 해설할 여유는 없다. 그리고 공해의 초상을 모셔놓은 어영당(御靈堂)은 내부 공간이 아름답고 만다라 한 폭이 걸려 있다고 하는데 일반에겐 공개되지 않는다.

다만 우리가 마음놓고 들어갈 수 있는 보물전만은 꼭 들러볼 만하다. 동사의 보물전은 웬만한 박물관을 능가하는 불교미술의 보고다. 공해가 당나라에서 귀국할 때 가져온 밀교의 법구도 있고, 역대 동사에 조성된 불상, 그리고 만다라도 전시되어 있다. 그중엔 서사에 안치

| **보탑도 디테일** | 하늘에서 내려오는 구름 자락에도 법화경 구절이 쓰여 있는 것을 보면 정성과 공력이 극에 달했음을 알 수 있다. 비천상에서는 고려 불화의 유려한 필치가 그대로 나타나 있어 참으로 희대의 명작이라 할 만하다.

| 금당 | 동사는 헤이안쿄 천도 2년 뒤인 796년에 착공되었다. 그러다 금당과 몇몇 건물만 지어진 상태에서 823년에 공해 스님이 주지로 임명되면서 진언종 사찰로 태어났다.

되었다가 폐사되면서 옮겨진 지장보살입상(중문)도 있고, 나성문 문루를 지키던 천왕상(국보)도 있다.

　나성문의 천왕상은 '도발 비사문천 입상(兜跋毘沙門天立像)'이라는 어려운 이름을 갖고 있는데 이는 당나라에서 제작된 불상으로 도발은 토번(吐蕃), 즉 티베트를 의미한다.

　보물전에는 고려시대의 기념비적 유물인 '사경 법화탑(寫經法華塔)'이 있다. 얼핏 보면 감지(紺紙)에 금물로 7층탑을 그린 것 같지만, 실제로는 『법화경』 전7권의 내용을 글로 써서 7층 보탑도를 이룬 것이다. 하늘에서 내려오는 구름 자락에도 역시 『법화경』 구절이 쓰여 있는 것을 보면 그 정성과 공력이 극에 달했음을 알 수 있다. 여백에는 흩날리는 꽃, 비천, 공양보살 등을 그려 고려 불화의 유려한 필치가 그대로 나타난다.

　이 '사경 법화탑' 아래에 있는 화기(畵記)를 보면 고려 고종 36년(1249),

몽골과의 전쟁이 치열할 때 "전란을 물리쳐 나라가 태평하고 해마다 풍년이 들고 불법의 신령스러움이 가득하기를 더없이 기원한다"는 간절한 마음이 새겨져 있다. 부처님의 힘으로 외적을 물리치려는 마음이 글자 하나하나에 그렇게 들어 있는 것이다. 동사가 이 '사경 법화탑'을 소장하게 된 경위는 알려지지 않았지만, 국내에 있다면 당연히 국보 중의 국보로 지정되었을 천하의 명작이다.

벼룩시장 '고보상'

동사에서는 매월 21일에 엄청난 규모의 장이 열린다. 이 장은 3월 21일에 세상을 떠난 홍법대사(공해 스님)를 추앙하면서 생긴 생활장터로 '고보상'이라는 애칭으로 불린다. 많게는 1천개의 천막으로 이루어진 이 거대한 벼룩시장에는 다양한 중고품, 고서적, 골동품, 도자기, 의복, 식품 등이 만물상을 이룬다.

이 장터는 14세기에 동사 앞에서 한 모금에 1전씩 받는 '일복일전(一服一錢)'의 간이찻집이 생기더니 17세기에는 생활장터로 발전하여 오늘에 이른 것이라고 한다. 그중에서도 연말인 12월 21일에 열리는 '시마이 고보상'이 가장 규모가 크다고 한다.

작년(2013) 창비 답사팀은 고보상을 보기 위해 우정 12월 21일에 맞춰 동사에 갔다. 가보니 정말로 발 디딜 틈 없는 성대한 벼룩시장이었다. 그것은 축제의 현장이었다. 축제 형식으로 조상을 기리는, 참으로 아름다운 풍속이었다. 우리도 민중의 마음을 잘 헤아려주었던 세종대왕 탄신일이나 다산 정약용 선생의 기일을 이처럼 생활과 연관시킨 축제 형식으로 기리면 얼마나 좋을까라는 생각이 들었다.

함께 간 일행들은 인파에 밀려 어디론가 뿔뿔이 흩어졌다. 나는 기념

| **고보상 장터** | 매월 21일은 홍법대사가 열반한 날짜에 맞추어 장이 열린다. 이를 '고보상'이라는 애칭으로 부른다. 그중 연말인 12월 21일에 열리는 장은 '시마이 고보상'이라고 해서 가장 크다고 하여 이에 맞춰 가보니 정말로 발 디딜 틈 없는 성대한 벼룩시장이자 축제의 현장이었다.

으로 무언가를 사고 싶었다. 돌다보니 오중탑 가까이에 공예품 상인들이 모여 있기에 모시고 간 '우리 선생님'을 위해 작은 술병 '미시마 도쿠리' 하나를 사고, 돌아가신 주례 선생님의 사모님을 위해 주철 쟁반 한 쌍을 사서 드리니 모두들 나를 '쇼핑의 천재'라고 칭찬했다.

나성문

동사를 답사하고 나오면 항시 생각나는 것이 서사와 나성문이다. 빈터라지만 그래도 한번 가보고 싶었으나 항시 마음뿐이었고 지난겨울 혼자 갔을 때 비로소 기회를 얻었다.

헤이안쿄 마스터플랜에 의하면 동사 남대문에서 나성문까지는 한 블록 반이니 750미터쯤 되는 곳에 있을 것이다. 그렇게 생각하고 서쪽으로

| **나성문터** | 나성문은 헤이안쿄의 정문으로 여기서 왕궁까지 곧장 이어지는 주작대로가 도성의 중심축을 이루었다. 그런 역사적 유적이건만 오늘날에는 자취를 찾아볼 수 없다.

마냥 걸었다. 옛 정취가 있는 길이 아니기에 길가에 옛 성문터임을 알려주는 표지판이 나오리라 기대하며 옆만 보고 걸었다.

그러나 아무리 가도 그런 표지가 나오지 않았다. 마주친 학생에게 물으니 자기를 따라오라고 했다. 내가 지나쳐온 길을 되돌아서 함께 걷다가 그 학생이 골목 안쪽을 가리킨다. 그러고서 보니 주택가 안쪽 놀이터에 '사적 나성문유지(史跡羅城門遺址)'라 쓰여 있는 돌기둥이 우뚝 서 있었다.

조금은 허망했다. 아무리 폐허가 된 지 오래라지만 이럴 줄은 몰랐다. 빈터에 주춧돌 몇개는 있을 줄 알았다. 나성문의 상상복원도와 문루에 있었다는 티베트 양식의 천왕상인 '도발 비사문천 입상' 사진이라도 있을 것으로 기대했다. 여기가 교토가 아니던가. 차라리 오지 말고 내가 머릿속에 나성문터 이미지를 그리는 편이 나을 뻔했다.

안내판을 읽어보니 816년 8월 16일 밤, 태풍으로 붕괴되어 곧 재건되었지만, 980년 7월 9일 폭풍우로 다시 무너진 뒤로는 수리되지 않고 우경의 쇠퇴와 함께 황폐해졌고, 남아 있던 주춧돌은 1023년 법성사(法成寺, 호조지)라는 절을 지을 때 다 뽑아갔다고 한다.

그리고 헤이안쿄 남부의 치안이 무방비 상태가 되면서 나성문 주변은 밤이면 아무도 찾지 않는 황량한 곳이 되어 인수자가 없는 시신을 문의 위

| 도발 비사문천 입상 | 나성문의 누문에 수호신상으로 있었는데 티베트풍으로 제작된 당나라 불상이었다. 오늘날 이 불상은 동사의 보물관에 전시되어 있다.

층에 버리고 가는 일조차 허다했다고 전한다.

『고금이야기 모음(今昔物語集)』에 나오는 이 섬뜩한 이야기를 소설로 쓴 것이 아쿠타가와 류노스케(芥川龍之介)의 「라쇼몬」이고, 구로사와 아키라(黑澤明) 감독의 영화 「라쇼몬」은 아쿠타가와의 소설 「라쇼몬」과 「덤불 속에서(藪の中)」 두 편을 묶어 만든 것이다. 소설도 영화도 일본 현대문학과 영화를 대표하는 명작으로, 나 또한 감명받은 바가 크다. 그런 명작의 고향이 이것밖에 안 되다니 실망스럽지 않을 수 있겠는가.

나성문은 동요 「나생문(羅生門)」이 나온 뒤부터는 생(生)자를 쓰고 '라쇼몬'이라고 표기해왔다. 그러나 최근에 다시 성(城)자를 쓴 나성문(羅城門)이라는 제 이름을 찾았다. 그리고 표기를 통일해서 '라조몬'으로 읽고 있다고 한다.

서사의 빈터에서

서사도 한번 가보고 싶었다. 그러나 내가 갖고 있는 어떤 안내책자에도 서사터에 대한 정보가 없었다. 그곳에 가라하시 소학교(唐橋小學校)가 들어서 있다는 것이 전부였다. 나는 동사의 서대문에서 곧장 서쪽으로 가면 반드시 서사터가 나올 것이라고 믿고 걸었다.

동사의 서대문인 연화문은 아주 예쁘게 생겼고 양옆으로 뻗은 동사

| **연화문** | 동사에서 서사터로 가려면 동사의 서대문인 연화문에서 곧장 서쪽으로 가게 된다. 이 연화문은 아주 예쁘게 잘생겼고 대문 양옆으로 뻗은 긴 담장은 문화재로 지정되어 이를 보호하기 위해 생울타리가 쳐져 있다.

의 담장은 끝이 안 보일 정도로 길었다. 동사의 담장은 아주 품위있게 잘생겼다. 일본의 전통적인 축지병(築地塀), 즉 사다리꼴 기와 흙담인데 여기에 다섯 가닥의 흰 줄이 둘려 있는 것은 이 집이 황실과 관계가 있다는 권위의 표시이다. 길가로는 키 작은 나무로 이루어진 생울타리가 담장을 보호하기 위해 나란히 뻗어 있다. 아, 이런 식으로 담장을 보호할 수도 있구나! 거기서 한 수 또 배웠다.

연화문에서 마주 난 길은 좁은 소로였다. 얼마만큼 가다보니 건물이 앞을 막고 길이 양 갈래로 갈라졌다. 마침 동네분이 지나가기에 서사터를 물으니 모른단다. 문화재에 대한 동네사람들의 무심함은 우리나라와 똑같았다. 그래서 소학교가 어디냐고 물으니 저 막다른 데서 왼쪽으로 가다 오른쪽으로 꺾어가면 정문이 나온단다.

동네분이 일러준 대로 가니 하교하는 어린 소학생들이 재잘대며 병아

| **서사 빈터** | 서사는 동사와 함께 축조되었고 그 규모도 비슷했다는 기록이 있지만 990년 오중탑을 제외하고 대부분이 불타버렸고, 가마쿠라시대에 오중탑마저 불타버린 뒤에는 아예 폐사가 되었다.

리떼처럼 줄지어 나온다. 아이들이 나오는 역방향으로 거슬러 길을 꺾어 들자 홀연히 넓은 공터가 나오고 높직한 축대 위로 우람한 두 그루 고목이 주인인 양 활개를 펴며 가지를 뻗고 있다. 그리고 그 아래에 '사적 서사지(史蹟西寺址)'라는 돌기둥이 서 있다.

빈터 앞에는 자세한 안내판이 있었다. 796년 동사와 함께 축조되어 823년 사가(嵯峨) 천황은 공해 스님에게 동사를 하사할 때 수민 스님을 서사의 주지로 임명했으며, 826년 이곳에서 불교행사가 있었다는 것이 기록에 나온다고 한다. 990년 오중탑을 제외하고 대부분이 불타버렸고, 1136년에 또 한 차례 화재를 입었으며 가마쿠라시대인 1233년에 오중탑마저 불타버린 뒤에는 아예 폐사가 되었다고 한다.

절의 규모는 동사와 마찬가지로 동서 250미터, 남북 500미터였고 발굴 결과 전형적인 쌍탑일금당식 가람배치였다. 높직한 토루(土壘, 흙으로

182

쌓은 방어용 벽)는 서사 시절의 유구가 아니고 20세기 중엽 마쓰오 신사의 신주가 이동할 때 임시로 모셔둔 어여소(御旅所)로 축조된 것이라고 한다.

당교 다리는 어디에

나는 토루 위로 올라가 두 그루 고목 사이에서 사방을 살피며 혹시 다리가 있을 만한 곳을 찾아보았다. 동네 이름을 당교(唐橋, 가라하시)라고 했으니 필시 다리가 있었을 것이고 통상 이는 한교(韓橋)가 훗날 변한 것이라는 생각이 들었다. 그러나 주변은 빼곡히 큰 건물로 막혀 있었다.

토루에서 내려와 지나가는 분에게 다리가 어디 있느냐고 물으니 다리는 없단다. 동네 이름이 그럴 뿐이란다. 나는 이쯤에서 답사를 마무리했다. 이국땅에 와서 그 이상 찾는 것도 무리였고 또 그 이상 찾아볼 성심도 없었다. 생각해보니 폐허가 되었다고 하는데도 찾아가본 내가 정상이 아닌 셈이다. 이렇게 폐허일지언정 가보고야 마는 나를 두고 남들은 호기심이 많다고들 말한다. 그러나 나는 호기심 때문에 가는 것이 아니다.

미술사를 공부하면서 나는 내 눈으로 직접 보지 않은 것은 말하지 않는 것이 맞다고 생각해왔다. 원화를 보지 않고 도판으로만 본 그림을 말한 적도 없다. 그것은 실물에 즉해서 받은 인상과 감동만이 진실을 전할 수 있다고 믿기 때문이다. 지독한 실증주의자라고 해도 좋다. 그러나 내 딴엔 이렇게 하는 것이 실사구시(實事求是)의 자세라고 생각한다. 이렇게 말하면 나를 이해해줄 수 있을까.

"나는 있는 것을 갖고 말하고, 또 있는 것으로 하여금 말하게 한다."

이로하 노래

동사에서 시작하여 나성문을 거쳐 서사의 폐허에 다다르다보니 전설적인 스님 홍법대사가 지었다는 설이 있는 '이로하(伊呂波) 노래'가 생각난다. 일본인이라면 누구나 아는 이 노랫말은 47자의 히라가나가 한 번도 겹치지 않아 일본인들이 어순을 표기할 때 사용하기도 하는데 이를 '이로하 어순'이라고 한다.

이 노래는 홍법대사가 『열반경(涅槃經)』에 나오는 제행무상(諸行無常) 게송을 히라가나로 풀이해서 지은 것이라고 전해진다. 학자들은 사실이 아닐 거라고 논증하고 있지만 헤이안시대에 처음 생겨난 것만은 분명하며 여전히 홍법대사 공해가 지은 노래라는 설이 있다.

나의 동사 답사기 끝맺음에 이만 한 노래가 없다.

> 꽃은 화려해도 지고 마나니
> 우리의 인생살이 누구인들 영원하리.
> 덧없는 인생의 깊은 산을 오늘도 넘어가노니
> 헛된 꿈 꾸지도 않고 취하지도 않으리라.

> 色(いろ)は 匂(にほ)へど 散(ち)りぬるを
> わが 世(よ) 誰(たれ)ぞ 常(つね)ならむ
> 有爲(うゐ)の 奧(おく) 山(やま) けふ(今日) 越(こ)えて
> 淺(あさ)き 夢(ゆめ) 見(み)じ 醉(ゑ)ひもせず

영산에 서린 빛과 그림자

일본문화의 당풍 / 일승지관원 / 전교대사 최징 / 연력사의 역사 /
고승과 승병 / 근본중당 / 근본중당의 회랑 / 국보전 /
원인 스님과 장보고의 인연 / 원인 스님 사리탑 /
미야자와 겐지의 동요 / 장보고 기념탑

고대 일본과 한반도의 결별

내가 그동안 일본을 답사해온 목적은 그것을 즐기기 위함과 공부하기 위함이 뒤엉켜 있었다. 즐기기란, 우선 일본 답사는 해외여행이어서 외국 문물을 구경한다는 재미를 말하는 것이다. 게다가 일본문화는 우리와 비슷하면서도 다르고, 다르면서도 비슷하기 때문에 유럽 여행과 달리 보는 것으로 끝나지 않고 그 낯설지 않은 이질감을 자연스럽게 우리와 비교하면서 캐묻게 된다.

한편 일본 답사는, 일본 고대문화가 우리 역사와 뗄 수 없는 연관 속에 전개되었기 때문에 '일본 속의 한국문화'를 알아본다는 것이 곧 우리 고대사의 빈칸을 메울 수 있는 중요한 학문적 주제이기도 하여 공부도 되는 것이다. 일본인에겐 언짢게 들릴지도 모르지만 한국의 고대사는 일본을 언급하지 않고도 서술할 수 있지만 일본의 고대사는 한반도와의 연관을 말하지 않고는 전개해나갈 수 없다.

그래서 일본인들은 — 간혹 그것이 왜곡되기도 하지만 — 한국의 고대사에 관해 일정한 지식을 갖고 있다. 일본인들은 최소한 한국 고대국가에 삼국과 가야, 통일신라와 발해가 있었고 자신들의 역사에서 이들과 밀접한 교류가 있었음을 상식으로 알고 있다. 가야에 대해서 우리보다 일본이 더 많은 관심을 보이는 것도 이 때문이다.

반면 한국인들은 일본의 역사에 대해 아주 어둡다. 야요이(彌生)시대, 고분(古墳)시대, 아스카시대까지 한반도의 문화가 일본에 끼친 영향에 대해서는 하나의 상식으로 익히 들어 알고 있지만 그것은 삼국시대까지의 이야기이고 통일신라시대로 들어오면 사정이 완전히 달라진다.

663년 백제를 지원하여 나당연합군과 일대 혈전을 벌였던 백촌강 전투에서 패배한 왜는 더 이상 신라와 친선적 관계를 유지할 처지가 아니었다. 668년 고구려가 멸망하고, 676년 통일신라가 당나라를 한반도에서 축출하는 동아시아 국제 정세의 변화는 일본이 본격적으로 고대국가로 나아가게 하는 계기가 되었다.

그리고 적대국으로 싸웠던 통일신라와는 전과 같은 친선 관계 속에 있을 수 없었다. 특히 일본 조정에 뿌리깊이 자리잡고 있던 백제계 도래인들 입장에서 통일신라란 자신들의 모국을 멸망시킨 나라인 셈이었다. 이때부터 일본은 통일신라와 적대적인 상황은 아니어도 불편한 관계 속에서 일정한 거리를 두고 문명의 젖줄을 찾아 중국으로 뻗어 나아갔다.

일본문화의 당풍

8세기 나라에 건설한 수도인 헤이조쿄(平城京) 자체가 중국의 장안성

| **히에이산과 연력사** | 교토 시내의 북쪽, 히에이산은 일본의 영산으로 칭송되며 그 깊은 산속에 있는 연력사는 지금도 성지순례하듯 많은 사람들이 찾아간다.

(長安城)을 본뜬 것이었고 이 시기 전후로 일본은 한반도를 넘어 당나라 문화를 받아들이기 시작하여 약 250년간 16차례 견당사를 파견했다. 당나라로 가는 뱃길은 험난하기 그지없었다. 견당사를 싣고 떠나는 배는 4척이었지만 돌아올 때는 3척뿐일 정도였다. 1회부터 7회까지는 통일신라의 뱃길을 이용하여 서해를 거쳐 산동반도 등주(登州)로 들어갔지만 8회부터는 통일신라와의 관계 악화로 하카타항(博多港)에서 직접 양

자강 하구 명주(明州)로 들어가거나 오키나와(沖繩島)를 거쳐갔다. 13회 때는 발해를 거쳐 낙양으로 들어갈지언정 통일신라의 신세를 지지 않았다.

나라시대부터 헤이안시대에 걸쳐 이렇게 적극적으로 당나라 문화를 받아들인 것을 일본문화사에서는 당풍(唐風)문화라고 한다. 일본은 더이상 한반도의 영향권에 있지 않았으며 통일신라와는 성격을 달리하는 문화를 갖추어가게 된다. 그 대표적인 예가 헤이안시대 새로운 불교사상의 전개과정이다.

공해와 최징이라는 두 분의 뛰어난 스님은 804년에 견당사의 일행으로 당나라에 들어가서 각기 진언종과 천태종을 들여와 기존 일본 불교계를 혁파하고 나아가서는 이를 토착화시켜 일본화된 밀교를 전개하여 불교사상·불교문화·불교미술에서 당나라나 통일신라와는 전혀 다른 일본문화로 나아가게 된다. 이로써 일본은 9세기 말에 이르면 당풍문화에서 일본문화의 아이덴티티를 말해주는 국풍(國風)문화로 전환하는 기량을 쌓았던 것이다.

이제 내가 찾아가려는 히에이산 연력사는 최징이 당나라에서 귀국하여 개창한 천태종의 본산이자 토착화된 일본 불교의 요람이다. 최징의 연력사는 공해의 동사와 함께 헤이안시대 일본 불교의 상징으로 이 두 절을 모르면 헤이안시대의 역사를 설명할 수 없다.

산상 수도처, 일승지관원

교토 시내의 북쪽, 히에이산(比叡山)은 일본의 영산(靈山)으로 칭송되며 그 깊은 산속에 있는 연력사(延曆寺)는 지금도 성지순례하듯 많은 사람들이 찾아간다. 그러나 이 절을 창건한 최징이 누구인지 모르고 연력사에 간다면 그것은 히에이산 단풍놀이 이상이 될 수 없다.

최징은 히에이산과 비와호가 있는 시가현(滋賀縣)에서 태어나 일찍이 12세에 절에 들어가 19세 때 동대사에서 구족계를 받았다. 당시 동대사에서 수계를 받는다는 것은 국가공인 승려이자 엘리트임을 인정받았다는 의미였다. 그러나 최징은 남도 6종의 타락상을 보면서 홀연히 고향으로 돌아와 히에이산에서 12년간 은둔하며 수도생활에 들어갔다. 이것이 일본 산사(山寺)의 출발이었다.

그는 불교의 새로운 길을 모색하기 위해 많은 불경을 독파했다. 그러다 '모든 사람이 부처가 될 수 있다'는 천태학(天台學)의 '법화일승(法華一乘)' 사상에 몰입했다. 그것은 부처의 힘을 빌린 타력(他力)이 아니라 자력(自力)으로 불성을 깨우치라는 가르침이었다.

최징은 22세 때인 788년 히에이산 깊은 산중에 작은 암자를 짓고 자신이 손수 제작한 약사여래상을 모시고는 일승지관원(一乘止觀院)이라고 했다. 이것이 오늘날 연력사의 핵심건물인 근본중당(根本中堂)의 시원이다. 그리고 불상 앞에 기름 등잔을 놓고 등불을 밝혔는데, 이 등불은 어떤 전란에도 꺼지는 일 없이 오늘날까지 1200년간 이어져와 '불멸의 법등'이라 불린다.

최징은 마을로 내려와 천태사상을 전파하기도 했다. 그의 이런 활동에 대한 소문은 마침

| 연력사 근본중당 내부 '불멸의 법등' | 연력사의 핵심건물인 근본중당 내부 불상 앞에는 기름 등잔을 놓고 불을 밝혔는데, 이는 어떤 전란에도 꺼지는 일 없이 오늘날까지 이어져 '불멸의 법등'이라 불린다.

내 간무 천황의 귀에도 들어가 궁정 내 도량에 초빙되었다. 그리고 38세 때인 804년, 견당사가 떠날 때 그는 국비 유학생으로 당나라에 파견됐다. 1년 뒤 돌아오는 환학승이었다. 이때 다른 배에는 공해 스님이 타고 있었다.

최징은 천태산 수선사(修禪寺)에서 보살계를 받고 귀국길에 여러 고승을 만나 새로운 불교사상을 견문하고 많은 법전과 불구를 갖고 돌아왔다. 그가 귀국 보고서에 올린 물품을 보면 경전이 406권이고 진언밀교의 불구가 다수 들어 있다.

귀국한 후 806년, 최징은 조정에 정식으로 인가받고 히에이산에서 천태종을 개창했다. 2006년 도쿄국립박물관과 교토국립박물관에서는 '히에이산 개종 1200주년'을 기념하여 「히에이산과 천태의 미술」이라는 대규모 특별전이 열린 바 있다. 이 전시회에는 최징이 갖고 온 법전과 불구들도 전시되었고, 천태종 사찰에 소장된 고려 불화 「수월관음도」 두 폭과 한국 관계 유물 몇점도 전시된 바 있다.

그러나 바로 그해에 최징을 중용했던 간무 천황이 세상을 떠났다. 그는 유력한 후원자를 잃게 된 셈이었다.

전교대사 최징

간무 천황의 뒤를 이은 사가(嵯峨) 천황은 최징의 뒤를 이어 귀국한 공해 스님을 중용하여 동사를 교왕호국사로 봉하고 진언밀교를 적극 후원했다. 공해의 진언밀교는 귀족과 대중에게 선풍적인 인기를 끌며 이 시대를 풍미했다.

이에 최징은 천태종만으로는 부족하다고 느껴 본격적으로 밀교를 받아들이기로 했다. 그는 자기보다 일곱 살 아래인 공해 밑으로 들어가 밀교

를 배우며 공해에게 밀교식
수계인 관정을 받았다. 배우
려는 최징의 자세는 이처럼
겸손하고 넓게 열려 있었다.

그러다 최징이 공해와 멀
어지는 사건이 생겼다. 최징
의 제자가 공해 밑에 들어가
서는 돌아오지 않는 일이 벌
어진데다 최징이 공해에게
밀교경전인 『이취석경(理趣
釋經)』을 빌려달라고 하자,
공해가 "당신은 몸으로 닦을
생각은 안 하고 종이 위에서
만 밀교를 알려고 하느냐"며

| 쿨사의 최징 조각상 | 최징이 세상을 떠나자 그에게는 전교
대사라는 칭호가 내려졌고, 일승지관원에는 연호를 따서 연력
사라는 이름이 하사되었다. 최징은 후대에 크게 존숭되어 각지
의 천태종 사찰에서는 그의 초상을 모시곤 한다. 이 조각상은
아스카 쿨사에 봉안된 것이다.

단호히 거절했다고 한다. 이때부터 두 사람은 절교하게 되었다.

히에이산 연력사로 돌아온 최징은 밀교를 더욱 연구하여 천태종에 밀
교를 결합시켰다. 사람들은 이를 태밀(台密)이라 하고, 동사 공해의 밀교
를 동밀(東密)이라고 불렀다. 그리고 최징은 불교의 교리·의식·계율·교
육이념을 아우르면서 원·계·선·밀(圓·戒·禪·密)의 4종겸학(四宗兼學)을
세웠다. 이것이 『법화경』을 소의경전으로 하는 일본화된 천태종의 핵심
내용이다. 일본 불교는 이렇게 최징에 의해 토착화되었다.

822년 최징이 55세로 세상을 떠나자 이듬해 그에게는 전교대사(傳教
大師)라는 칭호가 내려졌고, 그의 일승지관원에는 연호를 따서 연력사라
는 이름이 하사되었다. 어느 절도 따를 수 없는 영광과 권위가 그 이름에
들어 있다.

연력사의 고승들

최징은 전교대사라는 칭호를 받을 만큼 교육자로서 인품이 출중하여 그의 곁에 많은 제자들이 모여들었다. 『입당구법순례행기(入唐求法巡禮行記)』를 쓴 원인(圓仁, 엔닌, 794~864)을 비롯해 많은 고승들이 그의 문하에서 배출되었다.

최징 사후에도 연력사는 수행 사찰이자 교학의 전당으로 전통을 이어갔다. 최징과 공해 이후 일본 불교의 중요한 종파를 개창한 다음과 같은 스님들이 모두 연력사에서 나왔다.

임제종(臨濟宗, 선종)의 영서(榮西, 에이사이, 1141~1215)
조동종(曹洞宗, 선종)의 도원(道元, 도겐, 1200~53)
정토종(淨土宗)의 법연(法然, 호넨, 1133~1212)
일련종(日蓮宗)의 일련(日蓮, 니치렌, 1222~82)

이쯤 되면 연력사를 교학의 전당이라고 칭송할 만하지 않은가. 이밖에도 우지 평등원의 건립 과정을 설명할 때 빼놓을 수 없는 연력사의 원신(源信, 겐신, 942~1017) 스님도 있다. 참으로 신기한 일이 아닐 수 없다. 어떻게 한 사찰에서 그 많은 고승들을 대대로 배출할 수 있었을까.

그것은 전교대사 최징의 4종겸학이라는 포용성이 있었기 때문에 제자들에게 많은 가능성을 열어준 결과였다. 최징은 밝은 교리를 모두 아우른 호수물 같은 존재여서 훗날 스님들이 여기에서 각기 새로운 물줄기를 형성해 뻗어나간 것이다. 그 때문에 연력사의 진짜 국보는 유물이 아니라 인물이라고 해도 과언이 아니다.

게다가 연력사는 수행공간으로서 터가 좋았던 점도 그 이유였을 법

| **연력사의 고승들** | 왼쪽부터 법연, 도원, 영서 스님의 초상화.

하다. 히에이산은 산 자체가 영산이며 현장에 가보면 사람을 긴장시키
는 엄숙함이 있다. 잡념이 들어갈 여백이 전혀 없다. 어쩌면 연력사가 히
에이산이라는 높고 깊은 산상의 사찰이라는 풍수적 작용도 없지 않았을
것 같다.

연력사의 승병들

산이 깊으면 골이 깊다고 했는가, 빛이 밝으면 그림자가 짙다고 했는
가. 히에이산 연력사는 난폭한 승병(僧兵)으로 악명 높았다. 연력사는 창
건 이래 왕족과 귀족의 기진으로 많은 장원을 소유하여 든든한 경제력
을 바탕으로 막강한 불교세력으로 성장했다. 돈이 생기니 이를 지키기
위해 승병까지 조직했던 것이다.

나라 흥복사와 세력 다툼이 일어나면서 급기야 첨예하게 대립하게 됐다. 이를 남도북령(南都北嶺)이라고 했다. 남도는 흥복사, 북령은 연력사를 말한다. 남도북령의 승병들이 싸우면서 불태운 절이 하나둘이 아니다. 이들은 무사들도 압도하는 무력을 갖고 있었다.

남도북령의 첫 마찰은 청수사를 둘러싼 영역 싸움이었다. 청수사는 흥복사의 말사이고 청수사에 딸린 기온사(祇園社, 야사카 신사)는 연력사 관할이었는데 그 주지 임명을 두고 싸움이 일어난 것이다.

1113년 연력사 승병들이 히에 신사(日枝神社)의 신여(神輿, 신을 태운 가마)를 앞세우고 시라카와(白河) 법황(法皇, 중이 된 천황) 거처에 모여들었다. 이들은 흥복사 승려의 주지 임명을 취소하라고 강력히 호소하기 위해 데모를 벌인 것이다. 이들은 가사를 머리에 복면처럼 둘러쓰고 얼굴을 감추었다.

이에 흥복사 승병들은 가스가 신사(春日神社)의 신목(神木)을 앞세우고 교토로 들이닥쳤다. 결국 남도북령이 진검 승부를 겨루게 되었다. 이들의 싸움으로 청수사가 불탔다. 연력사 승병들은 나라의 흥복사까지 달려가 불을 질렀다. 이는 여러 싸움의 시작일 뿐이었다.

신을 앞세운 악승(惡僧)들의 위세에 절대권력을 자랑하던 상황(上皇, 천황의 부친)의 원정(院政)도 어쩔 수 없었다. 시라카와 법황은 이렇게 탄식했다고 한다.

"내 생각대로 되지 않는 것이 세 가지가 있으니 가모가와(鴨川)의 물, 쌍륙(雙六, 주사위를 던져 말을 궁에 들여보내는 놀이)의 주사위, 그리고 산법사(山法師, 즉 히에이산의 승병)이다."

그리고 『중우기(中右記)』라는 책에는 다음과 같은 말이 전한다.

| 승병들의 싸움 | 연력사는 나라 흥복사와 함께 막강한 승병이 있던 절이다. 두 절의 세력 다툼이 일어나면서 승병들은 첨예하게 대립하여 이를 남도북령(南都北嶺)이라고 했다. 남도는 흥복사, 북령은 연력사를 말한다.

"근래에 히에이산의 승려들이 서로 싸우면서 동탑과 서탑의 승들이 합전(合戰)을 하고 또는 민가를 불태우고 또는 화살을 쏴서 생명을 앗아간다. 수행의 장소가 합전의 마당이 되었다."

합전하는 승병들

여기서 말하는 합전이란 무력 결투로, 합전에는 일정한 룰이 있었다. 유럽 중세 기사들의 결투, 미국 서부활극의 결투 같은 불문율이 있었다. 이 룰을 어기면 무사로서의 큰 명예를 잃어버렸다.

　1. 먼저 싸움 날짜와 장소를 정한다.

2. 양군이 만나 인사를 나누고 대표자가 명단을 제출하고 선전포고를 한다.

3. 싸움에 앞서 각기 소리나는 화살〔鏑矢〕을 쏘면서 기세를 올린다.

4. 양군에서 함성을 지른다. 장군은 '에이에이', 군사들은 '오~'라고 외친다.

5. 활싸움은 마상에서 과녁 맞히기로 한다.

6. 양군이 뒤섞여 싸운다.

7. 승자는 군사를 정비하고 승리의 함성을 지른다.

이 룰은 무인의 시대에도 그대로 이어졌다. 이 룰이 깨진 것은 무로마치시대 말기 하극상의 난이 일본 열도를 휩쓸면서 수단과 방법을 가리지 않고 이기는 것이 최고라는 풍조가 생기면서부터였다.

이렇게 전투와 합전으로 군사력을 키우고 신불(神佛)을 앞세우고 나오는 승병들을 조정에서도 감당하지 못했다. 이리하여 조정과 귀족은 경호와 진압을 위해 무사를 키웠다. 이 무사들에게는 신불의 위력이 통하지 않았다. 무사들은 절대 신성으로 여겨졌던 신여와 신목을 태연히 불태우며 맞섰다. 이것은 일본사회가 귀족의 시대에서 무사의 시대로 들어가는 전조였다.

가마쿠라시대로 들어서면 승병의 활동을 제약하고 무기 휴대를 금지했지만, 막부의 세력이 약해지고 전국시대로 들어가면서 다시 승병으로 무장한 사찰들이 다이묘(大名) 못지않은 위세를 떨쳤다.

그러다 천하통일을 꿈꾼 오다 노부나가가 교토에 입성했을 때 아사쿠라(朝倉), 아사이(淺井) 양씨가 반(反) 오다 노부나가 동맹을 결성하여 저항했고 히에이산은 아사쿠라씨와 친교가 깊어 이 싸움에 휘말리게 되었다. 아사이씨가 히에이산으로 피난하자 오다 노부나가는 히에이산을 토벌하면서 연력사를 불질러버렸다. 연력사는 사흘 낮밤으로 불탔고, 승속 2천명이 살해됐다.

이후 연력사고 어느 절이고 승병은 다시는 조직되지 않았다. 오다 노부나가가 죽고 각지로 피난갔던 승려들이 돌아오면서 연력사는 다시 복구되기 시작하였다. 3대 쇼군인 도쿠가와 이에미쓰(德川家光)가 교토의 재건에 열을 올릴 때 연력사도 강력한 지원을 받아 1642년에 연력사 근본중당이 복원되었다. 이를 시작으로 연력사는 오늘날의 모습을 갖추게 된 것이다.

연력사로 가는 길

히에이산 연력사는 이처럼 빛과 그림자가 교차하는 신령스런 절이었다. 그러나 나는 교토에 여러 번 갔어도 연력사까지는 답사해보지 못했다. 거기엔 내가 달려가 꼭 보아야 할 미술품이 있지도 않았고 무엇보다 찾아가기 힘들어서 그 볼거리 많은 교토에서 하루를 다 내어 다녀올 성심도 열정도 없었다. 그러나 히에이산 연력사를 쓰지 않고는 교토 답사기를 썼다고 할 수 없기에 지난해(2013) 겨울 나는 연력사를 다녀왔다.

히에이산은 교토시와 시가현 오쓰시(大津市)의 경계를 이루는 높이 800미터 이상의 수많은 봉우리로 이루어져 있다. 남쪽으로 뻗어내린 산줄기 한쪽은 사카모토시(坂本市)와 넓은 비와호에 닿아 있고, 또 한쪽은 교토시의 동쪽을 감싸고 뻗어내린다. 교토에서 말하는 동산 36봉의 북쪽 맨 위에 불쑥 솟아 있는 것이 히에이산 정상이다. 그리고 그 정상 가까운 북쪽에 연력사가 있다. 그래서 연력사를 찾아가는 길은 히에이산의 거의 정상까지 오르는 아주 힘든 산길이다.

그래도 교토의 관광안내서나 사찰 순례 책을 보면 여러 길이 잘 안내

| **사카모토역 부근** | 연력사에 가기 위해 교토역에서 JR기차를 타고 가다 대여섯 정거장을 지나면 오른쪽으로 비와호가 넓게 펼쳐지며 이내 사카모토역에 도착한다. 여기서 다시 케이블을 타기 위해 산 쪽으로 한참 올라가야 한다.

되어 있어 그대로 따라가면 된다. 가는 방법도 여러 가지다.

　(1) JR 교토역에서 연력사 정상까지 가는 버스가 있다(약 1시간 10분 걸린다).

　(2) JR 고세이선(湖西線) 기차를 타고 사카모토역에서 내려 25분 정도 걸어가면 케이블 사카모토역이 나온다. 여기서 케이블을 타고 연력사까지 올라갈 수 있다.

　(3) 시내에서 전철로 야세 히에이산 입구역까지 가서 로프웨이를 타고 갈 수 있다.

　(4) 교토시나 사카모토시에서 택시를 타고 유료도로인 히에이산 드라이브웨이를 통해 갈 수 있다.

| 비와호 전경 | 연력사 가는 길에 만나게 되는 비와호는 넓기가 바다와도 같았다. 이 비와호 주변에는 많은 절들이 있어서 우리 국립중앙박물관에서도 '비화호의 불교 유물' 전시회가 열린 적이 있다.

안내서들은 이처럼 친절히 일러주고 있지만, 여행자에게 강조해야 할 아주 중요한 말 하나를 하지 않았다. 절대로 겨울에는 갈 곳이 못 된다는 사실이다.

나는 처음엔 시내에서 전철로 야세 히에이산 입구역으로 가서 로프웨이를 타고 갈 생각이었다. 그러나 이 로프웨이는 동절기(12월 1일~3월 20일)에는 운행을 안 한단다. 그래서 교토역으로 가서 연력사 가는 버스를 알아보았으나 역시 겨울에는 다니지 않는단다.

나는 할 수 없이 JR기차를 타고 사카모토역으로 갔다. 뜻밖에도 가까웠다. 다섯 정거장을 지나자 오른쪽으로 비와호가 넓게 펼쳐지면서 이내 사카모토역에 도착했다. 플랫폼에서 호수를 바라보니 비안개 속에 희미하게 얼굴을 내민 호수의 정경이 일본 근대미술 화가들이 즐겨 그린 몽롱체(朦朧體, 붓으로 윤곽을 그리지 않고 직접 채색하는 몰선채 화법)의 풍경화를

| **근본중당 가는 길** | 연력사 입구 매표소에서 표를 끊고 들어서니 울창한 삼나무들이 도열하듯 늘어선 널찍한 길이 절 안쪽으로 발길을 인도한다.

연상시키는 환상적인 아름다움이 있었다.

역에서 나와 케이블 사카모토역까지는 걸어서 25분이지만 택시로는 5분 거리라고 하여 택시를 타려니 운전기사 얘기가 오늘 산 위에 눈이 내려 케이블이 다니지 않는단다.

택시로 가는 방법밖에 없다는 것이다. 얼마나 걸리느냐고 물으니 50분은 잡아야 하고 택시비는 6천엔 정도, 드라이브웨이 통행료 1600엔 합쳐서 7천엔이 넘을 거란다. 어쩌겠나. 여기까지 와서. 기사에게 가자고 했더니 진짜냐고 되묻고는 또다시 진짜 연력사까지 가느냐고 확인하는 것이었다. 내가 돈이 없어 보이나 싶어 지갑을 꺼내 보여주니 그게 아니고 이렇게 겨울비 내리는 날 거기 가는 사람은 못 보았다는 것이다.

| **근본중당** | 근본중당의 크기는 가늠하기 힘들 정도로 장대한데 사방이 삼나무로 둘러싸인 움푹한 곳에 위치해 있다.

연력사의 핵심건물, 근본중당

그렇게 해서 히에이산 드라이브웨이를 타고 진짜 드라이브하는 기분으로 연력사로 향했다. 산으로 올라갈수록 비와호 호수가 점점 넓게 드러났다. 운전기사에게 차를 좀 세워달라고 했더니 조금 더 가면 사진 잘 나오는 곳이 있단다. 그러나 정작 그 전망대에 다다랐을 때는 비안개 속에 비와호가 묻혀 있었다. 일진이 안 좋은 날이네 하고 혼잣말로 푸념을 하고 다시 차에 올랐다.

드디어 연력사에 다다르니 넓은 주차장에는 승용차 한 대와 트럭 한 대밖에 없었다. 절 입구엔 식당과 기념품 가게가 있는 큼직한 휴게소가 있었다. 문을 열고 들어가니 점원들이 일하다 말고 모두 나를 쳐다본다. 오늘 같은 날 오는 사람이 신기하다는 표정이다. 그날 내가 만난 방문객은 중년 부부 한 쌍뿐이었다.

| 근본중당 설경 | 연력사는 가을철 단풍이 아름답다고 하는데 겨울 설경도 이에 못지않은 것 같다. 그러나 겨울철에는 교통편이 드물고 어렵다.

『연력사 삼탑(三塔) 순례지도』라는 안내서를 얻어 살펴보다 나는 그만 눈앞이 캄캄해졌다. 답사 오기 전에 봤던 책에 따르면, 연력사는 동탑(東塔, 도도), 서탑(西塔, 세이토), 요카와(橫川) 등 3탑 16곡(3塔16谷)으로 이루어져 있다고 해서 그저 그런 줄로만 알았는데 여기서 말하는 탑은 건물이 아니라 지역을 일컫는 말로, 정확히 말해서 크게 세 구역으로 나뉘어 있다는 것이다.

본래는 셔틀버스가 있는데 역시 겨울철에는 다니지 않는단다. 동탑 지역에서 요카와까지는 자동차로 무려 45분이 걸린다고 한다. 나로서는 황당하기도 하고 당혹스럽기도 한 상황이었다. 사전에 철저히 공부하지 않고 온 나 자신을 탓할 뿐이다.

그래도 연력사의 대표성은 이곳 동탑 구역에 있고 동탑의 상징은 근본중당이니 그것 하나라도 제대로 본다는 것을 위안으로 삼고 절 안으

| **근본중당 정면 모습** | 내가 연력사에 가면 가장 먼저 하고 싶었던 일이 근본중당 건물 사진을 제대로 찍는 것이었다. 그런데 직접 가보니 왜 사진들마다 그렇게 답답해 보였는지 비로소 알았다. 사실상 집을 짓기 힘든 자리에 앉아 있는 것이다.

로 들어갔다. 매표소에서 표를 끊고 들어서니 울창한 삼나무들이 도열하듯 늘어선 널찍한 길이 절 안쪽으로 발길을 인도한다. 자욱한 비안개 속에 육중한 대강당 건물이 드러났지만 그냥 지나쳤다. 키 큰 삼나무가 비탈길 아래에서 치솟아올라 도로 위로 허리춤까지 모습을 보이더니 저 아래쪽에 사진으로만 보던 건물이 나타났다. 근본중당이다.

집의 크기는 가늠하기 힘들 정도로 장대한데 사방이 움푹한 곳에 위치하여 도저히 카메라로 이 모습을 잡아내기 힘들었다. '아, 이래서 책마다 근본중당 사진이 답답하게 실린 것이구나.' 사실 내가 연력사에 가면 가장 먼저 하고 싶었던 일이 근본중당 건물 사진을 제대로 찍어보는 것이었는데, 왜 사진들마다 그렇게 답답해 보였는지 이제 비로소 알 것 같았다.

근본중당 안팎의 위압적인 분위기

돌계단을 따라 근본중당에 내려가 안으로 들어선 순간, 여기 와보기로 한 것이 얼마나 다행인가 싶어 쾌재라도 부르고 싶었다. 내가 이제까지 사진으로 본 건물은 회랑으로 둘러싸인 중문이었고 근본중당은 그 안에 자리잡고 있었다.

장대한 회랑이 정중히 모시고 있는 것만 같은 근본중당은 축대 위에 올라앉아 앞으로는 돌계단이 나 있고 정면 9칸(37.6미터)에 측면 6칸(23.6미터)으로 높이는 약 10미터나 된다. 그 위세가 얼마나 당당한지 위압적이라 할 만하다. 주눅이 들 정도였다. 디귿자로 둘러진 회랑은 기둥과 기둥 사이가 약 5미터이고 전체 길이가 100미터가 넘는다.

내가 건물 앞에서 이처럼 기죽어본 것은 처음인 듯싶었다. 경복궁(景福宮) 근정전(勤政殿)은 권위가 있으면서도 북악과 인왕이 멀찍이서 받쳐주어 따뜻한 인상을 주고, 북경 자금성(紫禁城)의 태화전(太和殿)은 그 규모가 장대해도 넓은 공간에 떠받쳐 있어 엄정한 분위기는 있어도 위압적이지는 않다.

여기는 사방이 삼나무숲으로 둘러싸여 햇볕이 좁게 들어오고 비가 오지 않는 날이라도 음습한 냉기가 법당 안팎에 가득할 것 같았다. 그나마 가슴을 열어주는 것은 회랑과 법당으로 이루어진 작은 정원이었고, 거기 놓인 청동 석등 한 쌍이 이 침묵의 공간을 약간 누그러뜨려주고 있었다.

법당 안의 분위기는 입구부터 삼엄했다. 신을 벗고 들어가야 하고 사진 촬영은 일절 금한다는 경고가 붙어 있다. 실내로 들어서니 일본의 절집들이 다 그렇듯이 신비함을 연출하고 있다. 볼륨감이 살아 있는 기둥들이 열 지어 있는데 그 중앙에는 전각 모양의 주자(廚子, 불상을 모셔두는 집이나 방)가 있다. 그 안에는 최징이 직접 조각해 봉안했다는 약사여래상

204

| 근본중당의 회랑 | 근본중당에 디근자로 둘러진 회랑은 기둥과 기둥 사이가 약 5미터이고 전체 길이가 100미터가 넘는다. 대단히 장대하고 권위적이고 위압적인 분위기이다.

이 비불(祕佛)로 모셔져 있고 굳게 닫힌 문 앞엔 불상 세 분이 조용한 자세로 이를 경호하고 있다. 그 모든 시스템이 침묵이고 접근금지다.

비불이라! 우리나라엔 없는 이런 종교적 풍습은 참으로 신비감을 자아내는 형식이다. 개중엔 500년 만에 한 번 열고 또 비불로 모신 것도 있고, 법륭사 몽전관음(夢殿觀音)처럼 메이지시대에 비로소 모습을 드러내며 비불을 면한 것도 있고, 30년마다 길일을 잡아 공개하는 비불도 있다. 그런 중 이 비불은 최징이 주자에 모시고 문을 걸어 잠근 이래 한 번도 연 적이 없단다. 그래서 더욱 신비하고 영험이 있다는 생각을 갖게 한다.

법당 안에서 움직이는 것은 오직 788년 이 불상을 봉안하면서 밝힌 이래 꺼진 적이 없다는 '불멸의 법등'뿐이었다. 그때 최징은 이렇게 읊었다고 한다.

| 근본중당 내부 | '불멸의 법등'이 밝혀진 근본중당 내부는 엄숙한 분위기가 서려 있었다. 법당 안에서 움직이는 것은 오직 '불멸의 법등'뿐이었다.

밝게 빛나리라 훗날 부처만의 세상이 올 때까지

빛이 이어지리 법의 근원을 전하는 불빛

과연 수많은 개창 스님을 배출한 자랑스러운 역사를 가진 연력사의
대법당다웠다.

신비로운 절집, 히에이산 연력사

책을 보나 현장에 와서 보나 연력사 동탑 답사는 근본중당 하나로 끝 난다. 나머지는 그 자리에 그 건물이 있음을 말해주는 것일 뿐 무슨 예술 적 감동이 있는 것이 아니다.

근본중당의 회랑을 둘러보고 밖으로 나오니 바로 앞에는 가파른 돌계 단이 높이 뻗어 올라가고 그 위에 문수루(文殊樓)라는 2층 누각이 있었 다. 계단 끝까지 올라가 뒤를 돌아서 보니 근본중당이 삼나무 사이로 드 러난다. 도대체 이 높은 산중의 비좁은 공간에 이처럼 엄청난 건물을 지 었다는 것이 놀랍기만 하다.

아무리 보아도 일승지관원 같은 작은 암자나 있을 곳인데 이처럼 큰 법당을 세울 생각을 했다니 보통 사람, 보통 스님은 엄두도 못 낼 통 큰 발상이거나 역발상을 한 소산이었다. 역사가 그렇기 때문에 음미하고 있 을 뿐이지 현대 건축가가 지었다면 대단히 비판받아 마땅한 건물이었다.

동탑 지역에는 근본중당과 문수루 외에 이중탑(동탑), 대강당, 아미타 당, 관정당 등 몇채의 당우가 있으나 건물들이 산자락에 바짝바짝 기대 어 있다. 건축적으로 또는 미학적으로 특별히 언급할 것은 아니었다.

그러고 보면 연력사에 대한 기존의 안내서들은 이 절을 해설하면서 무조건 찬사를 보낼 생각만 했지 건축적 문제점을 지적하거나 왜 이처 럼 무리한 건축을 하게 되었는가에 대해서는 말하지 않은 것 같다.

내가 생각하기에 연력사는 절터에 비해 승려가 폭발적으로 늘어났기 때문에 이를 감당하기 위해 무리한 건축을 할 수밖에 없었고, 그런 이유 로 서탑 지역과 요카와 지역으로 사역(寺域)이 뻗어나갈 수밖에 없었던 것으로 보인다. 연력사는 생각했던 대로 배출한 인물이 국보이지 절 건 물이나 생김새가 국보는 아니었다.

| **동탑과 아미타당** | 연력사의 동탑 지역에는 근본중당과 문수루 외에 이중탑(동탑), 대강당, 아미타당, 관정당 등 몇 채의 당우가 있으나 건물들이 산자락에 바짝바짝 기대어 있어 여백이 없다.

　나는 국보전으로 가서 이 오래된 절집이 소장하고 있는 유물들을 찬찬히 감상했다. 이 또한 미술사적 견문을 넓혔다는 데 뜻이 있지 답사기에서 독자들에게 찬사를 올릴 만한 것은 아니었다.

　요란한 소문 때문에 이토록 볼거리 없는 절집을 흩날리는 눈발을 맞으면서 왔다는 것이 좀 억울했다. 차라리 벚꽃 핀 봄이나 단풍이 아름다운 가을에 왔다면 자연풍광의 아름다움이라도 만끽했으련만 비안개 내려 앞도 가늠하기 힘든 계절에 이곳을 왔다는 것이 분했다. 시간과 돈을 들인 본전 생각이 났다. 나는 원인 스님의 사리탑이라도 보고 가야 덜 억울할 것 같았다.

| **국보전의 불상** | 연력사 국보전에는 이 연륜있는 사찰에 전래되는 많은 불상들이 전시되어 있다. 하나하나가 다 명작인 것은 아니지만 일본 불교사의 맥락을 보여주는 내력있는 불상들이었다.

신라명신을 모셔온 원인 스님

내가 연력사에 와서 원인 스님을 찾는 데는 이유가 있다. 원인 스님은 최징 스님의 제자로 천태종 3대 좌주(座主, 강당에서 경론을 강의하는 승려)를 지내면서 연력사 발전에 크게 이바지하고 천황과 후지와라씨 등 귀족들에게 수계를 내린 고승이었다. 그러나 그 이유로 내가 원인 스님을 찾은 것은 아니다.

그는 838년 견당사의 일원으로 당나라에 갔다가 체재기간을 연장하여 더 머물고 싶었으나 허락받지 못하자 산동성 등주(登州) 신라방(新羅坊)에서 겨울을 지냈다. 이때 그는 장보고가 창건한 적산법화원(赤山法華

| **원인 스님(왼쪽)과 신라 명신(오른쪽)** | 원인 스님은 산동성 신라방에 머물면서 신라인들에게 입은 신세를 잊지 않아 적산법화원의 신라명신(新羅明神)을 일본으로 모셔와 봉안했다.

院)에 묵었다. 이때 원인 스님은 장보고에게 다음과 같은 편지를 보냈다.

"지금까지 삼가 뵙지는 못했습니다만 오랫동안 높으신 인덕을 들어왔기에 흠모의 정은 더해만 갑니다. 원인은 옛 소원을 이루기 위해 당나라에 체류하고 있습니다. 다행히도 미천한 몸이 대사님의 본원의 땅(적산법화원)에 머물고 있습니다. 감사하고 즐겁다는 말 이외에 달리 비길 만한 말이 없습니다. (…) 언제 만나뵐지 기약할 수 없습니다만 대사를 경모하는 마음 더해갈 뿐입니다."

원인 스님은 결국 신라인들의 도움으로 오대산을 거쳐 장안에 이르는 긴 여행을 할 수 있었다. 그 10년에 걸친 고행과 순례를 기록하여 『입당 구법순례행기』를 남겼다. 그는 귀국할 때도 신라방에 들러 신라인 상선을 타고 규슈 다자이후(太宰府)로 돌아왔다. 그런 인연으로 연력사엔 장보고 기념탑이 세워졌다고 들었다.

원인 스님은 신라인들에게 입은 신세를 잊지 않아 적산법화원의 신라명신(新羅明神)을 일본으로 모셔왔다. 그것이 지금도 시가현의 원성사 (園城寺, 온조지)와 교토 수학원 이궁(修學院離宮) 바로 옆에 있는 적산선원(赤山禪院)에 모셔져 있다. 나는 히에이산 개창 1200주년을 기념하여 교토국립박물관에서 열린 「히에이산과 천태의 미술」 특별전 때 그 신라명신의 초상을 보면서 원인 스님의 의리에 감동받은 바 있었던 것이다.

그분이 의리로 신라명신을 모셔왔듯이 나는 그의 사리탑에 가서 한국인으로서 의리를 표하고 싶었다.

원인 스님의 사리탑으로 가는 길

빗발이 사뭇 사나워지자 연력사 그 큰 절에 인적이라곤 찾아볼 수 없었다. 저쪽에서 우산을 낮게 받쳐 쓰고 급히 달려가는 절집 관리인에게 장보고 기념탑이 어디 있느냐고 물으니 모른단다. 연력사 안내도를 펴보이며 원인 스님의 사리탑으로 가는 길은 어느 쪽이냐고 물으니 길 아래쪽을 가리키며 법연당(法然堂)까지 내려간 다음 숲속으로 한참 들어간 곳에 있단다. 이정표는 따로 없고 가는 길이 좀 멀다고 한다.

법연당까지는 자동차도 다니는 큰길이지만 산비탈의 경사가 아주 가팔라서 내리막길에서는 발을 내디딜 때마다 뜀박질이 될 정도였다. 멋도 재미도 없는 시멘트 길을 300미터쯤 내려가니 법연당이라는 허름한 집

| **법연당** | 연력사에서는 많은 고승을 배출했다. 그중 가마쿠라시대에 지은원에서 정토종을 일으킨 법연 스님도 이곳 출신으로 그가 수도하던 곳을 법연 스님의 득도처라고 하여 법연당이라고 부르고 있다.

이 나왔다. 여기는 지은원에서 정토종을 일으킨 법연 스님의 득도처(得道處)라고 한다.

법연당을 슬쩍 둘러본 다음 안내원이 일러준 대로 큰길을 버리고 샛길로 들어서니 해묵은 삼나무들로 울울창창한 숲속의 오솔길이 나왔다. 한 사람 겨우 다닐 수 있는 좁고 가파른 길이었다. 흩날리던 눈발이 빗방울로 바뀌어 찬기가 뼛속까지 스며들었다.

좌우는 삼나무숲으로 둘러싸여 있고 앞엔 삼나무 사이로 실오라기처럼 뻗은 길만 보일 뿐이다. 비안개가 엄습해오니 눈앞의 땅만 보일 뿐 길도 보이지 않는다. 얼마를 가야 하는지 모르고 걸었다. 인적이 끊긴 지는 이미 오래였고 무섭기도 했다. 숲속은 점점 어두워가고 무거운 침묵만이 흘렀다. 어쩌다 빗방울이 낙엽에 떨어지면서 후드득 소리를 내며 적막을 깨뜨려주는 것이 오히려 반가웠다.

| 도열한 사리탑들 | 비안개가 가득한 삼나무숲을 한참 가다보니 홀연히 길 양옆으로 도열한 사리탑들이 나타났다. 음습한 삼나무숲에 무리지어 있어 마치 산중의 공동묘지에 온 것처럼 으스스하고 무서웠다.

그렇게 한참을 가다보니 홀연히 길 양옆으로 사리탑들이 도열해 있다. 죽음의 공간이 주는 으스스함이 있었지만 그래도 반가웠다. 그런데 고만고만한 사리탑 중엔 원인 스님의 사리탑다운 것은 없었다.

나의 답사 감각에 의지하건대 저 앞쪽으로 끊기지 않은 오솔길이 원인 스님의 사리탑으로 가는 길이리라는 확신이 있었다. 나는 그 길 따라 무작정 걸었다. 그렇게 산자락 두 굽이를 넘으니 저 멀리 안개 속에 거룩하게 모셔져 있는 사리탑이 보였다. 원인 스님의 사리탑이 맞았다. 얼마나 반가웠는지 모른다.

삼나무숲이 하늘을 가리고 안개가 짙게 끼어 나의 수동식 필름카메라로서는 타이밍을 2초까지 두어야 노출이 겨우 나온다. 흔들리지 않고 촬영할 자신은 없었지만 그래도 행여 원인 스님을 욕되게 하지 않으려고 정성을 다해 숨죽이며 셔터를 눌렀다.

| **원인 스님 사리탑 앞의 도리이** | 도열한 사리탑에서 곧장 산속으로 뻗은 길을 따라가니 원인 스님의 사리탑을 지키고 있는 도리이가 나타났다.

왜 나는 거기에 갔던가

사리탑을 사방으로 돌아가며 사진을 찍고 내 마음에서 우러나오는 합장배례를 올리고 이제 돌아가고자 하니 갈 길이 막막했다. 다리에 힘도 풀렸다. 빗방울 떨어지는 삼나무숲엔 잠시 걸터앉을 만한 곳도 없었다. 늙은 삼나무에 등을 기대고 숨을 고르고 있자니 외로웠다. 전화로라도 사람 목소리가 듣고 싶었다. 그러나 휴대폰도 터지지 않았다. 움직이지 않고 가만히 있으면 더 무섭다는 것을 그때 알았다.

다시 발을 내디뎠다. 비탈이 가팔라서 내려올 때는 발걸음이 저절로 뜀박질이 되었는데 이제 오르려니 그 오르막에 발이 붙지도 않고 발목이 꺾이지도 않는다. 바람에 비안개가 엄습해오면서 얼굴에 빗물이 흘러내린다. 손수건을 꺼내 연신 얼굴을 닦으면서 최징은 어린 나이에 여기서 10년간 수도를 했다는데 이 정도로 뭘 그러느냐고 스스로를 채근하

214

| 자각대사 사리탑 | 원인 스님의 사리를 모신 탑이다. 원인 스님은 자각(慈覺)이라는 법호로 불리었다. 격식과 정성을 다한 것이기는 했지만 왠지 스님의 높은 덕을 기리기에는 충분하지 않았다는 느낌을 받았다.

며 걸었다.

합전에서 호되게 얻어맞은 패잔병처럼 허덕이며 올라와 천신만고 끝에 휴게소로 돌아오니 중년 부부가 타고 온 자동차도 떠나고 없고 자욱한 안개 속에 빈 트럭 한 대만 주차장을 지키고 있었다.

휴게소로 들어가 우선 따뜻한 차를 시켰다. 젖은 겉옷을 말리면서 누군가에게 위로를 받고 싶었다. 집에 전화하니 집사람이 받는다. 우리 집사람이 좀 무심한 데가 있어 아무리 부동심(不動心)이 강하다 해도 이런 상황이라면 다를 것이라는 기대를 걸고 하소연했다.

"여보, 나 히에이산 연력사에 와서 스님 사리탑 다녀온다고 삼나무숲을 한 시간 헤매다 왔어. 사람 그림자 하나 없었고, 비는 내리고, 비탈은 가팔라 죽는 줄 알았어."

"에구, 당신은 왜 그렇게 힘들게 살우. 누가 글을 쓰면 그걸 읽으면 되지, 왜 당신이 꼭 그걸 보구 쓰려구 하우? 천성이구려. 빨리 호텔루 가 씻구 푹 자요. 감기 걸리겠수."

큰 기대를 한 건 아니었지만 역시 목불(木佛) 같은 그 평상심에 할 말이 없다. 서운했지만 가만히 생각해보니 집사람 얘기가 어디 하나 틀린 게 없다.

그나저나 이젠 호텔로 돌아갈 길이 막막했다. 점원에게 물어보니 교토택시에 전화하면 차가 온단다. 다급하니까 서툰 일본어가 술술 나왔다. 전화를 걸어 택시를 보내달라고 하니 한 시간 뒤에 도착한단다.

한 시간 뒤라. 그렇다면 장보고 기념탑이 어디 있는지 찾아보아야겠다. 나는 옷을 둘러 입고 다시 연력사 동탑으로 향했다.

미야자와 겐지의 동요

아까 들어갈 때 보니 입구에 무슨 큰 입간판이 서 있었다. 가까이 가서 보니 '겐키(元龜)의 병란(兵亂) 진혼총(鎭魂塚)'이었다. 겐키 2년(1571)에 오다 노부나가가 무자비하게 사흘 낮밤으로 연력사를 불태울 때 학살당한 승속 2천여명의 영혼을 위로하려 1992년에 세운 진혼총이란다. 그때 죽은 영혼을 위로하기 위해 400년 만에 진혼탑을 세운 것이다.

그러나 승병들에 대한 그 앞뒤 사정에 대해서는 아무런 설명이 없었다. 하기야 연력사에서 승병 얘기를 하는 것은 그들의 아픈 데를 건드리는 것일 테니 감출지언정 드러내놓고 말하겠는가.

나는 다시 근본중당으로 내려가 꺼지지 않는 등불과 열리지 않는 주자를 지키고 있는 불상들을 둘러보았다. 내가 또 언제 여길 오겠느냐는

| **겐키의 병란 진혼총** | 겐키 2년(1571)에 오다 노부나가가 무자비하게 연력사를 불태울 때 학살당한 승속 2천여명의 영혼을 위로하여 1992년에 세운 진혼총이다.

생각을 하니 모든 게 하나씩 새롭게 다가온다. 확실히 연력사 근본중당의 안팎이 모두 장중한 건축이라는 무게감을 준다.

밖으로 나오니 문수루로 오르는 돌계단 한쪽에 미야자와 겐지(宮澤賢治, 1896~1933)의 시비가 있다. 그는 우리나라에도 이미 전집이 번역되었을 정도로 잘 알려진 일본 근대 시인이며 동요작가로 우리가 잘 알고 있는 만화영화 「은하철도 999」는 그의 『은하철도의 밤(銀河鐵道の夜)』에 영향을 받아 만들어진 것이라는 설이 유력하다고 한다.

그는 1918년 22세 때 모리오카 고등농림학교를 졸업한 뒤, 지질 토양 비료 연구에 종사했다. 본래 그의 집안은 열렬한 정토진종(淨土眞宗) 신도여서 그도 어릴 때부터 불교경전을 접했고, 중학생 시절 『법화경』을 읽고 감동받아 일련종에 가입했는데 종교적 차이로 부모와 대립하여 1921년 무단 상경해 문필과 원고 교정으로 생계를 이어가며 포교활동에

| **미야자와 겐지의 시비** | 근본중당에서 문수루로 오르는 돌계단 한쪽에 있다. 미야자와 겐지는 유명한 일본 근대의 동요작가이자 「은하철도 999」에 영향을 준 「은하철도의 밤」의 작가이기도 하다.

종사했다.

그러다 농업학교 교사가 되어 5년 남짓 근무하면서 화려한 문학의 꽃을 피웠다. 1926년 그는 교사를 그만두고 농촌운동에 뛰어들어 헌신적인 노력을 했지만 절망과 좌절감에 빠져 건강이 악화되고 1933년 급성폐렴으로 37세에 요절했다.

그는 이처럼 오염되지 않은 삶을 원했기 때문에 불교적이면서도 맑은 서정이 일어나는 시를 남겼다. 그가 연력사 근본중당에서 쓴 시는 다음과 같단다.

바라옵건대 부처〔妙法如來〕의 드높은 지혜〔正徧知〕에 의해
대사의 거룩한 뜻이 이루어지게 해주소서.

| **장보고 기념탑** | 나는 직접 보지 못했지만 원인 스님의 당나라 유학 때 큰 도움을 준 장보고의 은혜에 보답하고자 세운 탑이 연력사 경내에 있다고 한다.

안내판의 해설을 보니 '부처의 지혜에 의해 전교대사의 바람이 이루어지도록 부디 가호를 내리소서'라는 의미란다. 나로서는 시의 오묘함을 설명할 능력이 없어 무어라 평할 수도 없고 시 내용을 보아 무슨 감동이 찾아오는 것도 아니다.

그러나 일본인들에게는 다정하고 친숙한 이 시인을 통해 근본중당과 전교대사 최징을 다시 한번 마음속에 깊이 새길 수 있는 계기가 되고 있음만은 알겠다.

일본의 절집을 답사하다보면 이처럼 종교와 역사와 문학, 그리고 과거와 현재가 어우러지는 아름다운 장면을 많이 만나게 된다. 일본의 이런 모습이 언제나 부럽다.

이런 생각을 하며 겐지의 시비를 둘러본 다음 다시 장보고 기념탑이 있을 만한 곳을 찾아보는데 휴대폰이 울렸다. 내가 부른 택시가 왔다고 한다. 나는 할 수 없이 비안개를 헤치며 절문 밖으로 달려나갔다. 못내 아쉬워 주차장을 돌아나가는 택시 차창으로 비안개에 덮인 연력사를 뒤돌아보니 가을 단풍철에 다시 와 제대로 연력사를 보고 가라고 장보고 기념탑이 나에게 안 나타난 것인지 모른다는 생각이 들었다.

'청수의 무대' 전설은 그냥 이루어진 게 아니었네

교토 답사 일번지, 청수사 / 오사라기 지로의 『귀향』 /
사카노우에 장군 / 사카노우에 가문 / 에조 정벌 /
어원사가 된 청수사 / 청수사 마구간 / 개산당 / 사카노우에 초상 /
청수의 무대 / 28부중상 / 오토와 폭포 / 기요미즈 자카

교토 사찰의 상징, 청수사

책이라는 것이 묘해서 일본 답사기를 쓰니까 사람들은 내가 일본을 전공한 줄로 알기도 하고 일본의 명소를 국내처럼 많이 가본 줄로 알기도 한다. 그래서 주위 사람들로부터 일본에 관해 별의별 질문을 받기도 하는데 지난가을에는 사업하는 동창이 전화를 걸어왔다.

"유교수, 일본 잘 알지? 내일 교토에서 열리는 회의가 있는데 첫째 날은 가미가모 골프장에서 운동(골프)해야 하고, 둘째 날은 국제회의장에 쭉 있어야 하고, 셋째 날 오전에 회의 끝나면 점심 먹고 저녁 비행기로 돌아올 때까지 반나절 시간이 있거든, 난 교토가 처음인데 어디를 보고 오면 좋은가?"

| 청수사의 단풍 | 교토 답사의 일번지는 단연코 청수사라 할 만하다. 교토를 찾아오는 관광객이 1년에 약 5천만명이라는데 그중 1천만명이 다녀간단다. 특히 봄 벚꽃과 가을 단풍의 청수사는 교토에서 명장면으로 이름 높다.

　젠장! 이런 생초보 질문이 어디 있나 싶었다. 그래도 문화적으로 거의 문맹에 가까운 이 중생이 빡빡한 일정 중에 짬을 내서 문화유산 하나라도 보고 오겠다는 마음이 갸륵해서 이렇게 답해줬다.

　"청수사(淸水寺, 기요미즈데라)를 가봐. 일단은 청수사를 봐야 교토를 봤다고 할 수 있어."
　"거긴 뭐가 볼 만한데?"
　"경치가 아름다워."

"문화유산이 유명한 데가 아니고?"

"유네스코 세계유산에 등재된 유명한 절이야. 만약 경주에 처음 간 사
람이 반나절 어딜 다녀오면 좋으냐고 물어봤다고 치자. 당연히 불국사라
고 해야겠지. 잔소리 말고 다녀와. 맑을 청, 물 수, 절 사, 청수사."

"알았어. 택시운전사한테 '세이수이지' 가자고 하면 되겠지?"

"아니, '기요미즈데라'라고 해야 해."

"야, 이름이 길다. 암튼 고마워."

그리고 일주일 뒤 이 친구가 교토에 다녀온 뒤 전화를 걸어왔다.

"네 말대로 청수사에 다녀왔다. 그런데 왜 많이 걷는다고 얘기해주지 않았냐? 길은 좁고 자동차는 못 올라가지. 올라가선 산자락 한 바퀴 뺑 돌아서 나와야 하지. 사람은 왜 그렇게 많다더냐. 나 비행기 놓칠 뻔했다."

"미안해. 근데 어떻디?"

"야, 고맙다. 그 청수사 무대에서 내려다보는 경치는 진짜 통쾌하더라. 그리고 일본 단풍이 그렇게 예쁜 줄 몰랐다. 봄 벚꽃 필 때가 더 환상적이라더라. 집사람하고 봄에 가기로 했어. 그때까지 네 교토 답사기 나오겠지?"

이처럼 생초보 답사객의 심금까지 울릴 수 있는 절이 청수사다. 교토를 찾아오는 관광객이 1년에 약 5천만명이라는데 그중 1천만명이 다녀간단다. 휴일엔 5만명, 평일엔 1만명 정도라니 교토 답사의 일번지는 단연코 청수사라 할 만하다.

오사라기 지로의 『귀향』

교토에 있는 수많은 절 가운데 청수사가 가장 인기있는 것은 무엇보다도 자리앉음새, 이른바 로케이션(location)이 탁월한 덕분이다. 그 자리앉음새는 영주 부석사 무량수전과 비견할 만하다. 우리의 최순우(崔淳雨) 선생이 「부석사 무량수전」이라는 수필에서 '무량수전 배흘림기둥에 기대서서 멀어져가는 산자락을 바라보며 사무치는 마음으로 조상님께 감사드렸다'는 명구가 우리에게 '사무치는 그리움'으로 다가왔듯이 일본

| 청수의 무대 | 청수사는 본래 절집이 들어앉기에는 부적절한 자리에 있으나 벼랑의 가파름을 역으로 이용해 넓은 무대를 설치함으로써 깊은 산속의 아름다움과 넓게 트인 호쾌한 전망을 모두 갖게 되었다. 이로써 주변 풍광을 절집으로 끌어들인 '청수의 무대'라는 전설을 낳았다.

의 유명한 소설가인 오사라기 지로의 『귀향』에서 묘사된 청수사는 일본
인들에게 그런 감동을 주었다고 한다.

소설의 주인공은 패전의 상실감에 차 있는 일본인들에게 청수사 같은
문화유산이 건재하지 않느냐며 다음과 같이 독백조로 말하고 있다.

늦은 봄에 청수의 무대에서 시가를 내려다보고 있으면 마치 거짓
말같이 보랏빛 아지랑이가 비껴 있고 여기에 석양빛이 비쳐 금가루를
뿌려놓은 것같이 보였다. 눈이 부시는 듯한 아름다움에 마음속으로
놀란 일이 있었다. 그 보랏빛은 순수한 일본식 그림물감의 빛이었고,
흐릿하게 뭉개놓은 듯 차분히 부드러운 가락이, 그(주인공)가 돌아다닌
외국의 그 어느 곳에서도 보지 못한 것이었다.

이보다도 채색이 풍부하고 변화가 있는 하늘이나 구름은 대기가 건

조한 지중해 해안에서도 볼 수 있었다. 그러나 이처럼 선명하게 짙고 부드러운 빛의 아지랑이가 지상의 절들의 큰 지붕이며 새 빌딩의 그림자 덩어리처럼 보여, 하늘에 가로 비껴 있는 우아한 풍경은 확실히 일본이 아니고서는 볼 수 없다.

아지랑이 위에 있는 서산의 봉우리와 높은 하늘에는 아직 석양빛이 넘쳐 있어 지상으로부터 어두워오고 있었다. 아지랑이 빛이 변하면서 거리는 불빛이 반짝이기 시작했다. 그야말로 바둑판처럼 놓인 평탄한 도시이다. 이런 장쾌한 조망을 가지고 있기 때문에 청수사는 아직 죽지 않고 있다.

과연 일본인들의 심금을 울리기에 충분한 명문장이다. 청수사는 특히 석양이 아름답다. 그것은 청수사가 가파른 산자락 위에 서향으로 앉아 있기 때문이다.

청수사를 창건한 사카노우에 장군

청수사는 본래 절집이 들어앉기에는 부적절한 자리에 있다. 그러나 이 절을 지은 건축가는 본당을 앉히면서 벼랑의 가파름을 역으로 이용하여 무려 139개의 기둥이 떠받치는 넓은 무대를 설치함으로써 본당을 남향으로 돌려 앉혔다. 이로써 깊은 산속의 아름다움과 넓게 트인 호쾌한 전망을 모두 절집으로 끌어들여 '청수의 무대'라는 전설을 낳은 것이다.

청수의 무대는 이를 떠받치는 나무기둥들이 못 하나 사용하지 않고 전후좌우로 견고히 조합되어 있다는 인공의 공교로움 때문에 더욱 감동적이다. 이것이야말로 자연지형의 가치를 극대화한 건축적 사고의 승리라고 할 수 있다.

청수사는 관광객들만 좋아하는 절이 아니다. 어쩌면 교토 사람들이 더 사랑하는 공간인지도 모른다. 가와바타 야스나리의『고도』에서도 남자 주인공이 어디론가 놀러 가자고 하자 여자 주인공이 자신은 석양의 청수사를 좋아한다며 그쪽으로 발길을 옮기는 장면이 있다.

시내에서 멀지 않아 접근성도 좋고, 산사지만 높지도 낮지도 않은 자리에 위치해 있다. 어느 쪽에서 올라오든 고색창연하고 아기자기한 가게가 즐비한, 전통이 살아 있는 언덕길로 들어온다. 청수사로 오르는 길가는 예나 지금이나 축제의 분위기가 넘쳐흐른다.

그리고 교토가 입이 닳도록 자랑하는 사계절의 아름다움, 봄에는 벚꽃, 여름엔 신록, 가을엔 홍엽 단풍, 그리고 겨울엔 흰 눈으로 청수의 무대는 늘 환상적인 새 옷을 갈아입는다.

여기에다 교토 사람, 또는 일본 사람들이 좋아하는 또 하나의 특별한 요소는 비불인 십일면관음보살상의 영험이다. 그 때문에 일부러 기도를 드리러 찾아가는 명찰이다.

이처럼 오늘날 하나의 전설이 된 '청수의 무대'는 단기간에 만들어진 것이 아니라 오랜 역사의 연륜 속에서 이루어졌으며 그 전설의 시작은 이 절을 창건한 사카노우에노 다무라마로(坂上田村麻呂, 758~811) 장군이다. 그는 백제계 도래인의 후손이었다.

소리샘의 맑은 물과 청수사 창건

청수사는 교토시 히가시야마 36봉 중 기요미즈산(淸水山) 서쪽 중턱에 있다. 이 산에는 맑은 샘물이 있어 '청수산'이라는 이름을 얻었고 그 샘물이 낙차를 이루어 떨어지면서 소리를 낸다고 해서 오토와산(音羽山)이라고도 불린다. 청수사는 바로 이 맑은 물이 소리내며 흘러 떨어지는 작은 오토와 폭포[瀧] 자리에 세워졌다.

청수사는 헤이안쿄 천도 직전인 8세기 후반, 일본 역사상 최초로 정이대장군(征夷大將軍, 세이이타이쇼군) 칭호를 받은 사카노우에노 다무라마로가 젊은시절 발원하여 창건한 절이다. 그의 집안은 대대로 야마토 정부에서 군사를 담당해온 백제계 도래인 가문이었다.

아스카시대의 백제계 도래인들은 각 성씨마다 독특한 기술과 문명을 갖고 야마토 정부에 종사했다. 문서는 후미씨(文氏), 예능은 히라타씨(平田氏) 하는 식이었는데 그중 군사를 담당한 집안이 사카노우에씨(坂上氏)였다(『나의 문화유산 답사기』 일본편 2권 77~80면 참조).

사카노우에 집안은 청수사 아랫마을에 살고 있었다. 당시 이 일대는 한반도 도래인들, 특히 고구려인들이 많이 살고 있었다. 다무라마로는 가업을 이어받아 군에 복무했다. 그가 근위대 간부[將監]로 있을 때의 얘기다. 임신한 아내의 영양보충을 위하여 사슴 한 마리를 사냥해 집으로 돌아오는데 산중에서 아름다운 물소리가 들려 찾아가보았더니 샘물이 소리를 내며 떨어지는 자리에서 불경

| 십일면관음보살상 | 교토 사람, 또는 일본 사람들이 청수사를 좋아하는 특별한 또 하나의 이유는 비불인 십일면관음보살상의 영험이다. 그 때문에 일부러 기도드리러 찾아가는 참배객도 많은 명찰이다.

읽는 소리가 들렸다. 연진(延鎭, 엔친)이라는 스님이었다.

연진은 어떤 장로[行叡]가 자기에게 십일면천수관음상을 깎아 봉안하라고 신령스런 나무를 주고 갔는데 아마도 관음의 화신(化身)인 것 같아 여기에 절을 세우려고 기도하고 있다고 했다.

사카노우에가 집에 돌아와 아내에게 이 이야기를 들려주자 아내는 자신의 건강을 위해 살생의 죄를 범한 것을 참회하기 위한 절을 세우자고 했다. 이에 사카노우에는 연진 스님과 힘을 합쳐 2년 만에 청수사를 세웠다. 그때 사카노우에의 나이는 22세, 780년이었다(『今昔物語集』).

에조 정벌과 정이대장군

781년 간무 천황(재위 781~806)이 즉위하면서 사카노우에의 신상에도 큰 변화가 일어난다. 피로 얼룩진 왕위계승전 끝에 등극한 간무 천황은 정국을 안정시키기 위하여 두 가지 극약처방을 내렸다. 하나는 수도를 옮기는 '신경조작(新京造作)'이었고 또 하나는 동북지방에서 일어난 에조족(蝦夷族, 아이누족)을 토벌하는 '에조 정벌'이었다.

그러나 이 두 프로젝트는 번번이 난관에 부딪혔다. 천도 계획에 따라 나가오카쿄를 수도로 정했는데 해괴한 일들이 벌어지고 무수한 사람들이 죽었고 천황은 원령의 저주 때문이라며 나가오카쿄를 포기하고 794년에야 헤이안쿄로 천도하게 되었다.

에조 정벌은 혼슈(本州)의 가장 북쪽 이와테현(岩手縣) 육오국(陸奧國)에 사는 에조족의 반란을 진압하려는 작전이었다. 이들은 본래 일본 열도의 원주민이었으나 오늘날의 아오모리(青森)까지 점점 북방으로 밀려나, 말하자면 자치주를 이루고 살았는데 정부의 가혹한 세금과 간섭에 반발하여 난을 일으켰다. 에조 정벌을 위해 788년 5만 군사가 출동했다.

그러나 진압에 실패하고 병력만 큰 손실을 입고 돌아왔다.

그로부터 9년 뒤인 797년, 사카노우에가 에조를 정벌하는 정이대장군에 임명되었다. 이때 처음 생긴 이 호칭은 훗날 막부 시대로 가면 줄여서 '쇼군(將軍)'이라 부르게 되었다.

그는 출정을 준비하는 한편 부처님께서 전쟁을 승리로 이끌어줄 것을 소원하며, 798년 금색의 8척 십일면천수관음상을 조성해 봉안하고 '청수사'라는 현판을 걸었다.

801년 사카노우에 정이대장군은 10만 대군을 이끌고 출병했다. 그는 지금의 이와테현에 이사와성(膽澤城)을 축조하고 본격적으로 토벌 작전에 들어갔다. 그러자 이듬해 에조족의 두 족장이 전쟁을 포기하고 항복했다. 이 두 족장은 어차피 승산 없는 전쟁에서 동족의 인명피해를 줄이기 위해 항복했던 것이었다.

그리하여 사카노우에는 큰 싸움을 하지 않고 개선(凱旋)할 수 있었다. 그가 헤이안쿄로 들어올 때는 나성문 앞에 개선장군의 입성을 맞이하는 인파로 가득했다고 한다.

왕실 원당 사찰이 된 청수사

사카노우에가 창건할 당시 청수사는 아주 작은 씨사에 불과했다. 그러나 805년 개선하고 돌아와 조정에 청을 올리자 천황은 넓은 사찰 부지를 하사하고 왕실의 원당(願堂) 사찰로 삼았다. 이리하여 청수사는 씨사에서 어원사(御願寺, 즉 왕실 원당 사찰)로 격상되었다.

청수사는 이렇게 명성을 얻게 되었고 국민적 영웅 사카노우에의 인기에 힘입어 찾아오는 참배객이 줄을 이었다. 그리고 정이대장군의 전승(戰勝)은 청수사 십일면관음보살의 영험 덕이었다고 소문이 나면서 줄

지어 찾아오는 참배객들이 '바람결에 휘날리는 풀잎 같았다'고 한다.

이후 사카노우에 다무라마로는 편안히 살다가 811년 53세로 세상을 떠났다. 기록상에 그가 마지막으로 등장하는 것은 서거하던 해 1월에 발해에서 온 사신을 초대하여 연회를 베푼 것이었다. 그는 진실로 자랑스러운 도래인 후손이었다. 청수사 위쪽 산길로 뚫린 '히가시야마 드라이브웨이'를 타고 올라가다보면 산마루 쪽에 장군총이 있는데 이것이 그의 무덤이라고 전한다.

이후 청수사는 소실과 재건, 파괴와 복원을 거듭했고 오늘날 우리가 보고 있는 모습은 에도시대인 1633년에 재건된 것이다. 청수사가 유난히 전화에 휩싸인 것은 창건 당시 나라의 흥복사 말사로 지정됐기 때문이다. 그때만 해도 흥복사의 사세가 막강했기 때문에 그것은 안정적인 지위인 셈이었다.

그러나 연력사가 상주 승려 1500명에 승군까지 조직할 정도로 세력을 갖추어 흥복사와 '남도북령'으로 대립하면서 청수사는 갈등의 틈바구니에 끼게 되었다. 1113년 청수사에 소속된 기온사(야사카 신사)의 주지 임명을 놓고 싸움이 격렬하게 일어났다. 이때 히에이산 승병들이 난입하여 청수사에 불을 지르고 파괴했다.

그리고 1467년 '오닌의 난' 때 청수사는 완전히 소실되었다. 이 난은 오닌 원년에 일어나 붙은 이름인데, 지방장관으로 임명된 슈고 다이묘(守護大名)들의 세력이 커지면서 동군(東軍)과 서군(西軍)으로 편이 갈려 전국을 전쟁터로 만들었다. 이 난리는 승자도 패자도 없이 끝났지만 이후 일본 열도엔 하극상의 열풍이 일어나 힘있는 자가 무력으로 영주가 되는 전국(센고쿠)시대로 들어갔다. 오다 노부나가가 그때 등장한 대표적인 센고쿠 다이묘(戰國大名)였다.

오닌의 난이 10년간 계속되면서 교토의 고찰치고 이 난에 피해를 입지 않은 곳이 없었다. 도시 전체가 불바다가 되어 교토는 사실상 이후 다시 개조된 도시나 마찬가지였다.

기부와 권진의 차이

오닌의 난으로 소실된 청수사를 다시 일으킨 것은 원아미(願阿彌, 간아미) 스님이었다. 그는 난리가 끝나자마자 홍복사 본사로부터 권진승(勸進僧) 자격을 얻어 복원 자금 모집에 나섰다. 권진(勸進, 간진)이라고 함은 우리말의 기부 헌금, 시주를 뜻한다.

똑같은 행위를 일컫는 단어이지만 우리말에는 '바친다, 베푼다'는 뜻이 있고 일본어 권진에는 '권한다, 나아간다'는 뜻이 있다. 우리말의 기부(寄附)를 일본에서는 기진(寄進)이라고 한다. 일본어 표현은 수동이 아니라 능동이다.

그런 적극적인 권진을 위해서는 인물의 사람됨이 중요했다. 나라 동대사에서 대불 주조라는 어마어마한 불사를 벌일 때 민중에게 명망 높은 도래승인 행기(行基, 교기) 스님이 추대되었음을 우리는 이미 보았다.(『나의 문화유산답사기』 일본편 2권, 257~58면 참조)

원아미 스님의 권진은 순조롭게 진행되어 1478년에는 불에 녹은 범종이 새로 주조되어 산사엔 종소리가 다시 울리게 되었다. 얼마 지나지 않아 본당과 청수의 무대도 제모습을 갖추었다. 그러나 그로부터 150년이 지난 1629년엔 뜻하지 않은 화재로 당탑가람이 완전히 불타버리고 말았다. 이번에 청수사 복원에 나선 것은 에도 막부의 3대 쇼군인 도쿠가와 이에미쓰였다. 그는 교토의 사찰 복원에 대단한 열성을 보였던 쇼군이다.

지금의 청수사는 기본적으로 이때 복원된 것이다. 당시 부족한 자금을 마련하기 위해 처음으로 본당에 비불로 모셔진 십일면관음보살상을

| **청수사 입구** | 청수사 초입에서는 돌계단 위에 우뚝 솟은 인왕문이 답사객을 맞아준다. 인왕문에 오르면 높직한 돌계단 위의 서문과 삼중탑이 겹쳐 보인다. 그런 식으로 우리를 절집으로 인도한다.

개장(開帳)했는데 예상외의 수입을 얻었다고 한다. 이 비불은 1738년 다시 한번 공개되었고 이후로는 33년마다 한 번씩 공개하고 있다고 한다.

그리고 1868년, 메이지 정부의 광포한 폐불훼석 때 청수사 역시 엄청난 피해를 입었다. 15만평이 넘는 청수사 부지 중 90퍼센트가 몰수되어 지금은 산속의 1만 4천평만 남게 되었다. 그래서 현재는 30여채의 당우가 가파른 산자락에서 머리를 맞대고 있다.

청수사의 마구간 앞에서

어느 때 가든 청수사 답사의 핵심은 청수의 무대가 있는 본당이다. 여기까지 오르려면 비탈길과 돌계단을 한참 지나야 한다. 청수사로 오르는 비탈길을 기요미즈 자카(清水坂)라고 한다. 상가가 즐비한 이 비탈길

| **마구간** | 인왕문 돌계단 옆에는 그 옛날 고관들의 말 다섯 마리가 동시에 들어갈 정도로 큰 마구간이 있다. 우마토 도메(馬駐)라고 불리는 이 건물은 단출한 맞배지붕 집으로 건물은 텅 빈 채 기둥들이 다섯 칸으로 분할되어 있다.

이 끝나는 지점에 이르면 돌계단 위로 우뚝 솟은 인왕문이 답사객을 맞아준다. 공원처럼 개방되어 있지만 여기부터가 청수사 경내다. 인왕문에 오르면 높직한 돌계단 위의 서문과 삼중탑이 겹쳐 보인다.

이렇게 청수사 초입에서 만나는 인왕문, 서문, 삼중탑은 모두가 주칠 기둥이어서 이 절이 예사롭지 않음을 과시하고 있다. 그러나 내가 더 눈길을 주는 것은 돌계단 옆에 있는 우마토도메(馬駐)라는 마구간이다. 한눈팔기를 잘 하는데다 큰 것보다 작은 것에 관심이 많고, 호기심이 강한 내가 거기를 그냥 지나칠 리 없다.

30미터나 되는 긴 건물로 안은 텅 빈 채, 말 다섯 마리가 동시에 들어갈 수 있도록 분할되어 있다. 말이 들어가기 쉽도록 기둥 사이가 10미터씩 세 칸으로 나뉘었다. 이름 그대로 말 주차장이다. 오닌의 난 때 불탄 뒤 바로 재건되었다고 하니 550년가량 된 옛 건물이다.

속이 훤히 들여다보이는 이 건물의 간결한 결구를 보면 일본 집들이 참으로 디자인적임을, 그리고 예외를 두지 않고 깔끔하게 마무리되는 특징이 있음을 여실히 확인할 수 있다. 마구간까지 이렇게 경영할 줄 아는 것이 일본문화이다. 그것은 동복사의 거대한 뒷간이 주는 감동과 비슷하다.

이 마구간은 일본인들에게는 각별히 친숙한 공간이란다. 그것은 일본의 대표적 연희인 노(能) 중에서 지금도 자주 공연되는 레퍼토리인 「유야(熊野)」에 이 마구간이 등장하기 때문이다.

내용은 이렇다. 유야는 헤이안시대 말기 권력을 장악했던 다이라노 기요모리(平清盛)의 아들인 무네모리(宗盛)의 애첩으로, 간토(關東) 지방에 살고 있는 어머니가 중병이라는 말을 전해듣고 위문을 가려 했으나 무네모리의 허락을 얻지 못하고, 청수사 벚꽃 구경의 동행을 요구받았다. 청수사의 마구간에 도착한 유야는 '부처님께 마음 깊이 어머니를 위해 기도드려야겠다'라고 독백한 다음 사람들 앞에서 어머니를 걱정하는 와카를 부른다. 이에 감동한 무네모리가 위문을 가도록 허락해주었다는 이야기이다.

이 유야 이야기를 모르고 청수사 마구간에서 느끼는 이방인의 감회란 「춘향전」을 모르고 광한루 앞에 선 외국인의 그것과 매한가지인 셈이다.

개산당의 사카노우에 초상

청수사는 히가시야마에 있기 때문에 절문이 남문이 아니라 서문이다. 서문 앞에는 삼중탑이 청수의 무대로 가는 길을 인도하고 있고, 한편에는 오닌의 난 이후 원아미 스님이 권진에 나서 청수사 재건의 첫 성과를 알렸다는 범종이 걸려 있는 종루가 있다.

매표소에서 표를 끊고 들어서면 개산당(開山堂)부터 보인다. 개산당은

| 개산당의 사카노우에노 다무라마로 초상조각 | 나는 사카노우에노 다무라마로가 도래인 후손이라고만 생각해왔는데 이 초상조각이 완연한 일본인 모습이어서 잠시 어리둥절한 적이 있다. 그러나 그는 일본인으로 당당히 살아갔으니 너무도 당연한 일이 아닌가.

전촌당(田村堂)이라는 이름도 갖고 있는데 원칙적으론 비공개라고 한다. 신청하면 볼 수 있다는 얘기겠지만 내 정성이 거기까지 미치진 못했다.

다만 도록으로 보고 만족할 따름인데, 여기엔 청수사 창건의 주역인 사카노우에노 다무라마로와 그의 부인, 그리고 연진 스님과 그에게 불목(佛木)을 내려준 장로 등 네 분의 목조각초상이 모셔져 있다. 에도시대 채색조각으로 미술사적으로 특별히 주목할 점은 없지만 사카노우에노 다무라마로의 초상을 보는 순간 잠시 당황스러웠다.

나는 평소 그가 백제계 도래인 장군이라고만 생각해 우리나라 사람과 닮았으리라 짐작해왔는데 이 초상조각을 보니 전형적인 일본인 무사상이 아닌가. 따지고 보면 그는 도래인 후손일 뿐 일본인 장군이었으니 당

| **사카노우에노 다무라마로 부인의 초상조각** | 개산당에는 청수사 창건의 주역인 사카노우에노 다무라마로와 함께 부인의 초상조각도 안치되어 있다. 후대의 조각상이지만 아주 정교하고 화려한 분위기가 있다.

연한 것이다. 일본에 가서 정착한 지 2백년도 더 되는 도래인 후손을 그냥 일본인으로 생각하지 못했던 것이다. 이후 나는 도래인 후손은 한국인이 아니라 일본인이라는 생각을 확고히 하게 되었다.

청수의 무대로 들어가기 전에 시간적 여유가 있다면 왼편에 있는 성취원(成就院, 국가명승)이라는 예쁜 정원을 보라고 권하고 싶다. 여기는 본래 권진 스님 원아미의 암자가 있던 곳으로 무로마치시대에 상아미(相阿彌, 소아미)라는 유명한 예술가가 정원으로 조영한 것을 에도시대에 당시 최고의 정원 설계가인 고보리 엔슈(小堀遠州)가 복원·보수한 아름다운 탑두(塔頭) 사원의 정원이다. 주변의 산세를 정원으로 끌어들인 차경식 정원으로 당대의 이름 높은 두 예술가의 손이 간 만큼 정교한 맛이 있다.

| 성취원 | 청수의 무대 왼편에 자리잡은 예쁜 정원이다. 주변의 산세를 정원으로 끌어들인 차경식 정원으로 당대의 이름 높은 두 조원가의 손이 가 정교한 맛이 있다.

다시 청수의 무대에서

개산당 바로 앞에는 굉문(轟門)이라는 작은 문이 회랑으로 연결되어 본당과 청수의 무대로 인도한다. 문 이름을 수레소리 요란할 굉(轟)자로 한 것은 여기서 받게 될 감동의 진폭을 암시한 것인가.

회랑을 지나면 모든 사람이 탄성을 지르며 본당은 아랑곳 않고 무대로 나아간다. 가서 난간에 기대어 눈이 휘둥그레지며 사방을 둘러본다. 멀리 앞산에는 자안탑(子安塔)이라는 삼중탑이 있어 청수사 경내가 거기까지 열려 있음을 말해주고 아래로 내려다보면 무대를 받치고 있는 나무기둥이 겹겹이 수직으로 뻗으며 낭떠러지를 이루는데 떨어지면 죽을 것 같아 무섭다.

그래서 과감한 결단을 두고 '기요미즈(청수)의 무대에서 뛰어내릴 셈 치고'라는 말도 생겼다고 한다. 실제로 청수사의 고문서에 따르면

| 오토와 폭포에서 올려다본 청수의 무대 | 청수의 무대는 이를 떠받치는 나무기둥들이 못 하나 사용하지 않고 전후좌우로 견고히 조합되어 있어 더욱 감동적이다. 자연지형의 가치를 극대화한 건축적 사고의 승리라고 할 수 있다.

1694년부터 1864년까지 170년간 투신 사건이 234건 발생했고 생존율은 85.4퍼센트였다고 한다.

다시 오른쪽으로 고개를 돌리면 교토 시내가 훤하게 한눈에 들어온다. 내가 '다케야리(죽창)' 같다고 비아냥거린 교토타워는 더욱 날카로워 눈이 찔릴 것만 같다. 그러나 낮은 기와지붕이 연이어가며 서산까지 멀리 전개되는 이 경관은 언제 보아도 감동스럽다.

그러면 엄청난 대공사가 따랐을 이 무대는 언제부터 세워진 것일까. 창건 당시부터라고 말하고 싶어하는 사람도 있지만, 현재까지 알려진 가장 오래된 문헌상의 기록으로는 12세기에 축국(蹴鞠, 오늘날 축구의 원형이 되는 공놀이)의 귀재였던 후지와라노 나리미치(藤原成通, 1097~1162)라는 사람이 부친이 본당에 들어가 예불을 드리는 동안 이 무대에서 공을 차며 높은 난간을 이리저리 뛰어다니자, 아버지가 화가 나 1개월간 부자간

| **「법연상인회전」의 부분** | 법연 스님의 일대기를 그린 이 두루마리 그림에는 본당을 향해 염불하는 스님이 그려져 있다. 그리고 스님 뒤에는 예불에 참가한 사람들이 정숙히 앉아 있는데, 난간 쪽에서는 흐트러진 자세로 딴짓하는 젊은이들이 에피소드로 처리되어 있다.

의 의리를 끊는 벌〔勘當〕을 내렸다는 일화에서 처음 등장한다.

　그림으로 확실히 보여주는 것은 14세기 전반, 지은원에서 정토종을 개창한 법연 스님의 일대기를 그린 「법연상인회전(法然上人繪傳)」(국보)이라는 유명한 두루마리 그림인데, 지금보다는 약간 규모가 작지만 청수의 무대가 나무기둥 결구에 받쳐져 있는 모습을 확인할 수 있다.

　이 그림을 보면 본당을 향해 염불하는 스님과 그 뒤에서 예불에 참가한 사람들이 정숙히 앉아 있는데, 난간에서는 흐트러진 자세로 딴짓하는 젊은이들이 에피소드로 처리되어 있다. 그때나 지금이나 젊은이들은 다 그렇게 자유롭다는 것을 보여준다.

　청수의 무대는 많은 참배객을 수용하기 위하여 본당의 앞을 넓힌 것으로 실제로 부처님께 바치는 가무(歌舞)가 공연되었다고 한다. 본당 앞에 앉아서 무대에서 벌어지는 춤 공연을 보는 장면을 상상해보니 이런 야외무대가 또 있을까 싶어진다.

호쾌한 본당의 28부중상

청수사의 본당은 이 무대 때문에 유명해졌지만 이 무대로 인해 관람객들이 본당을 소홀히 하고 마는 주객전도 상황이 벌어졌다. 사람들은 무대에서 바라보는 풍광에 취해 본당 안으로 들어가볼 생각조차 하지 않는 경우가 많다.

게다가 일본 절집의 법당은 귀신이 나올 것처럼 으스스하고 또 불상 가까이 접근하지 못하는 구조가 많아 그러려니 하고 지나치기도 한다. 게다가 이 본당의 불상은 33년에 한 번 공개하는 비불이라고 하니 감실 문이 닫혀 있을 것이 뻔하지 않은가.

그러나 청수사 본당은 우선 건물 자체가 대궐의 정전만큼이나 장대한 규모다. 전하기로는 간무 천황이 처음에 천도를 계획했다가 공사를 중단했던 나가오카쿄의 정전인 자신전(紫宸殿)을 옮겨왔다는 이야기도 있다.

본당 안은 어두워서 잘 보이지 않지만 28부중상(二十八部衆像)이라는 명작이 있다. 28부중상은 밀교에서 천수천안관음보살의 권속(眷屬)이라고 했으니 바로 이분들이 안쪽에 봉안된 비불을 수호하고 있는 것이다. 삼십삼간당의 1천 관음상에 비하면 규모가 작지만 일본 불상조각사에서 명작 중 하나로 꼽힌다.

신을 벗고 안으로 들어가 빠끔히 들여다보았지만 철망에 가려져 자세히 볼 수는 없었고 도판으로 확인해보았을 뿐인데, 삼십삼간당은 차렷 자세인 데에 비해 여기 있는 존상들은 무술동작 같은 포즈를 취하고 있어 동감(動感)은 오히려 이쪽이 강해 보였다.

| 청수사 본당에 늘어선 28부중상 | 본당 안에는 비불을 수호하고 있는 28부중상이 배치되어 있다. 어둠 속에 있어 잘 보이지 않지만 일본 불상조각사에서 명작 중 하나로 꼽힌다.

오토와 폭포에서

회원들은 좀처럼 청수의 무대를 떠나려 하지 않는다. 그럴 때면 나는 저편 산자락으로 건너가면 청수의 무대를 또 다른 시각에서 볼 수 있다고 기대를 한껏 주고 갈 길을 재촉한다. 청수의 무대를 돌아나오는 길에는 석가당, 아미타당, 오쿠노인(奧の院) 세 법당이 있어 한차례 들를 만하지만, 모두 생략하고 곧장 청수의 무대와 받침 기둥, 그리고 삼중탑을 한 컷에 담을 수 있는 포토 포인트로 간다. 청수사 안내책자에 나오는 사진은 거의 모두 이 자리에서 찍은 것이다.

　여기서 보는 청수의 무대가 진짜 청수사의 표정이다. 아름다워 좀처럼 발이 떨어지지 않지만 좁은 외길로 밀려오는 관람객들로 인해 우리가 거기를 오래 독차지할 수는 없는 일이다. 이제 아쉬움을 뒤로하고 곧게 뻗은 길을 따라 산자락을 돌아가면 길이 둘로 갈린다. 하나는 자안탑으로 가는 길이고 또 하나는 다시 서문으로 돌아나가는 길이다.

　자안탑은 본래 인왕문 앞에 있던 것을 무슨 이유에선지 1911년에 이쪽으로 옮긴 것으로, 아기의 순산을 기도하는 곳으로 인기가 있었다고 한다. 자안탑은 이미 무대에서 바라본 것만으로도 족하여 나는 아직 거

| **자안탑** | 자안탑은 본래 인왕문 앞에 있던 것을 1911년에 이 자리로 옮겼다는데, 순산을 기원하는 곳으로 인기가 있다고 한다.

기에 들러보지는 않았다.

서문으로 돌아나가는 아랫길로 들어서면 청수사의 기원이 된 소리 샘물이 떨어지는 오토와 폭포와 만난다. 가느다란 세 물줄기가 연못으로 떨어지는데 이 물은 약수로 마실 수 있단다. 그리고 세속에 전하기를 세 물줄기는 각각 지혜, 연애, 장수를 상징하는데 그중 두 가지만 선택해야지 욕심을 내어 셋을 다 마시면 오히려 불운이 따른다고 한다. 전설을 이렇게 재미있게 엮어놓으니 탐방객들이 줄을 서서 대나무 손잡이가 달린 쪽박으로 물을 받아 두 모금씩 마시고 나오느라 북적거린다.

사람들로 소란스런 오토와 폭포를 돌아서면 이내 청수의 무대를 받치고 있는 나무기둥들이 바로 눈앞에 나타난다. 나무는 느티나무이고 긴 것은 12미터나 된단다. 기둥은 평균 둘레 2.4미터의 16각형이다. 139개의 기둥이 가로세로로 정연하게 엮여 있는데 안쪽으로도 깊이 들어가

| **오토와 폭포** | 가느다란 물줄기 셋이 연못으로 떨어지는데 이 물은 약수로 마실 수 있다. 세 물줄기는 각각 지혜, 연애, 장수를 상징하는데 그중 두 가지만 선택해야지 욕심을 내어 셋을 다 마시면 오히려 불운이 따른다고 한다.

있어 청수의 무대가 허공으로 많이 나와 있었음을 알 수 있다.

결구를 보니 가로세로로 어긋나게 물린 것이 여간 야무져 보이지 않는다. 마냥 바라보다가 또 올려다보며 그 공교로움을 감상하고 있자니 인간은 참으로 못하는 일이 없는 무서운 존재라는 생각이 들기도 하고, 건축이라는 장르는 참으로 위대하다는 생각도 든다. 청수사 답사는 여기서 끝난다.

에조족의 두목 비석 앞에서

청수사의 답사는 이처럼 처음과 끝이 청수의 무대이다. 그러나 사찰 밖으로 나가기 전에 한 군데 더 들를 데가 있다. 길가 왼편 위쪽으로는 읽기조차 힘든 '아테루이(阿弖流爲)와 모레(母禮)의 비'라는 비석이 있다. 이는 사카노우에 정이대장군이 에조 정벌 때 데리고 온 에조족의 두 족장 이름이다.

전쟁 피해를 줄이기 위해 항복한 이 족장들을 조정에서 다시 고향으로 돌려보내 그들로 하여금 동족을 다스리게 할 것으로 사카노우에 장군은 생각했다. 그런데 정부는 끝내 그들을 처형하고 말았다. 그것은 참으로 잘못된 결정이었고, 잔인한 처사였으며, 사카노우에노 다무라마로로서는 미안하기 그지없는 일이었다.

1994년, 헤이안 천도 1200주년을 맞는 해에 교토에서는 여러 행사가 있었다. 청수사에서는 그때의 일을 사죄하는 뜻으로 추모비를 세운 것이다.

아테루이는 일본 역사책에서 악로왕(惡路王)이라고 쓰이기도 했다. 그러나 이 비석에서는 "북천(北天, 도호쿠東北 지방)의 영웅(雄)"이라고 했다. 비석은 넓적한 자연석 한가운데를 반듯하게 다듬은 다음 거기에 그들이 살던 도호쿠 지방의 지도를 그려넣고 두 사람의 이름을 돋을새김으로 크게 새겨넣었다.

이후 일본에선 에조족에 대한 사과가 연고지마다 이어졌다고 한다. 2007년, 그들의 처형식이 벌어졌던 오사카의 마키노(牧野) 공원에는 두 사람의 무덤이 만들어졌고, 그들이 살던 이와테현에도 기념비가 세워졌다고 한다. 그 모두가 1200년 만의 사죄인 것이다.

한일 관계에서 식민지지배에 대한 일본정부의 사죄가 지금도 문제이다. 2002년 아키히토 천황이 '통석(痛惜)의 염(念)을 금치 못한다'고 말한 것으로 일본은 사죄를 다했다고 생각하는지 모른다. 그러나 사죄란 가해자가 일방적으로 하는 말이 아니라, 피해자가 그것을 받아들일 수 있을 만한 진정성이 있을 때 의의가 있는 것이다. 이후 일본의 행태를 보면 '일본은 사죄할 줄 모르는 민족'이라고 의심하게 만들고 있다. 이 비

| **아테루이와 모레의 비** | 사카노우에 정이대장군이 에조 정벌 때 데리고 온 두 족장을 기린 비석이다. 당시 백성들의 피해를 줄이기 위해 항복한 두 족장을 처형한 것에 대한 사과의 뜻을 담아 세워졌다. 무려 1200년 만의 사과이다.

석은 그렇지만은 않음을 말해준다. 비록 긴 시간이 걸리겠지만 언젠가는 할 거라고 믿고 기다려주는 것이 오히려 우리의 대범함을 보여주는 길이 아닐까 싶다.

기요미즈 자카의 인파 속에서

청수사 답사를 마치면, 기요미즈 자카를 내려오면서 일본인들의 생활문화를 엿보는 답사의 또 다른 즐거움이 시작된다. 비탈길 양옆으로 도자기, 부채, 염색 비단, 인형, 문방구 등 갖가지 교토 특산품을 파는 작고 오래된 상점들이 줄지어 있다.

기요미즈 자카는 언제나 오가는 인파들로 북적인다. 외국인 관광객과 일본인 젊은이들이 많아 젊고 싱싱한 활기가 넘친다. 서울로 치면 인사동과 비슷하다고나 할까. 가다가 맛있는 화과자, 당고, 단팥죽, 모찌를 사먹을 수도 있고, 도자기 가게에서 예쁜 그릇을 하나 살 수도 있고, 찻집에서 차를 마실 수도 있다. 교토에서 가장 번화한 시조-가와라마치나 기온 거리보다도 여기가 훨씬 볼거리도 많고 물건 값도 싸며 재미있다.

이 길은 산넨 자카, 니넨 자카, 야사카로 이어지며 가다보면 법관사 오중탑, 고대사를 거쳐 야사카 신사에 다다른다. 바로 거기가 유곽의 거리〔花街〕라 불리는 기온 거리이다. 기온에는 또 지은원, 건인사, 마루야마 공원이 있다. 이것이 교토가 자랑하는 히가시야마 지구이다.

문화재 주변환경을 이처럼 활기차고 아름답고 정겨운 공간으로 가꾸는 자세는 배울 만하다. 문화재청장 시절 일본 문화청을 방문했을 때 관계자에게 이 거리에 관한 자료집이 있느냐고 물었더니 아주 좋은 책이 이미 나와 있다고 알려주었다. 니시카와 고지(西川幸治)의 『역사의 마을: 교토편(歷史の町竝み: 京都篇)』(NHK Book 1979)이었다. 이를 읽어보니 이 길은 그냥 저절로 이루어진 것이 아니었다. 관과 민이 뜻을 맞춘 결과였다.

대대로 이어가는 노포

기요미즈 자카는 찻집〔茶屋〕의 거리로 시작되었다고 한다. 무로마치 시대 문화의 3대 상징은 노(能), 렌가(連歌), 그리고 차 마시기(茶の湯)였다. 일본의 찻집 거리〔茶屋街〕라면 기온 거리가 첫째로 꼽히고 여기가 둘째였다고 한다. 17세기 말 문헌에 의하면 당시 기온 거리에는 찻집이 106헌(軒), 청수사 문전 마을은 71헌이 있었다고 한다.

그리고 여기는 교토 도자기〔京燒〕를 대표하는 기요미즈야키(淸水燒)의 산실로 15세기엔 다완이 유명했고, 에도시대엔 닌세이(仁淸)가 색회

| 인파로 북적이는 기요미즈 자카 | 기요미즈 자카는 언제나 오가는 인파로 북적인다. 길 양옆으로 도자기, 부채, 염색 비단, 인형, 문방구 등 갖가지 교토 특산품을 파는 작고 오래된 상점들이 줄지어 있다.

도기(色繪陶器)를 개발해 지금도 명성을 유지하고 있다. 그래서 청수사의 또다른 진입로가 자완 자카(茶わん坂)라는 이름을 갖고 있다.

　이곳은 청수사를 찾는 참배객들이 끊이지 않아 수요 증가에 맞춰 잡화점과 식당이 들어서면서 상가를 형성하게 되었는데 결국 오늘날 같은 번화가가 된 것은 1970년 오사카 만국박람회 때 외국인들과 도쿄 등 전통을 잃어버린 대도시 사람들이 이 오래된 동네 분위기에 매료되면서부터라고 한다. 서울의 고서점·표구점·문방구점·화랑의 거리이던 인사동이 1988년 서울올림픽을 계기로 전통 관광 거리로 변한 것과 마찬가지 현상이다.

　그런데 여기는 인사동같이 변질되지 않고 옛 전통 상가들이 그대로 남아 있다는 점이 달랐다. 상권이 발달하면 급증하는 수요에 맞추어 증축하거나 신식 건물을 짓게 마련인데 그렇지 않았다. 옛날 그대로 옛 건

| **기요미즈 자카의 풍경들** | 기요미즈 자카는 인사동같이 변질되지 않고 옛 전통 상가들이 그대로 남아 있다. 옛날 모습 그대로 옛 건물에 있는 상점이 많다. 대대로 그 자리에서 가게를 이어가는 노포에서 나는 일본인들의 자기 직업에 대한 자부심과 의무 같은 것을 읽게 된다. 오른쪽 하단이 시치미야 노포이다.

물에 있는 상점이 많다. 대대로 내려오는 가업을 필사적으로 지키는 일본인들의 전통에 대한 자부심 덕이었다.

일본에선 오래된 전문 상점을 노포(老舗)라 쓰고 '시니세'라 읽는데, 그냥 오래된 것이 아니라 한자리에서 4대, 5대를 이어가며 집안의 전통을 이어가는 전문 상점을 말한다. 단팥죽 장사를 해도 남에게 꿀릴 것 없이 당당히 살아가는 일본인의 생활 자세는 부럽고 배울 만하다.

모두가 그 전문성을 높이 사고 장하게 생각해준다. 이거 해서 돈 벌면 때려치우고 딴것 하겠다는 자세나, 내 자식은 큰돈 되지 않는 이런 일을 시키지 않겠다는 마음으로는 전통이 지켜지지 않는다. 전문인의 자부심, 장인정신을 존중하는 자세가 낳은 전통이다. 그것이 바로 현대 일본을 경제대국으로 성장시킨 정신적인 하나의 원동력이었다고 생각된다.

문화재 주변환경의 수경

기요미즈 자카를 조금만 내려가다가보면 왼쪽에 대표적인 시니세인 '시치미야(七味屋) 노포'가 나온다. 여기서 꺾어 들면 가파른 비탈길이 나오는데 이 길을 산넨 자카라고 하며 한자로 '산영판(産寧坂)' 또는 '삼년판(三年坂)'이라고 쓴다. 옛날 아녀자들이 순산을 기원하기 위해 청수사 자안탑에 오르던 고개란 얘기이고, 이 비탈에서 넘어지면 수명이 3년씩 준다는 속설이 있다. 요는 조심해서 걸으라는 것이다.

이 길에는 오래된 집들이 이어져 있다. 이런 동네를 일본에선 마치나미(町竝み)라고 한다. 서울의 가회동 북촌 같은 곳이다. 마을 구조는 달동네 같은데 집들이 한결같이 전통 가옥이면서도 현대적인 분위기가 있고, 현대적인 가옥이면서도 전통의 분위기가 섞여 있다.

이 집들은 대개 메이지시대에 지어진 것이라고 한다. 정부가 절 땅을 몰수하여 재개발하면서 임대주택을 짓기도 하고, 중산층의 집들도 들어선 것이다. 화풍(和風, 일본풍)의 저택도 지어졌고 새로운 직종의 화이트칼라를 위한 모던한 집도 지으면서 전통사회에서 근대사회로 넘어가는 생활상의 변화를 보여주는 마치나미가 되었다.

1970년대 들어 관광객들이 몰려들면서 지역민들은 이 마치나미를 지키기 위하여 '히가시야마 산책로를 지키는 모임'을 결성했고, 1972년 교토시는 산넨 자카 일대를 '특별보전수경지구(特別保全修景地區)'로 지정하는 조례를 정했다. 똑같은 목적이지만 우리나라 같으면 보존지구 또는 환경개선지구로 구분했을 것인데 이들은 수경지구라고 해서 '보전하면서 다듬는다'는 참으로 슬기로운 정책을 입안했다.

교토시에 위촉받아 보전수경사업계획을 입안한 주체는 1969년에 발족한 '보존수경계획연구회'였다고 한다. 교토대학 건축학 교실이 주도하면서 역사학·지리학·고고학·생물학 등 각 분야 연구자와 나중엔 시청 담당 공무원, 건축사, 토목기술자까지 합세했다고 한다.

이들이 보전수경계획을 위해 마을 주민들의 의식조사를 했는데 90퍼센트가 자기 집이 예스러움을 유지하여 교토다운 것으로 남기를 희망했다고 한다. 이에 교토시에서는 전통을 살리면서 현대적인 멋과 편의를 아우를 수 있는 몇개의 '지정양식'을 제시하고 집을 수리할 경우 일반 건축비에 추가되는 비용을 보조하는 방식으로 정비함으로써 오늘의 모습을 갖추게 되었다는 것이다.

전문가들의 자발적인 연구와 사회적 실천, 그 제안에 대한 관(官)의 수용, 그리고 이에 대한 민(民)의 이해와 협조가 어우러진 결과였다. 그래서 청수사에 와서 기요미즈 자카의 시니세와 마치나미를 볼 때면 마음속에 절로 이런 생각이 일어난다.

'청수의 무대' 전설은 그냥 이루어진 게 아니었네.

극락이 보고 싶으면 여기로 오라

우지 / 평등원과 봉황당 / 후지와라노 미치나가 / 말법사상 /
봉황당 아자못 / 봉황당 복원과 문화재 수리 / 아미타여래상 /
운중공양보살상 / 한중일의 문화적 전성기 / 범종 /
겐지모노가타리 박물관 / 대봉암 / 우토로 마을의 사연

헤이안시대의 별장지대 우지

교토 답사 두번째 날이면 나는 으레 우지(宇治)로 떠난다. 차(茶)로 유
명한 우지는 교토의 동남쪽 후시미 아래에 있는 아담한 전원도시로 시
내를 가로지르는 강이 정겹고 아름답다.

비와호에서 산골짝을 맴돌아 내려온 강물이 여기를 지나면서 우지강
이 된다. 강물은 맑고 수량이 풍부하며 물살도 급하다. 우지강은 교토에
서 내려오는 가모강과 만나면 더욱 큰 물줄기가 되어 오사카의 요도강
(淀川)으로 흘러들어 세토 내해(瀬戸内海)로 나아간다. 그 때문에 우지는
일찍부터 교토와 오사카를 물길로 잇는 교통의 요충지였다.

그리고 우지 나루터(宇治津)엔 일찍부터 다리가 놓여 육로로 나라에
가는 중요한 길목이 되었다. 강변에서 발견된 우지교 단비(斷碑)에 따르

| **우지 강변** | 차로 유명한 우지는 교토의 동남쪽 후시미 아래에 있는 아담한 전원도시로 시내를 가로지르는 강이 정겹고 아름답다. 강물은 히에이산 비와호에서 발원한 것이다.

면, 아스카시대인 643년, 도등(道登, 도토) 스님이 다리를 놓았다는 사실을 확인할 수 있다.

그리하여 헤이안시대로 들어오면 귀족들은 교토에서 그리 멀지 않고, 교통 편하고, 물 맑고, 풍광 수려한 이곳에 별장을 짓고 연회와 휴양의 장소로 삼았다.

지금도 우지엔 많은 별장들이 있다. 누구든 한 번쯤 제목은 들어보았을, 일본이 자랑하는 고대소설 『겐지 이야기(源氏物語)』의 마지막을 장식하는 '우지 10첩'의 무대가 여기다.

우지에는 유네스코 세계유산에 등재된 곳이 둘 있다. 하나는 우지가미 신사(宇治上神社)인데, 이 신사의 본전 건물은 헤이안시대의 건축으로 일본의 신사 건물 중 가장 오래된 것이다. 그리고 또 하나는 이제 우리가 찾아갈 평등원(平等院, 뵤도인)이다.

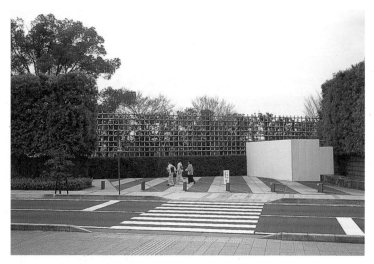

| **평등원 입구** | 평등원은 후지와라노 요리미치가 아버지에게 물려받은 우지의 별장을 사찰로 개조하면서 극락세계를 구현한 아미타당을 짓고 아미타여래상을 봉안한 곳이다. 들어가는 입구부터 일본 건축의 단정한 멋을 유감없이 보여준다.

극락세계를 구현한 평등원

평등원은 당시 실권을 쥐고 있던 권력가 후지와라노 요리미치(藤原賴通, 992~1074)가 1053년에 아버지에게 물려받은 우지의 별장을 사찰로 개조하면서 극락세계를 구현한 아미타당을 짓고 아미타여래상을 봉안한 곳이다. 평등원은 처음부터 극락세계를 이 땅에 구현한다는 엄청난 구상으로 기획되어서 건축·조각·회화·공예 모두가 당대부터 명작으로 이름 높았다. 평등원이 지어지고 얼마 안 된 12세기 일본에는 이런 동요가 나왔다고 한다.

극락이 의심스러우면 우지의 어당(御堂)을 찾아가보라
극락이 어떤 곳인가 궁금하다면 우지의 어당을 가보아라

| **평등원 봉황당** | 법당 안에 있는 조각과 벽화는 모두 일본의 국보이고, 건물의 용마루 양끝, 치미 자리엔 청동으로 만든 한 쌍의 봉황이 날갯짓하며 어디론가 날아갈 듯한 모습을 하고 있다. 오늘날 일본의 10엔짜리 동전에 나오는 건물이 바로 이 평등원 봉황당이다.

　우지의 어당이란 평등원의 아미타당을 말한다. 오늘날에도 이 명성은 그대로 이어져 법당 안에 있는 조각과 벽화는 모두 일본의 국보이다. 이 아미타당 건물의 용마루 양끝, 치미 자리엔 청동으로 만든 한 쌍의 봉황이 바야흐로 날갯짓하며 어디론가 날아갈 듯한 모습을 하고 있다. 이로 인해 이 건물은 봉황당(鳳凰堂)이라는 애칭으로 불리게 되었다. 오늘날 일본의 10엔짜리 동전에 나오는 건물이 바로 이 평등원 봉황당이다.

　평등원 봉황당과 소설 『겐지 이야기』는 헤이안시대 문화가 최고조에

달했음을 상징적으로 보여주는 문화유산으로, 모든 일본 역사·문화사·미술사 책에서는 한마디로 '후지와라시대 국풍문화'의 산물이라고 설명하고 있다.

섭관 정치와 후지와라시대

헤이안시대 400년 기간 중 9세기 중엽부터 11세기 중엽까지 200년간을 후지와라시대라고 한다. 후지와라씨가 국정을 주도했기 때문이다.

헤이안 천도를 감행한 간무 천황과 그 뒤를 이은 사가 천황은 귀족을 누르고 직접 국정을 주도했다. 그러나 이 기간 귀족들은 많은 장원을 거느리고 경제력을 바탕으로 세력을 키워왔다. 그중 후지와라씨는 다른 귀족들을 물리치고 천황가에 딸을 시집보내 외척으로서 정치에 깊이 개입하며 훗날 후지와라시대를 맞이하는 단초를 만들었다.

858년 세이와(淸和, 재위 858~76) 천황이 어린 나이에 등극하면서 그의 외할아버지 후지와라노 요시후사(藤原良房, 804~72)가 처음으로 섭정(攝政, 셋쇼)이 되어 실권을 잡았다. 천황이 성년이 되자 그는 관백(關白, 간파쿠)이라는 이름으로 권력을 장악했다. 이후 일본은 천황이 아니라 섭정과 관백에 의해 국정이 주도되었다. 이를 섭관(攝關, 셋칸) 정치라고 한다. 조선 말기 세도정치의 일본판이었다.

실질적인 최고 권력을 갖고 있는 섭관 자리를 차지하기 위해 귀족들 간의 다툼 또는 같은 집안 내의 경쟁이 치열하게 벌어졌고, 천황가에 딸을 시집보내고 외손자를 천황에 앉히기 위해 별의별 일들이 다 일어났다. 그러다 11세기 들어 후지와라노 미치나가(藤原道長, 966~1028)에 이르러서는 이런 갈등을 모두 청산하고 후지와라씨의 전성기를 맞으며 그 권세가 아들 요리미치까지 이어지게 되었다.

평등원은 바로 후지와라노 미치나가가 당시 좌대신(左大臣)이 갖고 있던 우지의 별장을 매입하여 시회(詩會)와 음악회를 즐겨 열었던 곳인데 그의 아들 요리미치가 이곳에 극락세계를 구현한 사찰을 세운 것이다.

후지와라노 미치나가

후지와라노 미치나가는 억세게 운좋은 권세가였다. 그는 다섯째 아들이었기 때문에 관백의 지위를 물려받을 가능성이 거의 없었다. 그런데 형들이 차례로 일찍 죽는 바람에 권력 다툼도 없이 30세에 자동으로 관백에 올랐다.

그는 딸 넷을 모두 천황가에 시집보내 세 명이 동시에 황후, 태황후, 태황태후가 되어 명실공히 최고실권자가 되었다. 셋째 딸이 황후로 책봉되던 날 미치나가의 저택에서 열린 축하연에서 그는 이런 즉흥시를 읊었다고 한다.

천하가 모두 나의 것이니 저 둥근 달처럼 모자람이 없어라

이 시는 후지와라가(家)의 영화가 극에 달했음을 말해주는 징표로 회자되었다. 그렇다고 그는 기고만장하고 허랑방탕한 권력자만은 아니었다. 천하의 인재를 불러모아 문화 융성의 기틀을 닦은 것으로 평가받았다. 그는 학예에도 뛰어나 33세부터 56세까지 쓴 자필일기 『어당관백기(御堂關白記)』 14권은 유네스코 세계기록유산에 등재되었을 정도다.

1019년, 53세의 미치나가는 병으로 아들에게 관백 자리를 물려주고 머리를 깎고 출가했다. 반년 뒤 동대사에서 수계를 받고 법명을 행관(行觀)이라고 했다. 만년의 미치나가는 교토 가모 강변에 절을 짓는 데 정력을 쏟았다. 지방의 여러 수령들이 이 권세가의 불사(佛事)를 적극 도와주어 1년 만에 아미타여래를 모신 무량수원을 낙성하고 법성사(法成寺)라 했다.

이후 미치나가는 법성사에서 스님으로 살며 1028년, 향년 62세로 세상을 떠났다. 그가 누린 영화를 생생히 전하는 『영화 이야기(榮花物語)』라는 책은 그의 임종 때 모습을 이렇게 전하고 있다.

구체(九體) 아미타불의 손과 자신의 손가락을 오색실로 연결하고,

서쪽을 향해 누워, 눈은 아미타여래를 바라보고, 귀는 염불을 듣고, 마음은 극락에 두고 있었다.

그의 영화를 상징하던 이 법성사는 사후 30년 되는 1058년에 화재로 전소되었고 지금은 그 자리에 병원과 학교가 들어서 있다.

말법시대의 도래

후지와라노 미치나가의 아들 요리미치 또한 아버지 못지않은 영화를 누렸다. 그러나 그가 아버지에게 물려받은 우지의 별장에 극락세계를 구현한 평등원을 지은 것은 그런 영화를 누리겠다는 뜻이 아니었다. 그때는 그럴 수밖에 없었던 기막힌 시대적 상황이 있었다.

당시 일본인들은 1052년을 불교가 말법(末法)시대에 들어가는 해라고 믿었다. 그해에 평등원이 착공되었다. 말법이란 불교경전(『법원주림 法苑珠林』)에서 부처의 가르침은 정법(正法)·상법(像法)·말법(末法)의 3단계로 쇠퇴해간다고 한 데에서 비롯한 것이다.

석가 열반 이후, 처음 정법시대는 석가의 가르침에 따라 수행하면 깨달음을 얻을 수 있으나, 상법시대에는 불교가 형식화되어 비록 가르침이 있지만 깨우침을 얻는 이가 드물고, 말법시대로 들어가면 가르침만 남고 수행도 깨우침도 없어 세상이 황폐해진다고 했다.

그 기간에 대해서 여러 설이 있는데 대개 석가가 열반에 든 후 정법 500년, 상법 1천년, 말법 1만년이라고 했으니 1052년은 바야흐로 말법이 시작하는 첫해다. 황당한 얘기 같지만 그때 사람들은 그렇게 믿었다.

우리나라에서도 불과 20년 전에 기독교계에서 종말론이 일어나 한바탕 '휴거' 소동이 일어난 적이 있다. '다가올 미래를 준비하라'는 말에서 이름을 딴 다미선교회에서는 1992년 10월 28일에 지구의 종말이 닥치며, 이날 믿는 자들은 하늘로 들림받는 '휴거(携擧, Rapture)'를 경험하게 된다고 주장했다.

「데살로니가 전서」의 "그리스도 안에서 죽은 자들이 먼저 일어나고, 그 후에 우리 살아남은 자들도 그들과 함께 구름 속으로 끌어올려(휴거) 공중에서 주를 영접하게 하시리니"(4장 16~17절)라는 말에 근거했고, 날짜는 노스트라다무스의 예언에 기초한 날이라고 한다.

신도들은 이 종말론에 빠져 재산의 태반을 다미선교회에 바치고 생업을 포기한 채 기도에만 몰두했는데, 그런 사람이 수천명에 달했다. 사회적 문제로 비화되자 검찰은 담당목사를 사기 혐의로 구속했으나, 신도들은 여전히 교회에 남아 10월 28일까지 휴거를 기다렸다는 황당한 사건이었다.

그러나 헤이안시대의 말법사상은 휴거와는 달랐다. 경전의 속뜻은 불교도들의 반성을 불러일으켜 새로운 각오로 불법을 구하라는 데 있었다. 정법·상법시대에는 가르침을 탐구하고 수행하면 되지만 말법시대는 참회와 염불이라는 실천적인 신앙생활에 임하라는 것이었다.

정치적·사회적 불안 속에서 일어난 이 말법사상은 정토교와 함께 일어났다. 일찍이 육바라밀사(六婆羅密寺, 로쿠하라미쓰지)의 공야(空也, 구야) 스님은 거리로 나서서 헌신적인 민중 구제 행각을 펼치며 아미타 정토사상을 포교했다.

그리고 연력사의 원신 스님 또한 아미타여래 사상을 설파하면서 귀족과 민중 모두에게 큰 호응을 얻었다. 그는 『왕생요집(往生要集)』이라는 저술을 펴내면서 말법사상을 전했는데 온 국민이 여기에 깊이 빠져들어 버린 것이다. 후지와라노 미치나가는 이 『왕생요집』을 애독했다고 한다. 이런 상황에서 평등원이 탄생한 것이다.

명작의 탄생, 우지 평등원

봉황당 건물은 유유히 흐르는 우지강과 나지막한 아사히산(朝日山)을 바라보며 동향으로 앉아 있다. 아미타여래가 서쪽에 앉아 이쪽을 바라보는 모습이다. 그 때문에 봉황당 앞에 있는 연못 건너편에서 바라다보는 것이 평등원의 뷰포인트이다.

옆으로 길게 펼쳐진 봉황당 건물은, 정가운데 정면 3칸의 중당이 중심을 이루고 좌우로 긴 회랑이 양날개를 기역자로 펴 좌우대칭을 이룬다. 중당 건물에는 상계(裳階)라고 불리는 일본 건축 특유의 속지붕이 있고 양쪽 회랑이 꺾이는 자리에는 낮은 누각이 있다. 그리고 중당 뒤쪽으로는 긴 미랑(尾廊)이 봉황의 꼬리처럼 길게 뻗어 있다.

이 중당, 회랑, 누각이 크기와 높낮이를 달리하면서 어우러지는 모습은 가히 환상적이다. 중당은 팔작지붕이고, 회랑은 맞배지붕이며, 누각은 우진각지붕이다. 특히 지붕의 곡선이 여느 일본 건물과 달리 우리 한옥의 부드러운 멋을 지니고 있어서 더욱 아름답게 다가온다. 회랑은 열린 공간으로 개방되어 열지어 선 기둥들이 일정한 간격으로 노출되어 있다. 그 날씬한 기둥의 행렬로 인해 아주 상큼한 느낌과 함께 봉황당은 대단히 화려한 인상을 준다.

봉황당 건물의 하이라이트는 중당의 속지붕 가운데를 살짝 들어올려 격자무늬 창으로 개방하고 그 안에 모셔진 아미타여래상이 밖으로 은은히 드러나는 모습이다. 한밤중 아미타여래상이 불빛에 드러나는 봉황당 모습은 상상만으로도 환상적이다. 봉황당 앞에는 연못이 있어 그 아름다움이 배가되었다. 건물이 연못에 거꾸로 비치는데 물결이 바람결에 가볍게 움직이면 봉황당은 연못 위 그림자와 함께 아래위로 어울리면서 유려한 율동을 보여준다. 가히 극락의 표정이라고 할 만하다.

| 봉황당의 야경 | 봉황당 건물의 하이라이트는 중당의 속지붕 가운데를 살짝 들어올려 격자무늬 창으로 개방하고 그 안에 모셔진 아미타여래상이 밖으로 은은히 드러나는 모습이다. 한밤중 아미타여래상이 불빛에 드러나는 봉황당 모습은 환상적이다.

봉황당 야자못

　일본의 사찰 건축에선 조경이 차지하는 비중은 아주 크다. 조경과 건축이 분리되어 있지 않다. 그리고 그 조경의 핵심은 나무의 배치와 연못이다. 당시 헤이안시대 귀족들의 집은 침전조(寢殿造, 중앙의 본채와 그에 딸

| **아자못 옛 모습** | 평등원의 연못은 자연스러운 곡선으로 넓게 퍼져 있고 그 가운데 섬을 만들고 봉황당을 앉혔다. 범어의 아(37)자와 비슷하다고 하여 아자못이라고 불린다. 봉황당이 극락의 표정이라는 명성을 얻게 된 데에는 이 연못이 큰 몫을 했다.

린 부속건물로 구성하는 양식)가 하나의 정형이었다.

현재 침전조 건축은 하나도 남아 있지 않지만 기본적으로 평등원처럼 복합적인 구성의 단일 건물로 침전(침실이 있는 건물)을 중심으로 하면서 양옆에 짧은 디귿자 모양의 회랑이 있고 그 앞은 연못과 동산으로 꾸며져 있다. 연못에는 아기자기한 섬과 다리가 있고 동산엔 아름다운 나무가 있어 침전에서 이를 보면서 자연을 즐기는 것이 기본 콘셉트였다.

평등원의 연못은 자연스러운 곡선으로 넓게 퍼져 있고 그 가운데 섬을 만들고 섬 위에 봉황당을 앉혔다. 이렇게 생긴 연못은 범어의 아(37) 자와 비슷하다고 하여 아자못〔阿字池〕이라고 한다. 이와 달리 형태가 길고 섬이 많은 연못은 대개 마음 심(心)자 형상의 심자못〔心字池〕이다.

봉황당 아자못의 진짜 의미는 구품연지(九品蓮池)이다. 불경에서 말하기를 극락의 입구에는 보배로운 연못인 보지(寶池)가 있어 인간이 극락으로 왕생할 때는 연꽃으로 변해서 극락의 연못에서 피어나 아미타여래의 마중을 받는다고 한다. 이를 내영(來迎)이라고 한다. 이때 극락에 왕생한 중생은 상품상생(上品上生)에서 하품하생(下品下生)까지 9품으로 나뉘기 때문에 이를 구품연지라고 한다.

그 때문에 봉황당 앞 연못은 구품연지라고 부르는 것이 맞으며, 그곳에 수련이 심겨진 뜻도 여기에 있다. 그리고 연못에 있는 섬과 구름다리는 당시 침전조의 친숙한 형식이 도입된 것이다. 정원수로는 일본 정원의 기본이라 할 벚꽃(사쿠라)과 홍엽 단풍(모미지)이 필요한 자리에 적절히 배치되어 있다.

봉황당 연못가의 늠름한 소나무, 앞쪽의 흐드러진 수양벚꽃, 뒤편 미랑의 단출한 단풍나무 한 그루, 그리고 관음당 앞의 화려한 등나무가 이 정원의 주역이다.

불국사 구품연지를 그리며

평등원 봉황당과 구품연지의 구성은 불화에서 간혹 볼 수 있다. 「구품만다라」「관무량수경변상도(觀無量壽經變相圖)」 같은 데 묘사된 극락의 모습들이 이와 비슷하다. 그러나 불화에서는 극락의 모습이 이처럼 생생하게 다가오지 않고 또 감동스럽지도 않다. 설명적이라는 인상을 줄 뿐이다. 회화라는 장르가 2차원 평면에 제한된다는 한계 때문일 것이다. 이에 반해 건축은 3차원의 공간을 직접 다루어 스케일이 실감나기 때문에 생생하고 드라마틱하다. 이럴 때면 건축이 회화보다 위대한 장르라는 생각이 들기도 한다.

평등원 봉황당 구품연지를 보면 나는 직업병처럼 불국사를 떠올리며 사라진 불국사 석축 앞의 구품연지를 아쉬워하게 된다. 불국사는

| **불국사 자하문** | 봉황당의 건물 구성은 불국사 자하문이 양날개를 펴 종루와 경루로 연결된 모습과 비슷하다. 그리고 불국사 석축 아래는 본래 봉황당과 마찬가지로 구품연지가 있었다.

1970년대에 복원할 때 석축 앞에 있는 구품연지를 복원하지 않고 흙으로 메웠다. 만약 구품연지에 비친 불국사의 석축을 보았다면 나는 지금 평등원 봉황당을 이렇게까지 예찬하지 않았을지도 모른다.

가만히 보자. 봉황당의 건물 구성은 불국사 자하문이 양날개를 펴 종루와 경루로 연결된 모습과 비슷하지 않은가. 거기에다 자하문은 높이 7미터의 높직한 석축 위에 올라앉아 있고 청운교·백운교의 돌계단 다리까지 있다.

문화재청장 시절 나는 불국사 구품연지를 어떻게 복원할 수 있을까를 곰곰이 연구해본 적이 있다. 연구원들의 보고에 의하면 원래의 석축이 땅속에 그대로 묻혀 있어 안압지를 복원하듯 구품연지도 복원할 수 있다고 했다.

그런데 이것은 통상 문화재청 예산으로 될 수 있는 일이 아니다. 정

| **벚꽃 핀 봉황당** | 아자못 주변으로는 봄이면 벚꽃이 흐드러지게 피어난다. 봉황당 연못 주위에는 이처럼 계절 감각을 느끼게 하는 나무들이 식재되어 있다. 연못에 비친 건물 모습이 환상적이다.

확한 고증과 이에 따른 관람 동선의 변경 등 대대적인 작업이 필요하다. 20년에 걸친 경복궁 복원계획처럼 특별예산을 배정받아야 하는데 예산 당국과 국회 예결위원회의 동의를 구하는 데 실패했다.

문화재 복원은 '불요불급한' 즉 크게 필요하지도 않고 크게 긴급하지도 않다는 인식이 팽배해 있다. 이것이 대한민국 문화 능력의 현주소다. '국가는 문화 창조의 가장 유력한 패트론(patron)'이라는 사실을 언제나 알게 될 것인가.

그때나 지금이나 정부의 예산 배정 우선순위는 '복지'에 있다. '복지' 자가 들어가지 않으면 통하지 않는다. 그래서 나는 농담으로 문화재청 이름을 '문화재복지청'으로 바꾸고 일하는 것이 빠르겠다고 냉소적 푸념을 하기도 했다.

허망한 공사 가림막

평등원 봉황당은 원형을 찾아서 끊임없이 복원되고 있다. 1902년에 '메이지 대수리(明治大修理)'가 있었고, 2001년부터는 구품연지에 대한 대대적인 발굴 조사가 있었으며, 최근의 '헤이세이(平城) 대수리'로 몇 년간 공사를 계속하여 2014년 4월 1일 다시 개관할 때까지 한동안 봉황당 건물은 거대한 가림막으로 둘려 있었다.

그런 줄도 모르고 재작년(2012) 봄, 회원을 모집하여 평등원에 갔을 때, 나도 그렇지만 회원들은 황당하여 입을 열지 못했다. 버스에서 내내 "극락이 보고 싶으면 우지의 평등원을 가보라"라는 동요를 얘기했는데 공사 가림막이라니, 얼마나 허망했겠는가. 나는 인솔자로서 뭔가 해명도 하고 위로도 할 필요를 느꼈다. 좋은 예가 떠올랐다.

건축가 민현식씨가 터키에 답사갔을 때 이스탄불의 성 소피아 사원을 보러 갔는데 마침 내부공사로 비계를 설치하여 그 유명한 돔의 구성을 볼 수 없었고 모자이크 벽화는 아예 가려놓았더란다. 그래서 밖으로 나와 외관만 둘러보고 있는데 안에 들어간 사진작가 강운구씨만 나오지 않아 한참을 기다렸다고 한다. 그래서 사람들이 "뭐 한다고 이제 나오십니까?"라고 탓했더니 강운구씨가 이렇게 대답하더라는 것이었다.

"소피아 사원 내부는 누구나 보겠지만, 공사 중인 소피아 사원을 본 사람은 몇이나 될 거 같아? 그런 걸 찍어야지."

그 말에 민현식씨는 역시 프로는 다르다고 무릎을 쳤단다. 내가 이 이야기를 마치자 그동안 허망하게 가림막을 바라보던 회원들이 너나없이 카메라를 꺼내들었다. 그러나 그것은 회원들을 위로하느라 한 말이었고,

268

| **봉황당 공사 가림막 현장** | 평등원 봉황당은 원형을 찾아서 끊임없이 복원되고 있다. 최근의 '헤이세이 대수리'로 2014년 4월 1일 다시 개관할 때까지 한동안 봉황당 건물은 거대한 가림막으로 둘려 있었다.

봉황당 내부의 아미타여래상은 평등원의 또 다른 진면목이 틀림없고 이를 보지 못한 것은 아쉬운 일이었다.

봉황당의 아미타여래상

봉황당 내부는 20분 간격으로 50명씩 제한하여 관람객을 입장시키고 있다. 내부로 들어가는 순간 우리는 또 한번 극락의 표정과 만나게 된다. 이번에는 건축이 아니라 조각과 공예다.

연화대좌 위에 상품상생인(上品上生印)을 하고 정좌해 있는 아미타여래상의 모습이 너무도 의젓하고 인간적이다. 가슴엔 살이 올라 풍만한 느낌을 주지만 당나라 불상처럼 육감적이지 않으면서 반쯤 뜬 두 눈에서는 살아 있는 듯한 생기가 느껴진다.

얼굴 모습 또한 현세적 인간상을 반영하고 있다. 이것은 중국식도 한국식도 아닌 국풍화된 일본 불상의 전형이다. 일본의 미술사가들은 이 불상의 아름다움을 '우아전려(優雅典麗)'하다고 표현하고 있다.

아미타여래상의 등 뒤는 아름답고 화려한 불꽃무늬 광배가 받치고 있다. 그리고 광배 위로는 이보다 훨씬 더 화려한 닫집(天蓋)이 금빛 찬란하게 빛나고 있다. 저 엄청나게 섬세한 투조(透彫) 세공은 금속 동판이 아니라 나무를 깎은 것이란다. 보면 볼수록 사람을 질리게 한다. 거기에 옻칠과 나전, 그리고 금박·은박을 가한 것이라니 그 기법의 공교로움에 더욱 찬사를 보내지 않을 수 없다. 일본미술의 디테일이 얼마나 강한가를 남김없이 보여준다.

봉황당 내부 사면에는 구품만다라가 벽화로 그려져 있다. 도비라(扉)라고 하는 문짝에 그린 이 그림들은 천년의 세월 속에 다 박락(剝落)되고 어느 시절엔가 낙서로 훼손된 부분도 보이지만 모두 일본 국보로 지정되어 있을 정도로 격조도 높고 귀한 보물이다.

봉황당 내부는 우리나라 건축과 마찬가지로 결구들이 다 개방되어 넓은 공간감을 자아낸다. 기둥과 보가 이루는 흰 회벽에는 52구의 보살상이 설치미술처럼 배치되어 있다.

그 모습 또한 환상적인데 마치 구름 속을 나는 듯하다고 하여 운중공양보살상(雲中供養菩薩像)이라고 한다. 높이 있어 그 디테일이 잘 보이지 않지만 그중 절반인 26구는 지금 보물관인 봉상관에 전시되어 있으니 우리는 거기에서 자세히 감상할 수 있다.

평등원 보물 전시실, 봉상관

2001년 3월에 개관한 평등원 보물관인 봉상관(鳳翔館)은 지하 1층, 지상 1층의 현대식 철근콘크리트 건물로, 봉황당의 외관을 다치지 않게 하

| 아미타여래상 | 봉황당 내부 연화대좌 위에 정좌한 아미타여래상은 너무도 의젓하고 인간적이다. 가슴엔 살이 올라 풍만한 느낌을 주고 반쯤 뜬 두 눈에서는 살아 있는 듯한 생기가 느껴진다.

| **봉상관 외부 모습** | 봉상관은 내가 일본에서 본 사찰의 보물관 중에서 가장 아름답고 훌륭한 건물이다. 평등원의 아름다움에 답한 21세기의 명작이라 할 만하다.

기 위해 평등원 뒤쪽 언덕을 깊이 굴착하여 세웠다. 전시실로 가는 지하의 긴 복도는 자연채광으로 유도되고 있는데, 전시실 안은 빛이 분산하는 '광(光) 파이버'라는 최신 조명기술을 구사하여 어둠 속에서 유물들이 빛나는 효과를 낸다.

봉상관은 내가 이제까지 일본에서 본 사찰 전시관 중에서 가장 아름답고 훌륭한 건물이다. 평등원의 아름다움에 답한 21세기의 명작이라 할 만하다.

지바(千葉)대학의 교수 구류 아키라(栗生明)라는 건축가가 설계한 것이라고 한다. 공사 가림막에 실망했던 회원들도 이 봉상관 건축과 거기에 전시된 유물들을 본 것만으로도 여기에 온 보람이 있다고들 했다.

| **봉상관 내부 모습** | 평등원 보물관인 봉상관은 지하 1층, 지상 1층의 현대식 철근콘크리트 건물로, 봉황당의 외관을 다치지 않게 하기 위해 평등원 뒤쪽 언덕을 깊이 굴착하여 세웠다.

봉상관의 운중공양보살상

전시장에 들어서면 봉황당 중당 안에서 본 운중공양보살상 26분만이 별도의 공간에 전시되어 있다. 전시 방법이 아주 특이하여 모든 보살들이 구름을 타고 내려오는 것처럼 진열되어 있다.

모두 목조 투각인데 구름 자락을 타고 앉아서 피리를 불기도 하고, 서서 춤추기도 하며, 조용히 합장하고 있기도 하다. 몸은 방향을 약간씩 틀어 동감(動感)이 절로 일어나고 천의 자락이 휘날리는 흐드러진 멋을 보여주기도 한다. 10여 보살상이 무리지어 있는 큰 진열장 앞에 서면 그 자세와 표정들이 한결같이 행복해 보인다.

모두가 아름다워 전시장을 맴돌면서 어느 작품 하나에 머물러 감상할 줄을 모른다. 이럴 때면 내가 잘 쓰는 교육법이 있다. 나는 26분 중에서 가장 예쁜 분 하나만 골라보라고 과제를 주었다.

| **봉상관 운중공양보살상** | 봉상관 전시실에 들어서면 봉황당 중당에서 본 운중공양보살상 26분만 별도의 공간에 전시되어 있다. 전시 방법이 아주 특이하여 모든 보살들이 구름을 타고 내려오는 것처럼 진열되어 있다.

봉상관을 나와 우리는 통유리로 밖이 훤히 내다보이는 휴게실에서 잠시 쉬어가기로 했다. 앉은자리에서 아까 내준 과제의 답을 수합해보니 제각각 다른 중에 '북(北) 10호'라는 번호가 붙은 조각이 압도적으로 많았다. 천의 자락을 몸에 감고 춤추는 보살상의 뒷모습을 조각한 작품이다.

| **운중공양보살상** | 운중공양보살상 26분 중 춤추는 보살상이 천의 자락을 휘날리며 뒷모습을 보이고 있는 조각과 다소곳이 악기를 타고 있는 보살상은 그 동감이 생생히 살아 있고 디테일이 아름다워 높이 칭송되고 있다.

전문화된 마스터의 등장

작년, 재작년에 걸쳐 나는 네 차례 회원을 모집해 아스카·나라·교토를 답사했는데, 앞으로 미술사로 전공을 바꾸겠다고 네 번 모두 참가한 학생이 있었다. 그에게 평등원을 본 소감을 말해보라고 하니 대답이 아니라 질문으로 되돌아왔다.

"선생님, 평등원 조각이 왜 이렇게 멋있는 거예요?"
"그건 무엇보다도 일본미술사의 전설적인 불사(佛師)인 조초(定朝)라는 뛰어난 불상조각가가 있었기 때문이죠. 종래의 목조불상들은 통나무를 이용했기 때문에 디테일이 살아나지 않은 한계가 있었는데 그는 여

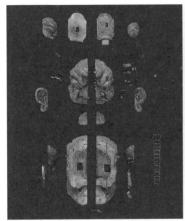

| 요세기 즈쿠리 기법 | 이 조각 기법은 대단히 섬세한 것이어서 형상을 여러 부분으로 나누어 조립하였다. 위 사진은 요세기 즈쿠리 기법의 한 예로 동대사 인왕상 얼굴 부분을 해체한 것이다.

러 목재를 결합하는 '요세기 즈쿠리(寄木造)' 기법을 구사해서 그것을 극복했어요. 이후 일본 목조불상들이 얼마든지 대작이 될 수 있는 길을 열어준 것이죠. 그는 불사로서는 처음으로 법안(法眼)의 지위에 올라 불상조각가의 사회적 지위를 한껏 높였어요. 그때 불상조각 공방까지 갖추고 있었고요."

"아틀리에 체제까지요?"

"그렇죠, 조초는 일본 불상 제작에서 처음으로 '불소(佛所)'라는 공방 체제를 갖추고 불상 제작을 전문화했어요. 조초 공방이 제작한 이 불상 양식을 일본미술사에선 '조초 양식'이라 부르고 있어요. 조초의 불소 공방은 이후 경파(慶派), 원파(院派), 원파(圓派)로 분화되어 더욱 발전해가는데 모두가 조초를 비조로 모시고 있어요."

"기술도 기술이지만, 선생님은 항상 그 시대의 문화 능력이라는 말을 많이 쓰시잖아요? 그때 일본에 이런 문화 능력이 있었어요?"

"물론이죠, 이 평등원을 세운 후지와라시대 말기가 일본 역사상 두번째로 맞이하는 문화적 전성기였어요."

한중일 삼국의 문화적 전성기

이렇게 얘기가 본격적으로 나올 기미를 보이니까 회원들이 모두 나를 둘러싸고 모여들었다. 나는 본의 아니게 강의를 시작하게 되었다.

"문화는 생물 같아서 생성·발전·쇠퇴의 과정을 밟아요. 그 발전이 절정에 다다랐을 때를 우리는 문화의 전성기라고 부르죠. 한중일 삼국의 역사에는 각기 문화의 꽃이 핀 전성기가 몇차례 있었는데 대충 300년마다 동아시아의 삼국이 거의 비슷한 시기에 문화적 전성기를 맞이했어요."

이쯤에 이르자 학생은 잠깐 기다려달라고 하고는 가방에서 공책을 꺼내 받아쓸 자세를 취한 후 내 얼굴을 뚫어져라 바라보았다. 나는 손가락을 꼽아가면서 삼국의 문화적 전성기를 나열했다.

"첫번째는 8세기, 중국은 이태백과 두보로 상징되는 당나라 현종시대, 한국은 석굴암과 에밀레종을 낳은 통일신라 경덕왕시대, 일본은 동대사 대불과 흥복사 불상이 보여주는 덴표시대죠.

그리고 300년쯤 지난 11~12세기, 송나라는 휘종 황제의 문예부흥을 맞이했고, 고려는 고려청자로 상징되는 예종·인종·의종 연간의 문화적 난숙이 있었는데, 이때 일본은 평등원에서 보이는 후지와라시대의 화려한 귀족문화가 꽃피었죠.

또 300년 지나 15세기가 되면 명나라 선덕·홍치 연간의 청화백자, 조선 세종대왕의 한글 창제, 일본 무로마치시대의 금각사·은각사·용안사로 상징되는 문화적 창달이 있었죠.

그리고 또 300년이 지나 18세기가 되면 청나라는 강희·옹정·건륭의 문예중흥, 조선은 영조·정조시대의 문예부흥, 일본은 에도시대의 난숙한 도시문화가 있었죠."

여기까지 이야기했는데 다른 관람객들이 휴게소로 들어오고 있었다. 나는 말을 멈추고 나머지 얘기는 이따가 우지 강변의 차문화관에서 더 하기로 하고 일행들을 휴게소 밖으로 이끌었다.

봉황상과 범종

봉상관 안에는 두 개의 중요한 유물이 전시되어 있다. 봉황당이라는 이름을 낳은, 중당 지붕 양 귀퉁이에 있던 청동 봉황상과 평등원 범종이다. 청동 봉황상은 높이 약 1미터의 제법 큰 크기로, 표정이 살아 있고 기운이 생동한다. 날갯짓하는 몸매에는 긴장감이 있고 몸체의 깃털, 머리 위의 볏, 독수리 같은 부리, 그리고 매서운 눈빛은 상상의 동물이지만 리얼리즘 조각이라고 말하고 싶게 만든다.

평등원 범종은 높이 2.2미터로 제법 큰 종인데 일본의 3대 명종(名鐘) 중 하나로 꼽히고 있는 명작이다. 명문(銘文)은 신호사(神護寺, 진고지) 종, 소리는 삼정사(三井寺, 미이데라) 종, 그리고 모양은 평등원 종을 꼽는다고 한다.

아닌 게 아니라 평등원 종은 형태와 문양이 아주 뛰어나다. 보상당초 무늬의 띠에 비천상과 사자상이 새겨져 있어 여느 일본종과 다른 화려한 멋이 있다. 현행 60엔짜리 우표의 디자인에 등장할 정도다.

| **봉황 조각** | 청동 봉황상은 높이 약 1미터의 제법 큰 크기로 표정이 살아 있고 기운이 생동한다. 날갯짓하는 몸매에는 긴장감이 있고 몸체의 깃털, 머리 위의 볏, 독수리 같은 부리, 그리고 매서운 눈빛으로 인해 상상의 동물이지만 리얼리즘 조각으로 보일 정도이다.

    에밀레종(성덕대왕신종)이 눈에 익은 우리에겐 웬만해선 범종이 눈에 잘 들어오지 않는다. 그러나 에밀레종은 그 앞도 없고 뒤도 없고 오직 에밀레종 하나뿐인 신종(神鐘)이니 이와 비교하면서 상대평가할 일은 아니고, 우리 고려시대 범종과 비교할 만한데 내가 이 종의 형태에 특별히 눈길을 주게 된 이유는 다른 일본종과 달리 한국종의 영향이 너무도 뚜렷하다는 점 때문이다.

    본래 일본종은 중국과 한국의 형식을 혼합해서 자기화해 만들어졌다. 몸체에 열 십(十)자를 반복적으로 나타낸 기하학적 구성은 중국식이고,

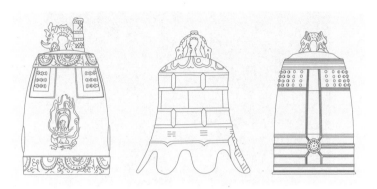

| **한중일의 종 비교** | 일본종은 중국과 한국의 형식을 혼합해서 자기화해 만들어졌다. 몸체에 열 십자를 반복적으로 나타낸 기하학적 구성은 중국식이고, 어깨에 돌기문양 장식이 있는 것은 한국식이다. 종 고리가 두 마리 용으로 구성된 것은 중국식이고 종 아래가 직선으로 마무리된 것은 한국식이다.

어깨에 종유(鐘乳)라는 돌기문양 장식이 있는 것은 한국식이다. 종 고리가 두 마리 용으로 구성된 것은 중국식이고 종 아래가 직선으로 마무리된 것은 한국식이다.

몸체에 새겨진 비천상은 중국과 일본에서는 볼 수 없는 한국종의 트레이드마크인데 이 평등원 종에는 비천상이 새겨져 있고 또 한국식의 보상당초무늬도 새겨졌다. 이는 일본의 다른 종에서는 찾아보기 힘들다. 그래서 우리 눈에 매우 낯익고 일본종 중에서 형태가 가장 아름답다고 꼽히기도 한다.

종소리란 부처님의 목소리이니

지금 평등원 종루에는 원래의 종을 정확히 복제한 종이 걸려 있다. 5백 년, 1천년 나이 든 종들은 오랜 세월 타종으로 금속에 피로감이 있어 복제품으로 대신하고 원래의 종은 박물관에 보관하는 추세다. 현대의 복제기술로 정밀한 재현이 가능하므로 원래의 종과 구별하기 힘들 정도라고 한다.

| **평등원 범종** |　평등원의 범종은 일본에서 가장 아름다운 종으로 꼽히는데 고려시대 우리 범종과 비교할 만한 점이 많다. 이 종의 형태에 특별히 우리가 눈길을 주게 된 이유는 다른 일본종과 달리 한국종의 영향이 너무도 뚜렷하기 때문이다.

　그러나 절집의 스님들은 재료의 합금, 형태와 문양, 크기와 근수, 청동의 빛깔까지 1퍼센트 오차도 없이 똑같이 복제하더라도 복제되지 않는 것이 하나 있다고 했다. 바로 종소리이다. 종소리가 원본과 같지 않을 뿐

만 아니라 울림이 그만 못하다는 것을 현저히 느낀다고 한다.

무엇이 달랐을까? 에밀레종에 새겨진 총 1,037자의 명문을 보면 종소리란 진리의 원음(圓音)이라고 했다. 이를 내 식으로 풀어서 말하면 이렇다.

부처님의 말씀을 글로 옮기면 불경이 되고, 부처님의 모습을 형상으로 옮기면 불상이 되고, 부처님의 목소리를 옮겨놓으면 종소리이니라.

그렇게 종교 하는 마음이 없으면 맑고 장중한 종소리가 나오지 않는 것이다. 평등원의 봉황당도 그냥 절집이 아니라 부처님을 모실 바로 그 집을 지어보겠다는 치열한 신심에서 비롯한 것이기 때문에 영원한 인류의 유산으로 평가받는 명작이 된 것이 아닐까.

여기까지가 평등원 답사의 끝이다. 평등원의 역사를 보면 요리미치가 82세로 세상을 떠나는 1074년까지 법화당, 부동당, 소어소 등 여러 당우가 들어섰다고 한다. 그러나 1336년 전화로 많은 당우를 잃었고 오늘날에는 봉황당을 중심으로 정토원, 최승원, 관음당 등으로 구성되어 있다. 그런 와중에 봉황당과 범종만은 기적적으로 살아남아 평등원 답사는 봉황당과 종루의 범종을 보는 것으로 끝나는 것이다.

다만, 봉황당 연못 건너편에는 넓은 받침대 위에 무성하게 뻗어나간 해묵은 등나무가 있는데, 등나무가 보랏빛 꽃을 피우는 5월이 평등원이 가장 아름답게 보이는 피크타임이라고 한다. 봉황당 앞에 특별히 등나무가 심겨진 것은 등나무가 후지와라씨 집안의 꽃이기 때문이다. 등원(藤原, 후지와라)이라는 한자가 '등나무 언덕'이라는 뜻이니 과연 평등원은 후지와라시대의 상징이라고 할 만하다.

| 등나무 피는 계절의 평등원 전경 | 봉황당 연못 건너편에는 무성하게 뻗어나간 해묵은 등나무가 있는데, 등나무가 보랏빛 꽃을 피우는 5월이 평등원이 가장 아름답게 보이는 계절이라고 한다. 등나무는 후지와라(藤原) 집안을 상징하는 꽃이다.

겐지모노가타리 박물관

우지에 오면 궁금해서라도 꼭 가볼 만한 곳이 하나 있다. 강 건너에 있는 겐지모노가타리(겐지 이야기) 박물관이다. 『겐지 이야기』는 일본이 내세우는 전설적인 고전소설로 이른바 헤이안시대 국풍문화의 상징이다. 서기 1001년 무렵 무라사키 시키부(紫式部, 973?~1014?)라는 여류작가가 200자 원고지 4800매에 달하는 방대한 분량으로 쓴 장편소설이다. 등장인물이 300명 이상이고, 소설 속 시간적 배경은 3대에 걸친 70여년간이다.

전체 54첩(帖) 중 44첩에는, 주인공 히카루겐지(光源氏)가 화려한 궁정에서 연애하는 이야기와 그가 서서히 인생의 무상을 느껴가는 과정이 그려져 있다. 연애 과정 중에는 자신의 의붓어머니와 정을 나누는 오이디푸스 콤플렉스 같은 장면도 있다. 그리고 마지막 10첩은 그의 아들과

| **무라사키 시키부 조각상** | 우지 강변에는 『겐지 이야기』의 작가 무라사키 시키부의 조각상이 세워져 있다. 1천년 전의 여류작가였다는 사실, 그리고 일본 문자인 가나가 그때부터 이처럼 활발히 사용되었다는 것은 일본문화의 축복 이었다.

손자, 그리고 세 여인 사이에서 벌어지는 비련(悲戀)의 이야기로 끝난다. 그 무대가 우지이기 때문에 '우지 10첩'이라고 부른다.

나는 이 『겐지 이야기』를 읽어보려고 여러 번 시도했지만 실패했다. 우선 이 책을 읽으려면 입문서부터 읽어야 하는 어려움이 있고, 사람 이름을 외우기가 힘들어 읽다가 이야기를 자꾸 놓치기 때문에 책을 덮게 된다. 그저 그림책으로 재구성된 것만 훑어보았고, 겐지모노가타리 박물관에서 30분짜리 영화로 본 다음에야 대충 이야기를 알았다.

재미있는 것은 11세기 일본에서 여류작가가 이런 방대한 소설을 썼다는 사실이다. 당시 일본사회에서는 가나를 남자가 아니라 여자가 더 유효하게 사용했고, 작가는 궁중에서 비빈(妃嬪)의 말동무인 '뇨보(女房)'로 일했기 때문에 그 비빈을 즐겁게 해주느라 이런 장편소설까지 썼다는 점이다. 우지 강변에는 무라사키 시키부의 동상이 세워져 있다.

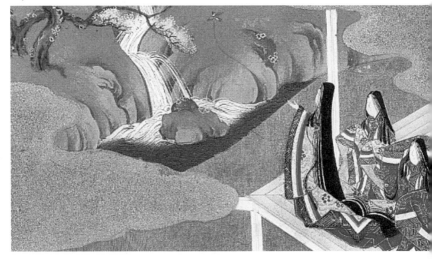

| 겐지모노가타리 박물관에 소장된 그림 | 「겐지 이야기」는 예로부터 두루마리 그림으로 많이 그려졌다. 이런 에마 키의 전통은 일본이 오늘날 애니메이션 왕국이 된 힘이 아닌가 생각된다.

　또 내가 이 대목에서 의미있게 생각하는 것은 일본 문자인 가나가 발명되어 이처럼 쉽게 자기 생각과 이야기를 표현할 수 있었다는 것이 문화사적으로 얼마나 큰 축복이었는가라는 점이다.

가나와 한글

　라이샤워(E. O. Reischauer)는 『동양문화사』(*East Asia*)에서 한국과 일본이 중국문화의 강력한 영향을 받았으면서도 자기 문화의 아이덴티티를 견지할 수 있었던 여러 이유 중 하나는 각기 독자적인 언어를 갖고 있었다는 점을 들고 있다. 특히 일본은 이미 10세기에 가나가 발명되어 소설이 나오고 일본인의 서정을 담은 와카(和歌)라는 시 형식까지 갖추었다. 일본이 이처럼 일찍이 국풍문화로 갈 수 있었던 것은 역시 가나의 발명과 그것의 적극적 사용 덕분이었다.

이에 비할 때 우리 한글은 언어학적으로 가나와는 비교할 수 없을 만큼 뛰어난 음운체계를 갖추고 있음에도 세종대왕이 훈민정음을 창제한 뒤 500년이 넘도록 우리의 언어로 적극 사용하지 않았다는 점을 라이샤워는 지적하고 있다. 조선시대 양반들은 여전히 한문을 지식인의 상징으로 삼고 한문으로 사상을 말하고 한문으로 시를 지으면서, 한글로 행정을 보거나 서정을 나타내지 않았다. 한글은 언문으로 멸시받다가 19세기에 와서야 국한문 혼용체를 쓰다가 일제에게 한글 박해를 당했고 사실상 8·15 해방 후에야 한국인의 언어로 정착했다는 아쉬움이 있다.

그러나 근현대의 우리 한글학자들이 끊임없이 한글을 연구·개발한 덕에 오늘날 우리는 진실로 자랑스러운 언어생활을 하게 되었다. 이에 비할 때 일본의 가나는 그때 만들어진 후 자기 진화를 못하고 있어 곁에서 볼 때 안타까운 면이 있다.

단적인 예가 일본어에 아직도 띄어쓰기가 없다는 점이다. 한글이나 영어도 띄어쓰기를 하지 않을 수 있다. 그러나 그 불편함과 소통의 오류는 이루 말할 수 없을 것이다. 만약 일본이 우리 한글을 벤치마킹하여 띄어쓰기를 한다면 엄청난 언어 발전을 이룰 것이라고 믿어 의심치 않는다.

당풍문화에서 국풍문화로

재작년 겨울, 오랜만에 다시 우지를 찾아와 강변을 걸으며 평등원 답사를 마무리하는데 절로 머릿속에 떠오르는 것이 후지와라시대의 국풍문화였다. 일본인들이 그렇게도 부러워하며 추구했던 당풍이 마침내 일본풍으로 전환한 것을 확연히 느낄 수 있었다.

일본에 국풍문화가 일어난 것을 상징적으로 보여주는 사건은 894년

| 우지 강변의 산책로 | 우지 강변길의 뚝방 한쪽은 평등원이고 다른 한쪽은 우지강이다. 이 산책로는 우지가 자랑하는 벚나무 가로수길이다.

견당사 폐지이다. 훗날 학문의 신, 천신으로 추앙된 스가와라노 미치자네가 이미 몰락해가는 당나라에는 더 이상 배울 것이 없다며 폐지를 진언한 것이다. 그만큼 문화적 자신감이 생긴 것이다.

이후 후지와라시대로 들어오면 모든 면에서 이미 일본화가 진행되었다. 중국의 진언종과 천태종이 일본에 와서는 밀교로 변했고, 그림에선 일본의 자연과 풍속을 그린 야마토에(大和繪), 이야기를 애니메이션식으로 전개한 에마키(繪卷)가 등장했다. 그것은 일본이 아이덴티티를 갖게 되는 문화사적 축복이었다.

이런 생각을 하며 강변길을 걷는데 미술사를 공부하겠다는 아까 그학생이 따라와 무언가라도 한마디 듣고 싶어하는 눈치였다. 이번에도 내가 먼저 말을 걸어주었다.

| 우지 강변의 석탑 | 우지강 한가운데 섬이 있는데 멀리서 보아도 꽤나 높아 보이는 석탑이 있다. 높이 15미터로 일본에서 가장 큰 이 석탑은 서대사의 승려가 우지교의 안전을 기원함과 동시에 물고기의 영혼을 위로하기 위해 어망과 어구를 묻고 세운 것이라고 한다.

"우지에 온 소감이 어때요?"

"솔직히 말해서 놀랐어요. 일본에 이렇게 뛰어난 문화가 있었는지 몰랐어요. 그 당시 우리 고려는 무엇을 남겼나 싶어지고요."

"그렇게 생각하면 안 돼요. 후지와라시대는 후지와라시대고, 고려는 고려죠. 그때 우리의 고려시대 문화도 대단했어요. 한 예로 초조대장경이라는 방대한 간경(刊經) 사업이 있었죠. 이 초조대장경은 장장 70여년에 걸친 대사업이었어요. 이것이 몽골 침입 때 거의 다 불타자 다시 제작한 것이 해인사의 팔만대장경이지요. 훗날 무로마치시대 일본에서 온 승려 사신들은 이 대장경 인쇄본을 하나라도 얻으려고 무척 애를 썼어요.

그리고 고도의 기술을 요하는 청자를 굽는 데 성공해 송나라 태평노인에게 '고려 비색(翡色) 천하제일'이라는 칭송을 들었지요. 일본은 끝내 청자를 못 만들었잖아요. 문화의 내용이 다른 거죠. 절대 주눅들 필요없어요."

| 대봉암 | 일본에서 가장 좋은 차가 나온다는 것을 홍보하기 위해 우지시가 직접 운영하는 다실이다. 평등원 봉황당과 마주하고 있다는 뜻에서 대봉암이라고 이름지었단다.

우지 강변의 대봉암

우지 강변길 산책은 정말 즐겁다. 뚝방 한쪽은 평등원이고 다른 한쪽은 우지강이다. 이 산책길은 우지가 세상에 대놓고 자랑하는 벚나무 가로수길이다.

우지강은 참으로 맑고 그 흐름이 여유롭다. 강 한가운데 섬이 있는데 멀리서 보아도 꽤나 높아 보이는 석탑이 있다. 일본의 석탑은 우리와 아주 달라서 층층이 위로 좁혀 올라가기만 하여 별스런 멋은 없고 마치 송신탑 같기도 하다.

그러나 높이 15미터로 일본에서 가장 큰 이 석탑에는 각별한 내력이 있다. 1286년에 서대사(西大寺, 사이다이지)의 승려가 우지교의 안전을 기원함과 동시에 물고기의 영혼을 위로하기 위해 어망과 어구를 묻고 세운 것이라고 한다. 뜻이 이러할진대 공연히 형태만 보고 가볍게 말할 것이 아니다.

우지 강변에는 평등원이 내려다보이는 바로 옆에 대봉암(對鳳庵, 다이호안)이라는 찻집이 있다. 우지에서 일본의 가장 좋은 차가 나온다는 것을 홍보하기 위해 우지시에서 직접 운영하는 다실이다. 이름을 대봉암이라 한 것은 평등원 봉황당과 마주 대하고 있다는 뜻이란다.

대봉암은 건물 자체도 전형적인 다실이고 실내에도 다타미가 깔려 있으며 기모노를 입은 여인들이 일본의 다도를 설명해줘서 일본인의 삶 속에 살아 있는 다도의 체취를 경험할 수 있다. 수용 인원이 15명이고, 차를 다 마시는 데에 30분 정도 소요되기 때문에 우리는 두 팀으로 나누어 번갈아가며 차를 마셨다. 일본의 다도라는 것은 대단히 엄격한 생활의식이어서 이를 경험해보는 것이 나중에 대덕사(大德寺, 다이토쿠지)를 비롯해 무로마치시대 차문화를 이해하는 데 중요하므로 모든 사람이 차를 마시는 데 시간이 걸리더라도 대봉암으로 안내했던 것이다.

창업 500년의 간바야시(上林)

차로 말할 것 같으면 13세기 가마쿠라시대 초기에 고산사(高山寺, 고잔지)의 명혜(明惠, 묘에, 1173~1232) 스님이 차의 첫 재배에 성공한 후 우지에도 전래되면서 우지 차가 생산되기 시작되었는데 자연 조건이 차 생산에 최적이어서 이내 전국적인 명성을 얻게 되었다.

무로마치시대 3대 쇼군인 아시카가 요시미쓰(足利義滿, 1358~1408)가 우지에 일곱 곳의 차 단지(茶團)를 만들었고, 다도의 성행과 함께 도요토미 히데요시와 도쿠가와 막부의 비호를 받으면서 우지 차는 고급차의 대명사가 되었다. 이후 우지 차는 메이지시대에 이르기까지 천황가와 쇼

| 간바야시(上林) 기념관 | 평등원 북문에서 우지교에 이르는 오래된 상가 거리엔 창업 500년의 역사를 자랑하는 간바야시라는 우지 차 가게가 있다.

군가에 명차로 인정받아 진상되어왔다.

강변의 뚝방 산책길 아래쪽으로 내려가면 평등원 북문에서 우지교에 이르는 오래된 상가가 있는데 여기에는 우지 차로 만든 온갖 먹거리 상점이 즐비하다. 녹차 아이스크림, 녹차 케이크, 녹차 화과자, 녹차 모찌 등 파는 품목이 제주도 오설록을 연상시키는데 그 상가 가운데는 무려 창업 500년의 역사를 자랑하는 간바야시(上林)라는 우지 차 시니세(老舖)가 있다.

16세기 전국시대 말기에 우지의 다사(茶師)로 활약한 간바야시 산뉴(上林三入)가 쇼군가에 차를 헌상한 이래 지금 16대째 이어가고 있다. 상점 안에는 삼휴암(三休庵)이라는 우지 차 자료관이 있어 명차의 역사와 내력을 알아볼 수 있고 차도 한 잔 할 수 있어 과연 우지답다는 깊은 인상을 받게 된다.

500년을, 그것도 평등원 옆에서 이어오고 있다는 데 감명받지 않을 수 있겠는가. 일본에 와서, 우지에 와서 내가 감명받는 것은 역시 전통을 귀하게 간직하며 오늘날에도 그대로 이어가는 이네들의 모습이다.

우토로 마을의 기구한 60년

나의 평등원 답사는 이렇게 우지 강변을 거닐며 역사·문화·예술적 상념에 젖어보는 것으로 끝난다. 그러나 3년 전, 평등원을 다시 답사했을 때 나는 어떤 의무감 같은 것을 갖고 우지시에 있는 우토로(ウトロ) 마을을 찾아가보았다.

평등원에서 멀지 않은 우토로 마을은 버스가 갈 수 없는 좁은 농로 안쪽으로 1킬로미터는 들어가 있었다. 내가 갔을 때 황폐한 우토로 마을 골목길엔 듣던 바대로 쓰라린 사연을 담은 벽보와 벽화만이 이 마을의 내력을 말해주고 있었다.

1941년, 태평양전쟁 당시 교토의 군비행장 건설을 위해 강제 동원된 조선인 1,800명은 전쟁이 끝난 후 돌아오지 못하고 황무지 같은 빈터에서 '조선인 마을'을 이루며 살아왔다.

이들은 수돗물도 나오지 않는 이곳 우토로 마을에서 막노동을 하며 지난 70여년간 2대, 3대를 이어가며 버텼다. 수도가 깔린 것은 1988년에 이르러서였다. 그러나 상수도 설치는 땅주인 닛산 자동차의 계열사가 땅값을 올리기 위해 진행한 사전작업이었다. 땅값이 오르자 주민들 몰래 부동산 회사인 서일본식산(西日本殖産)에 땅을 매각한 것이다. 새 토지 소유자는 강제철거 압력을 행사했다. 이후 20년간 소송을 제기하며 버텨봤지만 모두 패소했고, 유엔의 강제퇴거 금지 권고안도 소용없었다.

우토로 마을의 이 딱한 이야기는 2004년, 처음 국내에 알려졌다. 이에

| **우토로 마을** | 평등원에서 멀지 않은 우토로 마을은 버스가 갈 수 없는 좁은 농로 안쪽으로 1킬로미터는 더 들어가야 있다. 황폐한 우토로 마을 골목길엔 쓰라린 사연을 담은 벽보와 벽화가 마을의 안타까운 사연을 말해주고 있다.

국민들은 성금을 모으기 시작하여 5억여원을 마련했다. 여기까지는 참 힘든 여정이었다. EBS「지식채널 e: 마을 이름 우토로」를 보면 이 동네 김금자 할머니의 다음과 같은 인터뷰가 나온다.

> 우리에게도 조국이 있다는 것을 알았습니다. 참 감사합니다. 잘되지 않더라도 원망하지 않을 것입니다. 마음만이라도 우리를 지켜주십시오. 나는 끝까지 여기 우토로에 남을 것입니다.

이에 정부와 정치권에서도 지원 대책을 모색하여 우여곡절 끝에 4억엔(약 30억원) 지원을 결정했고 이를 바탕으로 2011년에는 약 2천평의 땅이 확보되었다. 아직도 명확히 결론이 난 것은 아니지만 일본 정부와 지자체도 이 문제 해결을 위해 우토로 마을의 '주거환경개선 검토협의회'

를 구성했다. 이어서 2014년 1월 29일 우토로에 공영주택 60채와 도로 건설, 상하수도시설 정비 등을 내용으로 하는 기본 구상을 발표했다. 구체적인 추진 계획은 4월 이후 협의할 예정이라고 한다. 지금도 우토로에는 재일동포 약 60가구, 160여명이 살고 있다.

생각해보면 이들은 강제로 이주된 20세기의 도래인인 셈이다. 우토로 마을의 문제는 해방 후 재일동포들이 받은 차별과 억압의 작은 예에 불과하다. 일본이 진정한 선진국이고 문화대국이라면 이럴 수는 없는 일이었다. 그것은 평등원의 평등이라는 말과 너무도 상충되는 상황이다.

결국 평등이란 개념이 없던 시절엔 평등원이라는 건축이 생겼고, 평등을 이상으로 생각하는 현대사회엔 오히려 우토로 마을의 불평등이 생겼던 것이 아닌가.

나는 민주나 평등의 개념이 없었던 1천년 전에 어떻게 평등원이라는 이름을 지었을까 신기했었다. 그러다 평등원 주지 가미이 몬쇼(神居文彰) 스님이 쓴 『평등원 이야기(平等院物語)』(四季社 2000)를 보니 1563년, 평등원의 초대 주지스님이 지은 이름이라면서 그 진정한 의미는 다음과 같이 정의내릴 수 있다고 했다.

"평등이란 서로 다른 개성이 함께 있음을 말하는 것이죠, 그것이 평등입니다."

1. 교토의 유네스코 세계유산
2. 답사 일정표

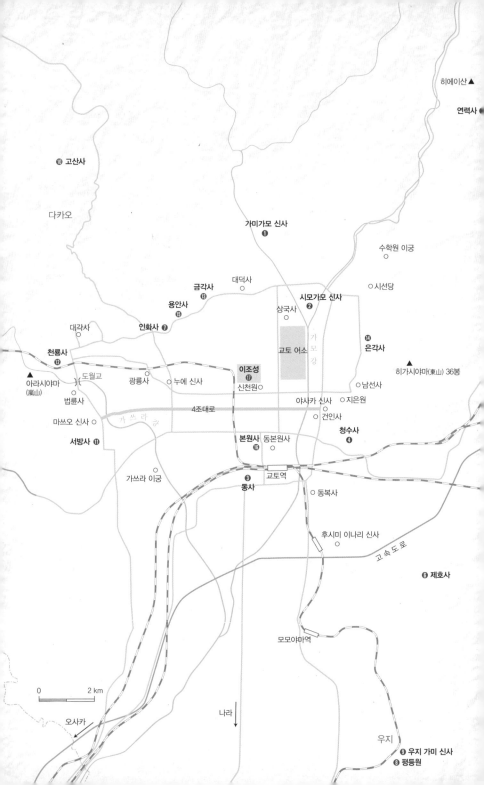

히에이산 ▲

연력사 ●

⑩ 고산사

다카오

가미가모 신사 ❶

수학원 이궁 ○

대덕사
금각사 ⑬   시선당 ○

시모가모 신사 ❷
용안사 ⑮   상국사

인화사 ❼

대각사   교토 어소
천룡사 ⑫   가   ⑭
⑫   모   은각사
도월교   강
▲
아라시야마   이조성 ⑰   히가시야마(東山) 36봉
(嵐山)   광륭사 ○ 누에 신사   신천원 ○
법륜사   남선사 ○
야사카 신사 ○   지은원 ○
마쓰오 신사   4조대로   ○ 건인사
서방사 ⑪   청수사 ❹

가쓰라 이궁   본원사 ⑯ 동본원사
⑯
교토역
동사 ❸   ○ 동복사

후시미 이나리 신사

고속도로
❻ 제호사

모모야마역

0   2 km

오사카

나라 ↓

우지
❾ 우지 가미 신사
❽ 평등원

부록 1

교토의 유네스코 세계유산

1. 가미가모 신사(上賀茂神社)

헤이안시대 이전부터 이 지역을 차지하고 있던 호족 가모씨(賀茂氏)의 신사로 알려진, 교토에서 가장 오래된 신사. 정식 명칭은 '가모 별뢰 신사(賀茂別雷神社)'이다. 시모가모 신사(下鴨神社)와 함께 가모 신사(賀茂神社)라고도 불린다. 경내에는 개천이 흐르고 고목들이 얽혀 있으며, 신이 내려오는 곳이라는 세전(細殿) 앞 2개의 모래더미가 신비하고 청정한 분위기를 풍긴다(『나의 문화유산답사기』 일본편 3권 104~108면. 이후로는 권과 면수만 표시).

2. 시모가모 신사(下鴨神社)

고대 원시림이 남아 있는 '다다스노 모리(糾の森)'에 있으며, 정식 명칭은 '가모 어조(御祖) 신사'이다. 두 채의 사전(社殿)으로 이루어진 본전은 가모씨의 두 조상신을 헤이안쿄(平安京)의 수호신으로 모시고 있다. 가미가모 신사와 함께 전국에 퍼져 있는 유조(流造, 나가레즈쿠리) 양식 본전 건축의 전형을 보여준다(3권 104~108면).

3. 동사(東寺, 도지)

헤이안쿄 천도 당시 국가 수호를 위해 서사(西寺)와 함께 건설된 국가 수호 사찰로 공해(空海) 스님이 진언종의 밀교를 펼친 곳이다. 강당에는 '입체 만다라'라 불리는 일본에서 가장 오래된 밀교 조각상들이 배치되어 있으며, 오중탑은 교토의 상징이자 일본에서 가장 높은 목조탑이다(3권 153~86면).

4. 청수사(清水寺, 기요미즈데라)

'청수의 무대'로 이름 높은 곳으로, 헤이안 천도 무렵 백제계 도래인 후손이자 최초의 쇼군인 사카노우에노 다무라마로(坂上田村麻呂)가 창건하였다. 벼랑 위에 세워진 '청수의 무대'와 본당에서 보이는 시가지의 조망이 훌륭하며, 봄의 벚꽃, 여름의 신록, 가을의 단풍 등 사계절의 아름다움을 간직하고 있어 관광객이 가장 많이 찾는 곳이다(3권 223~54면).

5. 연력사(延曆寺, 엔랴쿠지)

최징(最澄) 스님이 천태종을 개창한 이래 1200여 년에 걸쳐 일본 불교의 핵심을 이루어온 곳이다. 헤이안시대 이후 법연(法然)·영서(榮西)·도원(道元)·일연(日蓮) 등 많은 고승들을 배출했으며, 오늘날에도 여전히 수행 도량으로서 엄숙한 분위기를 지키고 있다. 근본중당(根本中堂)이 핵심 건물이며 히에이산(比叡山) 정상에 동탑, 서탑, 요카와(橫川) 등 세 영역으로 넓게 퍼져 있다(3권 187~222면).

6. 제호사(醍醐寺, 다이고지)

도요토미 히데요시가 죽던 해 장대한 벚꽃놀이를 연 곳으로 잘 알려져 있다. 차분하고 묵직한 모습의 오중탑은 951년에 건립된, 교토에서 가장 오래된 목조 건축이다. 경내는 하(下)제호, 상(上)제호로 나뉘어 100여 개의 불당·탑·승방 등이 산재해 있다. 삼보원(三寶院) 표서원(表書院) 앞의 지천회유식 정원은 명석(名石)을 곳곳에 배치해 호화롭고 웅대한 모습을 자랑한다.

7. 인화사(仁和寺, 닌나지)

우다(宇多) 천황이 888년에 창건한 이래 법친왕(法親王, 스님이 된 왕자)이 기거하는 승방으로 어실어소(御室御所)라 불렀다. 삼문(三門)은 교토의 3대문 중 하나이다. 경내에는 금당(金堂)과 오중탑이 있으며, 별도의 영역인 어전(御殿)은 어소(御所)풍 건축으로 헤이안 왕조문화의 향취를 전한다(3권 369~81면).

8. 평등원(平等院, 뵤도인)

후지와라씨(藤原氏) 가문의 영화를 보여주는 곳으로 우지강 (宇治川)의 서쪽 강변에 있다. 관백(關白) 후지와라노 미치나 가(藤原道長)의 별장을 그의 아들 요리미치(賴通)가 절로 바 꾼 곳이다. 헤이안시대 정원의 자취를 전하는 아자못(阿字池) 에 떠 있는 봉황당(鳳凰堂)은 극락정토를 꿈꾼 헤이안 귀족을 떠올리게 한다. 10엔짜리 동전에 그려진 건물이기도 하다(3권 255~96면).

9. 우지 가미 신사(宇治上神社)

본래는 아래쪽 우지 신사와 함께 평등원의 수호신사였다고 한 다. 일본의 신사 건물 중 가장 오래된 본전은 헤이안시대에 지 어진 것으로 3전(殿)으로 이루어져 있는데 좌우의 사전(社殿) 은 크고 가운데 사전이 작다. 배전(拜殿)은 우지 이궁(離宮)의 유구(遺構)로 알려진 침전조 양식 건물이다.

10. 고산사(高山寺, 고잔지)

고산사라는 이름은 높은 산중에 있어서 '일출선조 고산지사 (日出先照高山之寺)'라고 한 데서 유래했으며, 오래된 삼나무와 단풍이 무성해 경내 전체가 사적으로 지정되어 있다. 건인사 의 영서(榮西) 스님이 중국에서 가져온 차 씨앗을 이 절의 개조 (開祖)인 명혜(明惠) 스님이 심어 재배에 성공했다고 전해지는 일본에서 가장 오래된 차밭이 남아 있다. 원효와 의상의 일대 기를 그린「화엄종조사회전」과「조수인물희화」를 소장하고 있 는 곳으로 유명하다(3권 381~400면).

11. 서방사(西芳寺, 사이호지)

1339년 몽창 국사(夢窓國師)가 재건하면서 최초로 선종 사찰 의 마른 산수 정원을 만든 곳이다. 아래위 2단으로 구성된 정 원은 위쪽은 정원, 아래쪽은 심(心)자 모양의 황금지(黃金池) 를 중심으로 한 지천회유식 정원으로 일본 정원에 큰 영향을 미쳤다. 100여 종의 이끼가 경내를 뒤덮어 녹색 융단을 깐 듯한 아름다움을 자아내어 태사(苔寺, 고케데라)라고 불린다(4권 98~100면).

12. 천룡사(天龍寺, 덴류지)

고사가(後嵯峨) 천황의 가메야마(龜山) 이궁(離宮)이 있던 곳에 1339년 아시카가 다카우지(足利尊氏)가 고다이고(後醍醐) 천황의 명복을 빌기 위해 몽창 국사를 개산으로 하여 창건한 선종 사찰. 방장 정원은 아라시야마(嵐山)와 가메야마를 차경으로 한 지천회유식 정원으로, 귀족문화의 전통과 선종풍의 기법이 어우러져 사계절의 아름다움을 보여준다(4권 91~123면).

13. 금각사(金閣寺, 킨카쿠지)

무로마치시대 3대 쇼군인 아시카가 요시미쓰(足利義滿)가 1397년에 세운 북산전(北山殿)을 그의 사후 녹원사(鹿苑寺)라는 이름의 사찰로 바꾼 곳이 오늘날의 금각사이다. 금박의 3층 누각으로 지어진 사리전인 금각이 경호지(鏡湖池)에 비치는 환상적인 경관으로 유명하다. 여기서 이루어진 문화를 북산문화라고 하며, 1987년의 대수리로 한층 광채를 더하고 있다(4권 127~64면).

14. 은각사(銀閣寺, 긴카쿠지)

무로마치시대 8대 쇼군인 아시카가 요시마사(足利義政)가 1482년에 산장으로 지은 동산전(東山殿)을 그의 사후에 사찰로 바꾼 곳이다. 정식 명칭은 '자조사(慈照寺)'. 관음전(觀音殿)인 은각은 검소하면서도 고고한 모습이며, 동구당(東求堂)은 초기 서원조 양식의 건축이다. 백사(白砂)를 계단처럼 쌓은 은사탄(銀沙灘)과 향월대(向月臺)가 달빛을 반사해 은각을 아름답게 비춘다. 여기서 이루어진 문화를 동산문화라고 한다(4권 197~218면).

15. 용안사(龍安寺, 료안지)

호소카와 가쓰모토(細川勝元)가 1450년에 건립한 선종 사찰로, 방장의 마른 산수 석정(石庭)으로 유명하다. 삼면을 흙담으로 둘러싸고 동서 25미터, 남북 10미터가량의 장방형 백사 정원에 15개의 돌을 곳곳에 배치했다. 작자(作者)와 그 의도에는 여러 가지 설이 있으나 선(禪)을 정원에 나타낸 추상 조형의 극치로 평가받는 명원(名園)이다(4권 165~96면).

16. 본원사(本願寺, 혼간지)

교토 시내 중심지 한길 가에 있는 정토진종(淨土眞宗) 사찰로 규모가 장대하며 경내의 어영당과 아미타당의 위용이 압도적이다. 후시미성(伏見城)에서 옮겨온 당문(唐門), 일본에서 가장 오래된 북능무대(北能舞臺), 백서원(白書院), 흑서원(黑書院), 비운각(飛雲閣) 등의 건축물이 화려한 모모야마시대 건축의 정수를 전한다. 비둘기들이 노니는 광장은 시민의 휴식처이기도 하다.

17. 이조성(二條城, 니조조)

1603년 도쿠가와 이에야스(德川家康)가 에도 막부의 교토 거점으로 지은 평성(平城)이다. 왕실풍의 혼마루(本丸)와 무가풍의 니노마루(二の丸) 어전으로 이루어져 있다. 호화찬란한 모모야마시대의 건축과 내부 장식을 여실히 보여준다. 1867년, 도쿠가와 막부가 메이지 천황에게 정권을 넘기는 대정봉환(大政奉還)이 이곳에서 이루어졌다.

교토 답사 3박 4일

첫째날

09:00	인천국제공항 출발
10:30	간사이(關西) 공항 도착
11:00	답사 출발
12:30	교토(京都) 도착 후 중식
14:00	출발
14:30	**광륭사(廣隆寺)**
15:15	출발
15:30	**천룡사(天龍寺)**
16:30	출발
16:45	**마쓰오 신사(松尾大社)**
17:00	출발
17:15	**도월교(渡月橋)**
18:00	출발, 숙소 도착

둘째날

09:00	출발
09:30	**청수사(淸水寺)**
10:30	**기요미즈 자카(淸水坂)** **산넨 자카(産寧坂)** **법관사(法觀寺)** **야사카 신사(八坂神社)**
12:00	중식
13:00	출발
13:30	**금각사(金閣寺)**
14:30	출발
14:45	**용안사(龍安寺)**
15:45	출발
16:00	**인화사(仁和寺)**
17:00	출발
17:30	**기온(祇園) 거리 산책**
19:00	**마루야마(圓山) 공원 부근에서 석식**
20:30	숙소 도착

봄가을을 기준으로 했으며 여름과 겨울은 시간 배정이 달라집니다.
겨울철에는 비공개인 경우도 많고, 개관 시간도 계절마다 달라서 사전 확인이 필요합니다.
교토의 유적지들은 대개 오후 4시 또는 4시 30분에 입장을 마감합니다.
어소, 수학원 이궁, 가쓰라 이궁 등은 미리 예약을 하고 여권을 제시해야 합니다.
예약을 하지 않았을 경우는 상국사 또는 대덕사를 권합니다.
(교토 지도는 책의 15면 참고)

셋째날

08:30	출발
09:00	**후시미(伏見) 이나리(稻荷) 신사**
10:00	출발
10:30	**평등원(平等院)**
11:30	출발
11:40	**차 문화관**
12:00	중식
13:00	출발
14:00	**동복사(東福寺)**
	(어소 御所 또는
	수학원 이궁 修學院離宮 또는
	가쓰라 이궁 桂離宮)
15:30	출발
16:00	**삼십삼간당(三十三間堂)**
17:00	출발
17:30	**가모가와(鴨川) 강변과**
	시내 산책
19:00	석식

넷째날

09:00	출발
09:30	**은각사(銀閣寺)**
11:00	출발, 철학의 길
12:00	중식
13:00	**남선사(南禪寺)**
14:30	출발
16:00	간사이 공항 도착
18:00	출발
19:30	인천국제공항 도착

주요 일본어 인명·지명·사항 표기 일람

이 책은 국립국어원 외래어 표기규정에 따라 일본어를 표기했다. 아래의 일람에서 괄호 안에 해당 한자와 현지음에 가까운 창비식 일본어 표기를 밝혀둔다.(편집자)

ㄱ

가도노데라(葛野寺, 카도노데라)
가라하시(唐橋, 카라하시)
가마쿠라(鎌倉, 카마꾸라)시대
가메야마(龜山, 카메야마) 공원
가모(賀茂, 카모) 신사
가모가와(鴨川, 카모가와)
가무이카코야히메(神伊可古夜日女, 카무
　　이까꼬야히메)
가미가모(上賀茂, 카미가모) 신사
가미이 몬쇼(神居文彰, 카미이 몬쇼오) 스님
가미코마(上狛, 카미꼬마)
가부키(歌舞伎, 카부끼)
가스가(春日, 카스가) 신사
가쓰라강(桂川, 카쯔라가와)
가쓰라기(葛城, 카쯔라기)
가쓰라리큐(桂離宮, 카쯔라리뀨우)
가쓰라 이궁→가쓰라리큐
가와라데라(川原寺, 카와라데라)
가와라정(河原町, 카와라쪼오)
가와바타 야스나리(川端康成, 카와바따 야

스나리)
가이코노야시로(蠶の社, 카이꼬노야시로)
간다마쓰리(神田祭, 칸다마쯔리)
간무(桓武, 칸무) 천황
간바야시 산뉴(上林三入, 칸바야시 산뉴우)
간아미(觀阿彌, 간아미) 스님
갈야사→가도노데라
갈정사→후지이데라
건인사→겐닌지
게이큐인(桂宮院, 케이뀨우인)
게이한선(京阪線, 케이한센)
겐닌지(建仁寺, 켄닌지)
겐신(源信, 겐신) 스님
겐지(源氏, 겐지)
계궁원→게이큐인
고노시마(木嶋) 신사→고노시마니마스 아
　　마테루 미타마 진자
고노시마니마스 아마테루 미타마 진자(木
　　嶋坐天照御魂神社, 코노시마니마스 아
　　마떼루 미타마 진자)
고다이지(高臺寺, 코오다이지)
고대사→고다이지

304

고려사→고마데라
고료에(御靈會, 고료오에)
고류지(廣隆寺, 코오류우지)
고마데라(高麗寺, 코마데라)
고메이(孝明, 코오메이) 천황
고미즈노오(後水尾, 고미즈노오) 천황
고보리 엔슈(小堀遠州, 코보리 엔슈우)
고산사→고잔지
고산조(後三條, 고산조오) 천황
고세이선(湖西線, 코세이센)
고쇼(御所, 고쇼)
고시라카와(後白河, 고시라까와) 천황
고야산(高野山, 코오야산)
고잔지(高山寺, 코오잔지)
고토바(後鳥羽, 고또바) 천황
곤고부지(金剛峯寺, 콘고오부지)
공야 스님→구야 스님
공해 스님→구카이 스님
광륭사→고류지
교기(行基, 교오기) 스님
교오고코쿠지(敎王護國寺)→동사
교왕호국사→동사
교토(京都, 쿄오또)
구레씨(吳氏, 쿠레씨)
구레하토리메(吳織女, 쿠레하또리메)
구로사와 아키라(黑澤明, 쿠로사와 아끼라)
구류 아키라(栗生明, 쿠류우 아끼라)
구리타 히로시(栗田寬, 쿠리따 히로시)
구야(空也, 쿠우야) 스님
구카이(空海, 쿠우까이) 스님
규슈(九州, 큐우슈우)
금각사→긴카쿠지
금강봉사→곤고부지
기온 신바시(祇園新橋, 기온 신바시)
기온(祇園, 기온)

기온마쓰리(祇園祭, 기온마쯔리)
기온사(祇園社, 기온샤)
기온정(祇園町, 기온쪼오)
기요미즈 자카(淸水坂, 키요미즈 자까)
기요미즈데라(淸水寺, 키요미즈데라)
기요미즈산(淸水山, 키요미즈야마)
기즈강(木津川, 키즈가와)
기타야마(北山, 키따야마)
긴카쿠지(金閣寺, 킨까꾸지)
긴카쿠지(銀閣寺, 긴까꾸지)
깃초(吉兆, 킷쪼오)

ㄴ
_____

나가오카쿄(長岡京, 나가오까쿄오)
나기나타호코(長刀鉾, 나기나따호꼬)
나성문→라조몬
나카쓰가와 호이치(中津川保一, 나까쓰가
　　와 호이찌)
낙양→라쿠요
난젠지(南禪寺, 난젠지)
남선사→난젠지
누에 신사→가이코노야시로
니넨 자카(二年坂, 니넨 자까)
니시진(西陣, 니시진)
니시카와 고지(西川幸治, 니시까와 코오지)
니조조(二條城, 니조오조오)
니치렌(日蓮, 니찌렌) 스님
닌나지(仁和寺, 닌나지)

ㄷ
_____

다니자키 준이치로(谷崎潤一郎, 타니자끼
　　준이찌로오)
다이도이치이(大道一以, 다이도오이찌이)

스님
다이라노 기요모리(平清盛, 타이라노 키요
모리)
다이묘(大名, 다이묘오)
다이토쿠지(大德寺, 다이또꾸지)
다이호안(對鳳庵, 타이호오안)
다자이후(太宰府, 다자이후)
다카오(高雄, 타까오)
단바(丹波, 탄바) 고원
당교→가라하시
대덕사→다이토쿠지
대봉암→다이호안
대언천(大堰川)→오이가와
덴류지(天龍寺, 텐류우지)
덴만궁(天滿宮, 텐만구우)
덴진마쓰리(天神祭, 텐진마쯔리)
덴표(天平, 텐뾰오)시대
도게쓰교(渡月橋, 토게쯔꾜오)
도겐(道元, 도오겐) 스님
도다이지(東大寺, 토오다이지)
도도(東塔, 토오도오)
도등 스님→도토 스님
도바(鳥羽, 토바)
도요쿠니(豊國, 토요꾸니) 신사
도요토미 히데요시(豊臣秀吉, 토요또미 히
데요시)
도원 스님→도겐 스님
도월교→도게쓰교
도지(東寺, 토오지)
도창 스님→도쇼(道昌, 도오쇼오) 스님
도쿠가와 이에미쓰(德川家光, 토꾸가와 이
에미쯔)
도쿠가와 이에야스(德川家康, 토꾸가와 이
에야스)
도토(道登, 도오또오) 스님

도후쿠지(東福寺, 토오후꾸지)
동대사→도다이지
동복사→도후쿠지
동사→도지
동탑→도도

ㄹ-ㅂ

라조몬(羅城門, 라조오몬)
라쿠요(洛陽, 라꾸요오)
로쿠하라미쓰지(六婆羅密寺, 로꾸하라미
쯔지)
료안지(龍安寺, 료오안지)
마루야마(圓山, 마루야마)
마쓰오 대사(松尾大社, 마쯔오 타이샤)
마쓰오 신사→마쓰오 대사
마키노(牧野, 마끼노) 공원
메이지(明治, 메이지)시대
명혜 스님→묘에 스님
모모야마(桃山, 모모야마)시대
묘에(明惠, 묘오에) 스님
무라사키 시키부(紫式部, 무라사끼 시끼부)
무라이 야스히코(村井康彦, 무라이 야스히꼬)
무로마치(室町, 무로마찌)시대
무로지(室生寺, 무로오지)
무소 소세키(夢窓疎石, 무소오 소세끼)
미나모토씨(源氏, 미야모또씨)
미야자와 겐지(宮澤賢治, 미야자와 켄지)
미이데라(三井寺, 미이데라)
법관사→호칸지
법륜사→호린지
법륭사→호류지
법성사(法成寺)→호조지
법연 스님→호넨 스님
본원사→혼간지

봉강사 →하치오카데라
뵤도인(平等院, 뵤오도오인)
부젠(豊前, 부젠)
비와코(琵琶湖, 비와꼬)
비와호→비와코

ㅅ
─────────────────
사가(嵯峨, 사가) 천황
사가노(差峨野, 사가노)
사와라(早良, 사와라) 친왕
사이다이지(西大寺, 사이다이지)
사이초(最澄, 사이쪼오) 스님
사이호지(西芳寺, 사이호오지)
사천왕사→시텐노지
사카노우에노 다무라마로(坂上田村麻呂,
　사까노우에노 타무라마로)
사카노우에씨(坂上氏, 사까노우에씨)
사카모토(坂本, 사까모토)시
산넨 자카(三年坂, 산넨 자까)
산영판(産寧坂) →산넨 자카
산조(三條, 산조오)
산주산겐도(三十三間堂, 산주우산겐도오)
삼십삼간당→산주산겐도
삼정사→미이데라
상국사→쇼코쿠지
상아미→소아미
서대사→사이다이지
서방사→사이호지
서탑→세이토
성취원→조주인
세이와(清和, 세이와) 천황
세이이타이쇼군(征夷大將軍, 세이이따이
　쇼오군)
세이토(西塔, 세이또오)

세토(瀬戸, 세또) 내해
센고쿠(戰國, 센고꾸)시대
센노 리큐(千利休, 센노 리뀨우)
센본토리이(千本鳥居, 센본또리이)
소가노 우마코(蘇我馬子, 소가노 우마꼬)
소아미(相阿彌, 소오아미)
쇼덴지(正傳寺, 쇼오덴지)
쇼무(聖武, 쇼오무) 천황
쇼와(昭和, 쇼오와) 천황
쇼코쿠지(相國寺, 쇼오꼬꾸지)
쇼토쿠(聖德, 쇼오또꾸) 태자
수민 스님→슈빈 스님
수선사→슈젠지
수학원 이궁→슈가쿠인리큐
슈가쿠인리큐(修學院離宮, 슈가꾸인리뀨우)
슈분(周文, 슈우분)
슈빈(守敏, 슈빈) 스님
스가와라노 미치자네(菅原道眞, 스가와라
　노 미찌자네)
스기모토 히로시(杉木博司, 스기모또 히로시)
시가(滋賀, 시가)
시게모리 미레이(重森三玲, 시게모리 미레이)
시노하라 세이에이(篠原正瑛, 시노하라 세
　이에이)
시라카와(白河, 시라까와)
시로가와(白川, 시로가와)
시마바라(島原, 시마바라) 유곽가
시모가모(下賀茂) 신사 →시모가모(下鴨)
　신사
시모가모(下鴨, 시모가모) 신사
시모코마(下狛, 시모꼬마)
시바 료타로(司馬遼太郎, 시바 료오따로오)
시선당→시센도
시센도(詩仙堂, 시센도오)
시텐노지(四天王寺, 시뗀노오지)

신센엔(神泉苑, 신센엔)
신천원→신센엔
신호사→진고지
실생사→무로지

○
─────────────────────────
아라시야마(嵐山, 아라시야마)
아리타(有田, 아리따)
아사이씨(淺井氏, 아사이씨)
아사쿠라씨(朝倉氏, 아사꾸라씨)
아사히산(朝日山, 아사히야마)
아시카가 요시미쓰(足利義滿, 아시까가 요
　　시미쯔)
아시카가씨(足利氏, 아시까가씨)
아야하토리메(漢織女, 아야하또리메)
아오모리(靑森, 아오모리)
아오이마쓰리(葵祭, 아오이마쯔리)
아즈치 모모야마(安土桃山, 아즈찌 모모야
　　마)시대
아즈치(安土, 아즈찌)시대
아쿠타가와 류노스케(芥川龍之介, 아꾸따
　　가와 류우노스께)
아키히토(明仁, 아끼히또) 천황
야마시로국(山背國 또는 山城國, 야마시로
　　노꾸니)
야마시로정(山城, 야마시로쪼오)
야마토(大和, 야마또)
야마호코(山鉾, 야마호꼬)
야사카(八坂, 야사까) 신사
야사카노 미야쓰코(八坂造, 야사까노 미야
　　쯔꼬)
야사카노 즈쿠리(八阪造, 야사까노 즈꾸리)
야사카씨(八坂氏, 야사까씨)
야스쿠니(靖國, 야스꾸니) 신사

야요이(彌生)시대
양원원→요겐인
어령회→고료에
어소→고쇼
에도(江戶, 에도)
에이사이(榮西, 에이사이) 스님
에이칸도(永觀堂, 에이깐도오)
엔닌(圓仁, 엔닌)
엔랴쿠지(延曆寺, 엔랴꾸지)
엔친(延鎭, 엔쩐) 스님
연력사→엔랴쿠지
연진 스님→엔친 스님
영관당→에이칸도
영서 스님→에이사이 스님
오가와 세이요(小川晴暘, 오가와 세이요오)
오다 노부나가(織田信長, 오다 노부나가)
오미(近江, 오오미)
오미아시(於美阿志, 오미아시) 신사
오사라기 지로(大佛次郎, 오사라기 지로오)
오사카(大阪, 오오사까)
오사케(大酒, 오오사께) 신사
오쓰시(大津市, 오오쯔시)
오씨→구레씨
오와 이와오(大和岩雄, 오오와 이와오)
오이(大井, 오오이) 신사
오이가와(大堰川, 오오이가와)
오직녀→구레하토리메
온조지(園城寺, 온조오지)
요겐인(養源院, 요오겐인)
요도강(淀川, 요도가와)
요시이 이사무(吉井勇, 요시이 이사무)
요카와(橫川, 요까와)
용안사→료안지
우시마쓰리(牛祭, 우시마쯔리)
우에다 마사아키(上田正昭, 우에다 마사아끼)

308

우즈마사(太秦, 우즈마사) 신명
우즈마사데라(太秦寺, 우즈마사데라)
우지(宇治, 우지)
우지가미(宇治上, 우지가미) 신사
우쿄구(右京區, 우쿄오꾸)
우토로(ウトロ, 우또로) 마을
원성사→온조지
원신 스님→겐신 스님
원아미 스님→간아미 스님
원인 스님→엔닌 스님
육바라밀사→로쿠하라미쓰지
은각사→긴카쿠지
이나리 대사(稲荷大社, 이나리 타이샤)
이나리 신사→이나리 대사
이노우에 미쓰오(井上滿郞, 이노우에 미쯔오)
이시카와 조잔(石山丈山, 이시까와 조오잔)
이와테현(岩手縣, 이와떼껜)
이조성→니조조
인화사→닌나지
일련 스님→니치렌 스님

ㅈ-ㅍ
자완 자카(茶わん坂, 자완 자까)
장안→조안
전국시대→센고쿠시대
정유리사→조루리지
정이대장군→세이이타이쇼군
정전사→쇼덴지
조루리지(淨瑠璃寺, 조오루리지)
조안(長安, 초오안)
조주인(成就院, 조오주인)
조초(定朝, 조오쪼오)
지온인(知恩院, 치온인)
지은원→지온인

지쿠젠(筑前, 치꾸젠)
진고지(神護寺, 진고지)
진사→하타데라
진씨→하타씨
진이려구→하타노 이로구
진주공→하타노 사케노키미
진하승→하타노 가와카쓰
천룡사→덴류지
천원사→가와라데라
청수사→기요미즈데라
최징 스님→사이초 스님
태진사→우즈마사데라
평등원→뵤도인

ㅎ
하나미코지(花見小路, 하나미꼬오지)
하야시야 다쓰사부로(林屋辰三郎, 하야시
　　야 타쓰사부로오)
하치오카데라(蜂岡寺, 하찌오까데라)
하타노 가와카쓰(秦河勝, 하따노 카와까쓰)
하타노 사케노키미(秦酒公, 하따노 사께노
　　끼미)
하타노 이로구(秦伊呂具, 하따노 이로구)
하타데라(秦寺, 하따데라)
하타씨(秦氏, 하따씨)
한직녀→아야하토리메
행기 스님→교기 스님
호넨(法然, 호오넨) 스님
호류지(法隆寺, 호오류우지)
호린지(法輪寺, 호오린지)
호칸지(法觀寺, 호오깐지)
혼간지(本願寺, 혼간지)
홍법대사→구카이 스님
후지와라노 나리미치(藤原成通, 후지와라

사진 제공

국립중앙박물관	24, 31면
김혜정	124면
눌와	266면
박정호	104, 105면
663highland	134면
Corpse Reviver	120면
David Mckelvey	152면
Guilhem Vellut	219면

본문 지도 / 김경진

유물 소장처

가미가모 신사 102, 103면 / 건인사 193면 / 겐지모노가타리 박물관 285면 /
광륭사 21, 23, 36, 37, 39, 41, 42, 45~49, 51, 53, 56면 / 국립중앙박물관 24, 31면 /
굘사 191면 / 기타노 덴만궁 118면 / 누에 신사 63, 65면 / 도요쿠니 신사 134면 /
동대사 276면 / 동사 154, 159, 161, 166, 167, 168, 170, 173~76, 180, 181면 /
마쓰오 신사 90~93면 / 법관사 109면 / 불국사 266면 / 성 베드로 대성당 32면 /
신천원 113, 115면 / 야사카 신사 107, 111면 /
연력사 116, 201~3, 205, 206, 208, 209, 212~15, 217~19면 /
오사케 신사 67면 / 원성사 210면 / 일승사 159, 210면 / 지은사 193면 /
지은원 240면 / 청수사 222, 223, 225, 228, 233, 234, 236~39, 242~44, 247면 /
파리국립도서관 164면 / 평등원 256, 257, 263, 264, 267, 270, 274, 275, 279, 281, 283면/
헤비즈카 69, 72면 / 헤이안 신궁 99, 101면 / 후시미 이나리 신사 137, 139~41, 143면 /
후시미성 132면 / 홍성사 193면

*위 출처 외의 사진은 저자 유홍준이 촬영한 것이다.

나의 문화유산답사기

일본편3 교토의 역사

역사는 유물을 낳고, 유물은 역사를 증언한다

초판 1쇄 발행 2014년 5월 15일
초판 14쇄 발행 2019년 7월 25일
개정판 1쇄 발행 2020년 9월 20일
개정판 3쇄 발행 2024년 10월 31일

지은이 / 유홍준
펴낸이 / 염종선
책임편집 / 황혜숙 윤동희 최지수
디자인 / 디자인 비따 김지선 성지현
펴낸곳 / (주)창비
등록 / 1986년 8월 5일 제85호
주소 / 10881 경기도 파주시 회동길 184
전화 / 031-955-3333
팩시밀리 / 영업 031-955-3399 편집 031-955-3400
홈페이지 / www.changbi.com
전자우편 / nonfic@changbi.com

© 유홍준 2020
ISBN 978-89-364-7800-1 03810
      978-89-364-7820-9 04810(세트)

• 이 책 내용의 전부 또는 일부를 재사용하려면
  반드시 지은이와 창비 양측의 동의를 받아야 합니다.
• 이 책에 수록된 사진은 대부분 저작권자의 사용 허가를 받았으나,
  일부 저작권자를 찾지 못한 경우는 확인되는 대로 허가 절차를 밟겠습니다.
• 책값은 뒤표지에 표시되어 있습니다.